長編推理小説／ミリオンセラー・シリーズ

夜間飛行《ムーンライト》殺人事件

西村京太郎

光 文 社

目次◆夜間飛行《ムーンライト》殺人事件

N
宗谷海峡
宗谷岬
礼文島
稚内
利尻島
オホーツク海
焼尻島
天売島
日本海
知床岬
名寄
網走
留萌
大雪山国立公園
納沙布岬
屈斜路湖
積丹岬
石狩湾
大雪山
北見
旭川
摩周湖
石狩岳
小樽
札幌
十勝岳
阿寒国立公園
根室
岩見沢
支笏湖
帯広
釧路
洞爺湖
奥尻島
苫小牧
内浦湾
室蘭
広尾
様似
江差
恵山岬
函館
襟裳岬
松前
津軽海峡
太平洋
青森県
北海道全図

第一章　新婚旅行《ハネムーン》

1

　式の間、十津川《とつがわ》一人が照れていた。七月二十一日。大安吉日である。

　四十歳で、初婚だから無理はない。捜査一課の敏腕警部も、冷や汗のかき通しだった。

　そんな十津川に比べると、花嫁の直子《なおこ》は、三十五歳でも、再婚だから、終始、落ち着き払っていた。

　見合いだった。

　そのお膳立てをしてくれた上司の本多《ほんだ》捜査一課長は、仲人もしてくれた。

「これは、花嫁の直子さんもご存知なので申しあげるのですが、新郎の十津川省三《しょうぞう》君が、四十歳の今日まで、独身でいたのは、彼が三十五歳の時、殺人事件の渦中で、許嫁《いいなずけ》を殺してしまったからであります。彼女の死に責任を感じた十津川君は、頑《がん》として独身を続けてきたのでありますが、その心の傷のいえた今日、直子さんという優しい伴侶《はんりょ》を得て、ここに結婚することになりました。直子さんは、美を追求するインテリア・デザイナーであり、優しい中にも、頭の切れる人で、十津川君には、恰好《かっこう》のベターハーフとなることと思っております」

本多は、仲人として、こう祝辞を述べてくれたが、同期に警察に入った連中は、遠慮のない言葉を投げつけてきた。

「これで、十津川は、変人でないことを証明できそうだ」

「これからは、奴の家へ行っても、まずい焼きそばや、ライスカレーを食べさせられる心配はなくなった」

「ハネムーン中は、中年太りがわからないように、腹を引っ込めていろよ」

いいたいことをいう奴等だと思ったが、こんな友人たちがいることが、十津川には、嬉《うれ》しくもあった。

結婚式の前日まで、事件を追っていた十津川だったから、新婚旅行《ハネムーン》の計画は、全《すべ》て、直子委《まか》せだった。彼が知っているのは、北海道へ三泊四日の旅行に行くということだけである。

式が終わって、二人だけでタクシーに乗り込むと、十津川はやっと、ほっとして、普段の顔になった。式場の中も、クーラーが利いていたはずなのだが、それがわからないほど、あがっていたのだろう。タクシーに乗って、やっと、クーラーが利いていて、すずしいなと思った。

「羽田へやって頂戴《ちょうだい》」

と、直子は、運転手へいってから、ちょっと、帽子を押えるような恰好をして、

「私たち、北海道へ、新婚旅行に出かけるの」

「新婚旅行のお見送りですか？」

「いや。私たちが、新婚旅行に行くんだ」

十津川が、横からいった。が、中年の運転手は、首をかしげながら、バックミラーの中の十津川を見ている。

十津川と直子の中年のカップルは、どう見ても、新婚には見えないらしい。

十津川は、憮然《ぶぜん》として、黙ってしまったが、直子は、

「いくつになったって、結婚して、旅行に出かけるのを、新婚旅行というはずよ。そうでしょう？」

と、運転手を説得している。

「そりゃあ、そうですな。おめでとうございます」

運転手が、無理やりいわされた恰好で、お祝いをいった。十津川は、苦笑したが、直子は、満足した顔で、

「ありがとう」

と、運転手にいい、ハンドバッグから取り出した二枚の航空券の片方を、十津川に渡した。

「全日航では、夏の間、北海道へ飛ぶ、最終夜間便を、ムーンライトと名付けて、割引きしているんです。ハネムーン飛行ともいうんですって。その名前が気に入って、それにしておきました」

なるほど、羽田発千歳《ちとせ》行きの最終便の切符だった。

「私は、夜間飛行というのが好き」

と、直子が、言葉を続けた。

背が高く、鋭角的な顔つきの直子には、外国の香水がよく似合う。

「そういえば、君の使っている香水の名前も確か、夜間飛行だったね」

「やっと、覚えてくださったのね」

「そりゃあ、覚えましたよ」

と、十津川は、微笑した。思い込むということがある。十津川は、なぜか、直子の愛用している香水の名前を、ミツコと思い込んでしまっていて、何回、夜間飛行と聞いても、覚えられなかったのである。だが、夜間飛行で、ハネムーンに出かければ、これをチャンスに、覚えられそうだ。

タクシーは、地下トンネルを抜けて羽田空港に入った。

十津川は、空港が好きだ。

人々のどこかせわしない足音や、各国語の入り乱れた話し声、絶えず聞こえてくるアナウンス、そして、耳をつんざくジェットの轟音《ごうおん》。そうした、さまざまな音や声が混じり合って、空港の雰囲気を作っている。盛り場や、鉄道の駅と、どこか似ているようで、全く違う雰囲気だ。

特に、夜の空港はいい。音が内に籠《こも》り、空港特有の雰囲気が、いっそう濃縮されるからかもしれない。嬉しいことに、よく晴れていて、羽田の上空には、星空が広がり、その深い夜空の中に、標識灯をきらめかせて、一機、また一機と、定期便が消えていく。

昼間の空港には見られない情趣といえるだろう。青や赤の灯を点滅させながら、滑走路をひた走り、夜空の中に消えていく夜行便のジェット機は、まるで、お伽《とぎ》の世界へ飛び去って行くように見える。

全日航の最終便は、新婚旅行客めあてに、ムーンライトと名付けられているだけあって、ひと眼で、新婚とわかるカップルが多かった。

搭乗開始を待って、ロビーにいる間、十津川は、また、猛烈に照れ臭くなった。三百人余りの乗客が、搭乗開始のアナウンスを待っていたが、十津川たちのような中年の新婚カップルはいなかったからである。

いつでも、いざとなると、女のほうが、度胸がいいもので、直子は、楽しそうに、新婚のカップルたちを見回し、すっかり自分も、その一員になったような顔をしている。

十津川は、煙草《たばこ》ばかり吸っていた。

搭乗が始まって、十津川は、ほっとした。椅子から立ち上がって、歩き出すと、直子が、腕を組んできた。悪い気はしないが、前を行く若いカップルのように、自由な感じにならないのが、われながら歯がゆくて仕方がない。

乗客は、送迎バスに分乗して、青と白の二色に機体を塗り分けたロッキードL一〇一一（トライスター）の傍《そば》まで運ばれた。

トライスターは、問題のダグラスDC－10とおなじ大型三発のエアバスだが、DC－10にくらべると、女性的に見えるスタイルだ。

だが、夜間飛行の場合は、その優雅さが、夜の世界にふさわしく、十津川には見えた。

トライスターは、二つの乗降口から、ずんぐりした胴体に、たちまちのうちに、三百余人の乗客を呑《の》み込んだ。

十津川たちの席は、主翼付け根のすぐうしろだった。

直子を、窓際に座らせようとすると、彼女は、通路側のほうがいいといった。

「君は、高所恐怖症だったかな？」

と、十津川がきくと、直子は、笑って、首を横に振ってから、十津川の耳に口を寄せて、

「こちらに座ったほうが、いろいろと、あなたのお世話が出来るから」

と、いった。スチュワーデスが、おしぼりや、飲み物を運んできた時のことをいっているらしい。

こんな時は、男より女のほうが大胆になるもののようだし、直子は、再婚だから、いっそう、馴《な》れていて、大胆だった。

こういう会話の苦手な十津川は、黙って、窓の外に眼をやった。

滑走路には、赤、青の標識灯をつけたＪＡＬのボーイング７４７が、今、まさに、轟音をひびかせて、離陸しようとしていた。

巨大なジャンボ機が、推力一九・八トンのエンジン四基の大きなパワーにまかせて、離陸したと思う間もなく、急上昇していく。

昼間見るジャンボ機は、その巨大さのせいか、ひどく重々しく見えるのだが、夜の滑走路を滑っていくボーイング７４７は、機体は、一つのシルエットでしかなくなり、点滅する標識灯とともに、そのシルエットが動いて行くさまは、優雅だった。

ＪＡＬ機が、夜空に消えてしまって、滑走路に、ぽっかりと空間が生まれ、十津川たちの乗ったトライスターは、その隙間《すきま》を埋めるように、エンジン音をひびかせて、動き出した。

窓の外の景色が、ゆっくりと動いていく。

「本日は、全日航の札幌行き五三七便をご利用いただきまして、ありがとうございます」

スチュワーデスが、マイクを使って、アナウンスをする。

「本日の機長は、山本でございます。副操縦士は河西、機関士近藤、パーサー徳永、スチュワーデスは、小池、竹井、市田、一条、中島の五人で、皆さまのお世話をさせていただきます。当機は、これから離陸に入りますので、お座席のベルトをお締めになり、禁煙のサインが消えますまで、お煙草は、ご遠慮くださいませ」

トライスターは、滑走路の端で、いったん停止し、ダッシュをかける短距離選手が、スタート直前、呼吸をととのえるように、エンジンの推力をあげ始めた。

トライスターのようなエアバスは、「ささやくジェット機」と呼ばれるように、騒音対策は、ほどこされているのだが、それでも、三基のエンジン音は、耳を聾《ろう》するばかりだった。

機体が、びりびりふるえた。

トライスターは、猛然と、スタートした。

窓の外の景色が、背後《うしろ》に向かって飛び去っていく。車輪が、コンクリートの継ぎ目を拾うたびに、機体が、がくん、がくんとゆれた。

直子が、十津川の手を握りしめている。

十津川は、鉄で作った飛行機が、空を飛べるのは不思議だ――とはいわないが、それでも、三百人もの乗客を乗せた、客船のような大きな機体が果たして空に浮かぶのだろうかという不安に襲われることがある。

窓の外の夜景が、斜めになった。いつの間にか、トライスターは、地上を離れている。

滑走路に沿って点《っ》いている誘導灯が、急速に、小さくなっていく。背中を座席に押しつけるような感じの急上昇で、窓の下の羽田空港が、小さくなっていくにつれて、視界が見る見る広がっていき、明かりの洪水のような大都会の夜景が見えてきた。

トライスターは、高度二万九〇〇〇フィート（八八四〇メートル）で、水平飛行に移った。

雲の上に出たので、もはや、地上の景色は見えなくなった。

窓の外に見えるのは、夜空だけである。夜空というと、真っ暗なものと思いがちだが、実際には、濃紺の世界である。

「星がきれい」

と、隣りで、直子が、歓声をあげた。

禁煙《ノー・スモーキング》のサインが消えた。

続いて、ベルト着用のサインが消えると、機内が、ほっとして、ざわついた空気が流れた。

二、三人が席を離れて、トイレに行った。

横幅の広い機体は、空中に止まっているように、静かである。

「機長から、ごあいさつを申しあげます」

というアナウンスが聞こえた。

「本機は、現在、ジェット・ルート10を使い、千歳空港に向かって飛行中です。管制塔からの報告によりますと、千歳上空は快晴、気温二十五度だということです。千歳到着は、午後十時の予定です。快適な空の旅をお楽しみください」

そんな機長のあいさつを聞いていると、

「墜落しちまったら、救命具なんか、使うひまないものな」

と、十津川のうしろの座席で、男が女に、小声でいっているのが聞こえた。

「そうね」

と、女の声が肯《うなず》き、うふふと、笑っている。どうやら、うしろのカップルも、新婚らしく、離陸前にスチュワーデスが、救命用具の説明をしたことを話しているようだった。新婚は彼らだけの時間を持っているということらしい。

「この五三七便は、ハネムーン・ムーンライトと申しまして、新婚さんのお客さまの多いので有名でございます。ハネムーンに出発される方々に、当全日航より、ささやかな贈り物を差しあげたいと思いますので、お受け取りくださいませ」

そんなアナウンスがあったあと、五人のスチュワーデスが、北海道の花すずらんを、乗客に配り始めた。

十津川は、また、いいわけめいたことをいわなければならないなと思い、肩をすくめるような気持ちになった。

案の定、若いカップルには、何もきかずにすずらんの花束を渡していたスチュワーデスが、十津川たちのところへ来て、当惑した顔になった。

「失礼ですが――」

若い、丸顔のスチュワーデスが、当惑したままの顔で、十津川と直子を見比べている。

十津川は、やっぱりと思いながら、

「私たちは、これでも、新婚なんでね。ちょっと、ひねてはいるが」

と、いった。

スチュワーデスの顔が赧《あか》くなり、

「失礼申しあげました」

と、直子に、すずらんの小さな花束をくれた。

直子は、すずらんの花を顔に近づけて、その香りを嗅《か》ぐようにしながら、

「私たち、新婚に見えないのかしら？」

「君は、若くて美人だから、十分、新婚に見えるだろうが、私のほうは、典型的な中年男だからねえ」

「あなたは、若いわ。だから、私は、あなたのプロポーズにイエスといったのよ。今のスチュワーデスに厳重抗議しようかしら」

直子は、口では、そういったが、顔は、笑っていた。頭のいい女だから、節度は、ちゃんと心得ているのだ。

美しい夜空が、どこまでも続く。星がきれいだ。

気流の乱れもないとみえて、トライスターは、微動もせずに、飛び続けている。丸窓から、深い碧《みどり》の夜空を凝視していると、ジェットエンジンの音が、ふっと消えてしまい、自分が、夜空を泳いでいるような錯覚にとらわれる瞬間があった。

昼間のジェット機の旅は、あくまで現実の世界だが、夜間飛行は、むしろ、メルヘンの世界に近い。

機内で、北海道の観光案内の映画が始まった。

イヤホーンをつけて、座席のダイヤルを回せば、その映画の解説が聞けるし、他《ほか》のダイヤルで、音楽や、演芸も聞けるようになっている。

直子は、イヤホーンをつけ、映画の解説を聞いている。が、十津川は、じっと、窓の外の夜空に見とれていた。地上では、絶対に見られない夜空の美しさだった。

2

一時間三十分後に、全日航のトライスターは、千歳上空に到着した。

機長がいったとおり、こちらは快晴だった。

月明かりの中を、機は高度を下げていった。下界の灯火が、急速に近づき、十津川は、メルヘンの世界から、現実の世界に引き戻された感じがした。

千歳は、札幌から離れているせいで、街の灯は見えない。その代わりに、月明かりの下に、黒々と広がる原野や、雑木林や、白く光る高速道路などが、視界に入ってきた。

トライスターは、離陸の時と同じように、急角度で降下した。はじめて、機が小さくゆれた。が、次の瞬間には、がくんと強い衝撃が伝わってきて、もう、車輪が、滑走路に接触していた。

窓の外を、防風林だろう、丈の高い針葉樹の林が、流れていく。北海道へ来たという感じだった。

機が停止すると、まだ、ベルト着用のランプがついているのに、気ぜわしい乗客たちは、立ち上がって、細い通路を、出口に向かって歩き出した。

「ゆっくりおりよう」

と、十津川は、直子にいった。

「ええ。そうしましょう」

と、直子もいう。そんなところは、やはり、中年なのである。北海道へ着いたのだから、少しでも早く、北海道の匂《にお》いを嗅ぎたいという気はない。

ギャングウェイを通って、空港ロビーに入る。

出口のところには、札幌行きのバスが待っていた。

札幌まで直通で一人五百円だが、新婚組は、一刻も早く、二人だけの世界に入りたいとみえて、レンタカーを借りる者が多かった。

空港の端に、いくつかのレンタカー会社が、営業所を開いている。

十津川たちも、レンタカーを借りることにした。

エアコンの利いた空港の建物から外へ出ても、東京の七月のような、むッとする暑さは、押し寄せては来なかった。

気温は二十五、六度ぐらいだろう。しかも、空気が乾燥しているので、気持ちがよかった。

日産のレンタカーで、大型のAT車を借りることにした。三日間の旅行は、全て、その車で走る気だったから、大型の、それも、オートマチック車がいいと思ったのである。

二〇〇〇ccのローレルATを借りた。四十八時間三百キロで二万五千五百円、以後一日ごとに一万円である。

荷物を後部座席に放り込んで、最初に、十津川が運転して、札幌に向かった。

クーラーはつけず、窓を開けて走る。

「風の匂いが素敵だわ」

直子が、いった。その風が、車内に入ってきて、彼女の持っているすずらんの花びらを飛ばした。

花びらが、顔に当たって、直子は、ティーンエイジャーのような、華やいだ笑い声を立てた。

千歳から札幌へ通じるハイウェイは、さすがに北海道らしく、延々と直線が続く。道路の両側は、果てしない原野である。

「北海道へ来て、まだ日本にも空地があったのがわかったよ」

と、運転しながら、十津川がいった。

「この辺で坪、いくらぐらいかしら?」

「買う気かい?」

「安かったら、一万坪ぐらい買って、牧場をやってみたいわ」

「牧場をねえ」

十津川は、微笑した。

「何かおかしいことといったかしら?」

「君には、無理だよ」

「なぜ? 牛や馬は好きよ。可愛いわ」

「可愛いだけじゃ駄目なんじゃないかな。朝は夜明けとともに起きて、厩舎《きゅうしゃ》の掃除をしなきゃならないだろうし、一頭、一頭、ブラシをかけてやらなければならない。夏は、臭気で気分が悪くなるだろうし、冬は、何メートルも雪が積もる。マイナス十度、二十度になるところで、牛や馬の世話が出来るかな」

「そうね」

直子は、急に、クスクス笑い出して、

「私には、無理かな。やっぱり、あなたの奥さんが一番楽かな」

「そうです。一番楽ですよ」

「あッ」

「え？」

「故障だわ」

助手席から、直子が、前方を指さした。

ハイウェイの照明の中に、左に寄せて駐《と》まっている車が見えた。

三角形の光る停止標示板が置いてある。

十津川は、車を寄せて止《と》め、直子と一緒に、近寄ってみた。

背広姿の若い男が、ボンネットを開けて、懐中電灯の明かりでのぞき込んでいる。胸に小さな花をつけているところをみると、これも新婚らしい。

花嫁のほうはと見ると、疲れたのか、助手席で、眠ってしまっていた。

十津川は、若い花嫁の無邪気な寝顔に微笑しながら、

「どうしたんです？」

と、男のほうに声をかけた。

男が、顔をあげた。十津川たちを見て、ほっとした顔になって、

「千歳で、レンタカーを借りたんですが、急に、エンジントラブルを起こしちまって。構造にくわしくないんで、どこが悪いのかわからないんです」

「見てあげよう」

「くわしいんですか？」

「私は駄目だが、うちの奥さんは、二種免許を持っていてね」

十津川は、直子に視線をやった。

直子は、帽子を十津川に持たせ、懐中電灯を青年から受け取って、エンジンルームをのぞき込んだ。

「あなた方も、全日航のムーンライト便で来たんじゃありませんか？」

と、青年がきいた。

「ああ。君たちもか？」

「ええ」

「花嫁さんは、お疲れのようだね」

「彼女は、眠り姫で、よく眠るんです」

青年は、屈託のない笑い方をした。

「エンジンをかけてみて」

と、直子が、大声でいった。

青年は、運転席に腰を下ろし、スターターを入れて、アクセルを踏んだ。

死んでいたエンジンが、生きかえって、快いひびきを立てた。

「そらね。うちの奥さんは名人だ」

十津川が、青年に向かって、片眼をつぶって見せた。

エンジンの音に、若い花嫁が眼を覚まして、

「故障は直ったの？」

「この人たちが、直してくれたんだよ」

青年がいうと、花嫁は、まだ、眠そうな眼で、

「すみません」

ペコリと頭を下げた。

二人とも、同じ年ぐらいに見えるカップルだった。二十三、四といったところだろうか。

「あ、名刺を差しあげときます」

青年は、ポケットから、真新しい名刺を取り出して、一枚ずつ、十津川と直子にくれた。

〈中央商事第一営業部第三営業課　矢代昌也《やしろまさや》〉

会社のマーク入りの名刺だった。中央商事といえば、中堅の商事会社である。

「今年、大学を卒業して入社したんです」

「それは、おめでとう」

「こちらは、冴子《さえこ》さんです」

矢代昌也は、ちょっと照れた顔で、花嫁を紹介した。さんづけで呼ぶところが可愛らしい。

「矢代冴子です。よろしく」

女のほうは、落ち着いて、ニッコリ笑った。

「私は、十津川だ」

「十津川さんたちは、北海道へ何しにいらっしゃったんですか？」

「これでも、君たち同様、新婚でね」

「ハネムーンなのよ」

傍から、直子もいった。

矢代は、へえという顔になって、

「中年のハネムーンというのも素敵ですね。僕たちは、今夜、札幌に泊まって、明日、小樽《おたる》へ行くつもりです」

「私たちも同じだよ」

「それじゃあ、小樽で、また一緒になるかもしれませんね。小樽は、ニューオタル・ホテルです。気が向いたら、来ていただけませんか」

矢代は、人なつこくいった。

十津川は、「ありがとう」といってから、

「しかし、止《や》めておこう。お互いに、新婚旅行に来たんだからね」

「そうでしたね。じゃあ、どうも」

矢代は、あっさりいい、停止標示板を積み込むと、さっさと、先に走り去って行った。

十津川たちも、自分の車に戻ったが、直子が、助手席に座ってから、クスクス笑っている。

十津川は、車をスタートさせてから、

「何がおかしいの？」

「さっきの花嫁さんのこと。私が、あの年頃だったら、完全に、ハネムーンの途中で、離婚されてしまうわ。旦那さんが一生懸命に故障を直しているのに、車の中で眠っているんですものね」

「よっぽど疲れていたんじゃないかな。それに、新郎のほうも、眠り姫だなんていって、平気でいるから、あれで、案外、上手《うま》くいっているのかもしれない」

「最近の花嫁さんは、楽でいいわね。もっとも、旦那さんが、それだけ優しくて、理解があるということだけど」

「私は、とうてい、あの若者みたいにはなれそうもないね。何しろ、世代が違うから」

「私が、彼女みたいに、眠り姫になったら、どうなさるの？」

「そうだねえ。眼をさまさせるために、お尻でも、ぶってやるかな」

3

時速約八十キロで、十津川は、車を飛ばした。

さすがに、二〇〇〇ccクラスの車は、疲れない。ATも、こんな時には楽だ。

広い道路は、どこまでも北に向かって伸びている。

道の両側は、いぜんとして、緑の原野が続き、その頭上に、こうこうと月が照っていた。

都会の人間が忘れていた本物の自然が、そこにある感じで、十津川は、ハンドルを握りながら、眼を楽しませていたが、時たま、妙なものが、顔をのぞかせて、十津川をがっかりさせた。

モダンな住宅と思ったのは、いずれも、ラブホテルなのだ。そこだけが、ぼうッと、明るくて、「ホテル・べるばら」だとか、「ドライヴイン・黒ゆり」などという俗っぽい文字が読めた。ドライヴの途中で、アベックが寄るのだろうか。

そんなホテルの数は、まだ多くはないが、それでも、せっかくの自然の美しさをぶちこわすには十分のようである。

「あんなところに泊まるぐらいなら、野宿をしたほうが、どんなに素晴らしいかわからないわ」

直子が、眉をひそめていう。

「私も、野宿に賛成だな」

「それに、あのラブホテルを建てた人の色彩感覚の貧しさはどう？」

と、直子は、問題のホテルが、視界から消えてしまったあとも、文句をいった。インテリア・デザイナーの彼女には、けばけばしいラブホテルの色彩が、我慢がならないらしかった。

「どうして、北海道の自然に溶け込むような色彩や形にしないのかしら？　形にしたって、ひどいものだわ。まるっきり、ベルサイユ宮殿のミニチュアだもの。あれを取り締まらずにいると、北海道にも自然はなくなってしまうわ」

「この道路は、たいてい、百キロ近いスピードで車を飛ばしている」と、十津川は、笑いながらいった。

「もし、自然に溶け込むような造りや色彩だと、眼に止まらないと思って、あんな派手なものにしたんだろう。つまり、発想が最初から違うんじゃないかな」

「でも、私は、絶対に反対。許せないわ」

直子は、きっぱりといった。

「じゃあ、君が、片っ端から買い取って、造りなおすかい？」

十津川が、いくらか、からかい気味にいうと、直子は、真顔で、

「私に、大阪の叔父の遺産が入ったら、あの嫌《いや》なホテルを全部買い取って、火をつけてやるわ」

「勇ましいねえ」

「私ね、醜いものに我慢がならないの」

「じゃあ、私も落第かな？　美男子というには、ほど遠いからね」

「あなたは、素晴らしいわ」

と、直子は、運転している十津川に、身体をもたせかけて、

「男らしいし、この頑丈な身体に寄りかかっていると、とても安心感があるの。前の主人には、それが全然なかったから別れることにしたのよ」

「刑事という仕事では、丈夫な身体だけが頼りでね。大阪の叔父さんというのは、本当に、そんなに財産家なのかい？」

十津川は、別に、それに興味があったわけではないが、事の成り行きの感じできいた。確か、彼女の叔父というのは、大阪で、ビルの経営をやっていて、中心街に四つか五つのビルを持っているという話だった。

「個人資産は、二、三十億ぐらいだと聞いたことがあるわ」

「そいつは凄《すご》いねえ」

「あの叔父さんには子供がいないの。私を可愛がってくれているから、死んだら、きっと、

億単位の遺産を貰《もら》えると思うわ」

「断わっておくがねえ」

「わかっています。いくらお金が入っても、警察はやめないというんでしょう？」

「わかってくれていればいいんだ。私は、不器用でね。刑事以外に、つぶしがきかないんだ」

十津川は、微笑して見せた。それは、謙遜《けんそん》というよりも、彼の自負だった。

4

途中で、若いカップルの故障を直してやったので、一時間十分ほどかかって、十津川たちは、札幌市内に入った。

国鉄札幌駅近くにある全日航ホテルは、十八階建てで、十津川と直子とが予約したのは、そこの十四階である。

ハネムーン用のセット旅行券を買ってあるのに、このホテルでも、フロント係が、二人を見て、当惑した顔になった。

「妙な顔をしなさんな」

と、十津川は、うんざりしながらも、つとめて、笑いを浮かべて、若いフロントマンにいった。

「年をくっているが、これでも、新婚旅行なんだ」

「申しわけございません」

フロントは、あわてて頭を下げた。

「別に謝ることはないよ」

と、十津川は、いったが、二人だけでエレベーターに乗ると、

「今度、誰かが妙な顔をしたら、ぶん殴ってやる。君のためにね」

と、直子にいった。

「ありがとう」と、直子が、微笑した。

「あなたが、そういってくれたら、もう、どう見られてもいいわ」

「ちょっと、身体を横に向けてごらん」

と、十津川は、部屋の前まで来て、急に、直子にささやいた。

「え？　何かついてるの？」

「いいから、横を向いて」

と、十津川はいい、直子が、身体を横に向けると、ひょいと、抱きあげた。

「新婚第一夜を迎える時は、いかにもハネムーンらしくしないとね」

十津川は、照れをかくして、彼女を抱いたまま、部屋に入った。

「わりと重たいんだね」

「ヒップが大きいからかしら」

「安産型でいいじゃないか。女って、何歳ぐらいまで、子供をうめるんだい？」

十津川は、直子を抱いたまま、ベッドに腰を下ろした。

直子は、十津川の首に手を回して、

「四十五歳で、初産《ういざん》という人がいるわ」

「じゃあ、君なら、五、六人はうめるわけだ」

「五人も、六人も欲しい？」

「そうきかれると困るんだが――」

十津川は、急に、彼自身が子供みたいな眼になった。自分の血を引く子供が出来るということが、どんなことなのか、十津川には、はっきりわからない。

彼の同僚で、結婚する前は子供が嫌《きら》いだといっていたのに、いざ自分の子供が出来てみると他人の眼にはさして可愛くは見えないのに、溺愛《できあい》している男がいる。みんなそんなものらしい。

自分も、そうなるのだろうか？　自分によく似た顔の子供が、泣いたり笑ったりする姿を想像するのは、楽しくもあり、気味悪くもある。

直子は、十津川の膝の上からおりると、窓のところに行った。

「夜景がきれい」

彼女が、呟《つぶや》いた。

十四階の窓から見下ろす札幌の夜景は、東京のそれに比べると、可愛らしく、美しかった。道路が、整然と、縦横に通っているので、街灯も、まっすぐ伸びていて、それが、幾何学的な美しさになっている。

十津川は、そっと、背後から、直子の肩を抱きしめた。

5

翌日、十津川が眼をさますと、もう化粧をすませた直子の顔が、上から十津川の顔をのぞき込んでいた。

「おめざめになりまして？　ご主人さま」

直子が、おどけていった。

「うふッ」

と、十津川は、眩《まぶ》しそうに眼を細めて笑ってから、

「今、何時だい？」

「十時十七分」

「もう、そんな時間か」

十津川は、眼をこすった。そういえば、厚いカーテンを通して、明るい夏の陽光が射し込んでいる。

「朝食と新聞が来てるけど、どちらを先になさる？」

「とにかく、顔を洗いたいね。ついでに、シャワーも浴びてくる」

十津川は、ベッドから起きあがると、バスルームへ飛び込んだ。

冷たい水を出しっ放しにして、じゃぶじゃぶと顔を洗う。

次はシャワーだ。

「新聞にどんなことが出てる？」

十津川は、裸になって、シャワーを浴びながら、直子にきいた。

「東京で、また銀行強盗が二件発生ですって」

直子の大きな声が、はね返ってきた。

「カメさんたちは、てんてこ舞いだな」

「誰がですって？」

「結婚式に来てくれていた亀井刑事のことさ」

「ああ、あの人の好さそうな顔をしてる刑事さんね」

「あれでも、怒ると怖い男だよ。その他には？」

「あら。北海道で、ハネムーンに来たカップルが、四日前から行方《ゆくえ》不明」

「消えちゃったということ?」

「そうらしいわ。きっと、この二人は、ハネムーンといっても、駈落《かけお》ちか何かだと思うな。だから、姿を消したんだわ」

「なるほどね」

「私たちも、蒸発しちゃったらどうかしら?」

「君のご両親が心配するよ」

「それに、警視庁も、大変な損失ね」

「ぐふッ」

「どうなさったの?」

「水を呑《の》んじまったよ。君が変なことをいうもんだから」

「大丈夫?」

「ああ。大丈夫だよ」

「今年は、秋が早く来るんですって。これは、気象庁の長期予報」

「そいつはありがたいね。東京の夏は、たまらないからね」

十津川は、シャワーを止め、タオルを腰に巻いて、バスルームを出た。

「この恰好で食事していいかな?」

「どうぞ」と、直子は、笑った。

「男の人の裸を見て気絶する年齢《とし》でもありませんから」

「君と結婚してよかったよ」

「それ、賞《ほ》めてるのかしら？　それとも、呆《あき》れてるのかしら？」

「もちろん、大いに賞めてるんですよ」

朝食は、ホテルらしく、トーストパンに、オニオン・スープ、目玉焼きといった軽食だった。

十津川は、音を立てずにスープを飲むのが苦手である。直子とは、レストランで見合いをしたのだが、その時に、うまく飲めないことは、断わってある。

だから、十津川は、気楽にスープを口に運んだ。妙なもので、気にせずにスプーンを動かすと、あまり音を立てずに飲めるものである。

「昨日会った若いカップルは、何という名前だっけな」

十津川は、トーストに手を伸ばしながらいった。

「ちょっと待って」

と、直子は、ハンドバッグから、名刺を取り出して、

「矢代さん夫婦」

「商事会社の新入社員だったね。会社のマークの入った名刺をくれる時、嬉しそうな顔をし

ていたよ。彼等は、もう、小樽に向かって出発したかな？」

「どうかしら、何しろ、女性のほうが眠り姫だから」

「ここのチェックアウトは、十一時じゃなかったかな？」

「ええ。でも大丈夫。あなたが眠っている間に、フロントに電話して、出発は、十二時過ぎになりそうだといっておきました」

「私が眠り男みたいだな。どう見ても可愛くはないがね」

食事を了《お》えて、ひと休みしてから、二人は、全日航ホテルをチェックアウトした。

今日も快晴だった。

真夏の太陽が照りつけていたが、さすがに、東京に比べると、気温が低く、空気もさらりとしている。

しかし、車の中は暑かった。クーラーをつけてから、十津川たちは、小樽に向かって、ローレル二〇〇〇を走らせた。

今日は、直子が運転である。運転歴十年だから、口笛を吹きながらだった。

十津川は、口笛が吹けない。子供の時、口笛の上手《うま》い友人がいて羨《うらや》ましくてならず、ずいぶん練習したのだが、とうとうものにならなかった。今でも、口笛を吹ける人を見ると、羨ましいし、尊敬してしまう。

十津川には、他にも、したくて出来ないことがいくらでもある。どちらかというと、生来、不器用なのである。

煙草の煙で輪がつくれない。高所恐怖症だから、屋上の縁が歩けない。チエの輪がとけない。

市内を抜けたところで、小樽へ抜ける札幌自動車道に入った。小樽までの料金は四百円である。

七月の北海道はハネムーンの季節なのか、それらしいカップルが乗った車を、よく見かけた。

小樽には、午後一時過ぎに着いた。

小樽は、昔、卸売問屋が軒を並べていて、北海道の消費物資の大半は、ここから陸揚げされていたというが、十津川は、そうしたかつての小樽については、何も知らなかった。

十津川が知っているのは、

かなしきは小樽の町よ
歌ふことなき人々の声の荒さよ

という啄木《たくぼく》の歌である。

十津川の見た小樽の町は、静かだった。

商業港の町というイメージから、今は、観光都市に姿を変えようとしているようだった。

八月一日には、港祭りがあるとかで、町の目抜き通りでは、早くもその飾りつけが行なわれていた。

小樽は、日本旅館に予約してあった。ひとまず、そこへ落ち着いてから、観光地図を見て、小樽市の北にある祝津《しゆくつ》海岸へ行ってみることにした。

十津川が、そこが気に入ったのは、有名な海水浴場や、水族館があるということよりも、ヨットハーバーがあることだった。

彼は、大学時代に、ヨットクラブに入っていたことがある。あまりレースには強くないクラブだったたから、大学対抗戦で勝った記憶がないが、海の素晴らしさだけは、十分に満喫した。

それを思い出したのだ。

「君をヨットに乗せてやりたいんだ」

と、十津川は、直子にいった。

「怖くない？」

「大丈夫さ。私がついている」

と、十津川は、二十代の若者のような口調でいった。

車で二十分足らずの祝津海岸に着くと、十津川は、ヨットを借りて、直子を乗せ、石狩湾に出た。

ここ数年、事件に追われてヨットに乗っていなかったが、大学の四年間に身体で覚えた技術は、忘れていなかった。それに、海は凪《な》いでいて、風速は約七メートル。これなら、ひっくり返る心配もない。小型ヨットは、十津川の手にあやつられて、快適に走った。

沖には、三十隻近いヨットが出ていた。

そんなヨットの間に、猛烈な勢いで、モーターボートが突っ込んできて、十津川を一瞬ひやっとさせたこともあった。どこの海にも、馬鹿な人間がいるものである。

十津川たちは、ヨットを楽しんだあと、北洋の魚は全て揃《そろ》えているという水族館を見てから、旅館に帰った。心地よい疲労が、十津川をとらえていた。

約三時間のヨットの帆走で、十津川の顔は、赤く陽焼けしている。直子のほうは、焼けるのが嫌だと、つばの広い帽子をかぶって海へ出たのだが、陽差しが強烈だったせいか、海面からの照り返しで、彼女の顔も、赤くなっていた。

そうした疲れもあって、二人は、夕食をすませると、早く床に就いた。

明日は、倶知安《くっちゃん》をへて、室蘭まで南下して一泊、そのあと、登別《のぼりべつ》、苫小牧《とまこまい》を通って千歳に出て、羽田へ帰る予定だった。

三日目の朝は、前夜早く寝たせいか、七時には、十津川も眼をさました。

札幌と小樽の間は、わずか三十キロあまりだったが、小樽から室蘭までは、百二、三十キロはある。

朝食をすませてから、九時には、出発することにした。

十津川が運転席に座り、旅館の人々に見送られて、出発した。同じ旅館には、十津川たち以外にも、三組の新婚がいたが、いずれも、朝早く、車で出発していた。三組とも、函館から北上して来たカップルで、北上して、稚内《わっかない》へ行くという組もいれば、南下して、次は札幌泊まりという新婚もいた。

十津川は、小樽市内を七、八百メートル走らせたところで、急に車をとめた。

「故障？」

と、直子がきくのへ、

「あれを見てごらん」

と、道路の反対側にある五階建てのホテルを指さした。

「あれが、どうかしたの？」

「ホテルの前に、パトカーがとまっている。何か事件があったらしい」

「ご主人さま」

「何です？」

「新婚旅行《ハネムーン》の間は、刑事であることを忘れると、約束なさったんじゃなかったかしら？」

「覚えていますよ。ただ、あのホテルは、ニューオタル・ホテルとなっている。確か、例の若い新婚カップルは、ここへ泊まる予定だといっていたんじゃないかな」

「そうだわ。ええ。このホテル」

「ちょっと見てくる。何となく、気になるんだ」

十津川が、車をおりると、直子も、つられたようにおりてきて、

「パトカーが来てるってことは、何か事件があったのかしら？」

眼を、きらきら光らせて、十津川にきいた。

「らしいね」

「殺人事件？」

「いや、それなら、もっと沢山のパトカーが来ているはずだよ」

二人は、通りを横断すると、ホテルのロビーに入って行った。

ロビーには、十二、三人の客がいたが、何となく、騒然としている。

十津川は、フロントに、

「何かあったの？」

と、きいてみた。

「失礼ですが、あなたは？」

フロントが、眼鏡の奥から、十津川を見てきき返してきた。

十津川は、ポケットから、警察手帳を出そうと、手を突っ込んでから、ハネムーンに来て

いたのを思い出した。

一瞬、照れた顔になってから、

「ここに、友だち夫婦が泊まっているはずなんだ。矢代というんだが」

「矢代さまのお友だちですか？」

三十歳前後のフロントマンは、急に、眼を輝かせてきいた。

十津川は、何となく、不安に襲われて、

「あの二人に、何かあったのかね？」

「ちょっと待ってください」

フロントマンは、ふいに、カウンターの外に出てくると、ロビーを横切って、どこかへ消えてしまった。

「妙な具合だな」

十津川は、直子と顔を見合わせた。

「誰か呼びに行ったみたい」

と、直子がいっていると、フロントマンは、若い警官を連れて戻ってきた。

その警官が、十津川をつかまえて、

「矢代夫婦の知り合いというのは、あなたですか？」

と、強い声できいた。

「何かあったんですか？」

「その前に、どんな関係か話してください。いや、どこの誰かいってください」

若い警官は、甲高《かん》い声できいた。

十津川は、名刺を相手に渡した。

「警視庁捜査一課――？」

と、肩書を読んでから、若い警官は、狼狽《ろうばい》した顔になった。

「東京警視庁の方とは知らず、申しわけありません」

「別に謝ることはないさ」と、十津川は、笑った。

「それに、私たちは、新婚旅行《ハネムーン》で来ているんだ。だいぶ、くたびれた新婚だがね。矢代君たちは、こちらへ来る飛行機の中で一緒だったんだ。あの二人がどうかしたのかね？」

「その二人が、消えました。新婚旅行《ハネムーン》の途中なのに」

第二章　北の海岸

1

「消えた？」

「そうです。いなくなってしまったんです」

若い警官は、十津川が、東京警視庁捜査一課の刑事と知って、しゃちほこばって答えた。

「くわしく話してくれないか」

「矢代夫婦は、昨日の午後一時に、このホテルにチェックインしました。そして、午後二時頃、車に乗って、名所見物に出かけました。それきり、今朝になっても戻らないので、ホテルから、警察に電話があったわけです」

「荷物は、部屋に置いてあるのかね？」

「スーツケースや、着がえの服などは、部屋に置いたままです」

「しかし、まだ二十四時間たってはいないだろう。この街に、夫婦のどちらかの友人なり親戚がいて、そこへ泊まったのかもしれない」

「その可能性もないことはありませんが――」

「だが、道警が乗り出してきているには、それだけの理由があるはずだが」

「実は――」

と、相手がいいかけるのへ、十津川は、

「同じような事件が、前にも起きているからじゃないのかね？　そんな記事を、新聞で読んだ記憶があるよ」

「おっしゃるとおりです。五日前に、ここから北へ百キロ余り行った留萌《るもい》で、若い新婚夫婦が、消えてしまいました。五日たった今も、見つかっていません」

「どんなふうに消えたのかね？」

「今度の場合と、非常によく似ています。留萌の時も、若いカップルが車でやって来て、ホテルに泊まることになりました。到着したその日に、二人は、車で海を見に出かけ、それっきり、姿を消してしまったのです」

「姿を消さなければならないような理由のあるカップルだったのかね？」

十津川は、知らず知らずのうちに、刑事の眼、口調になっていた。

「あなた」

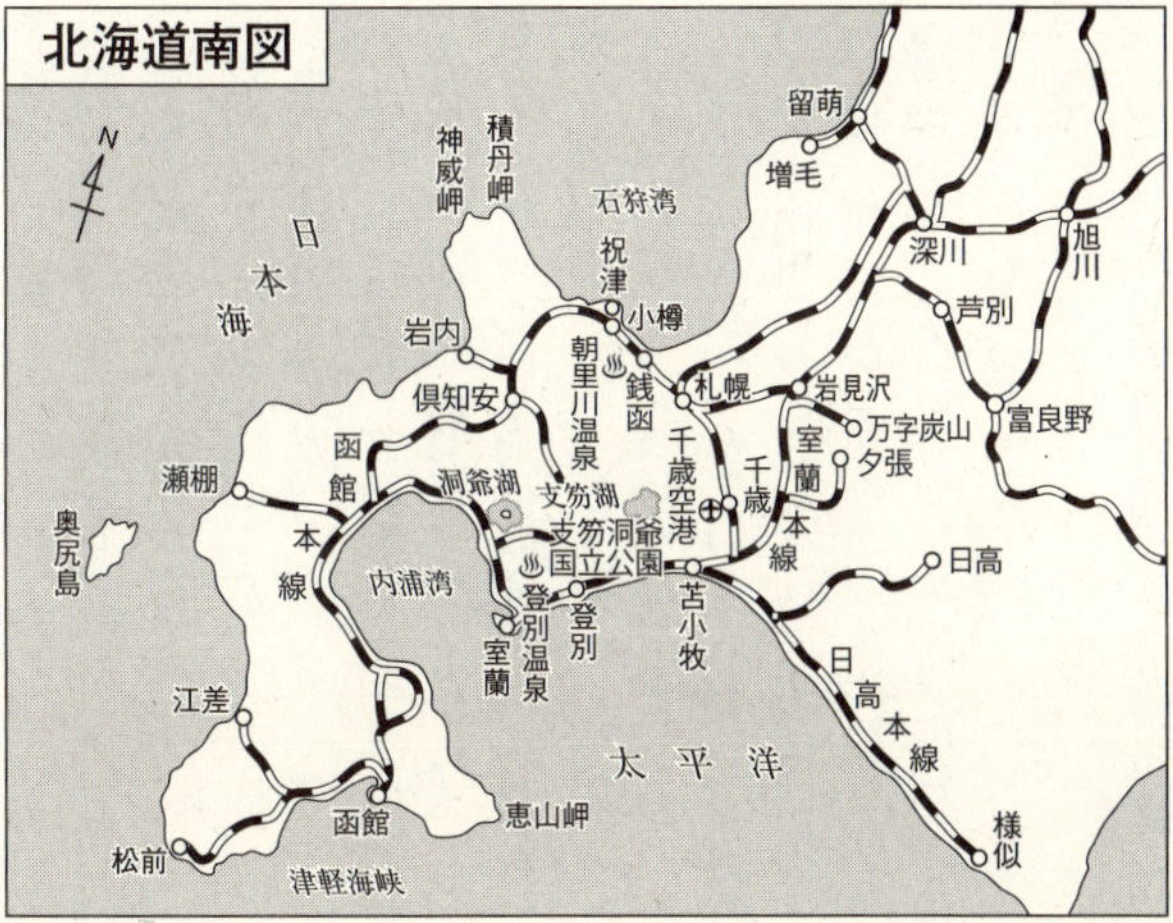

と、直子が、小声で呼んだ。ここは、北海道ですからということだろう。

十津川は、わかっているというように、直子に肯いて見せてから、

「どうなんだね？」

と、また、若い道警の警官にきいた。

「その点は、まだ調査中です」

警官が、そう答えた時、覆面パトカーが、急ブレーキの乾いた音を立てながら、ホテルの前に止まり、私服の刑事二人が、おりてきた。その中年のほうが、十津川を見て、おやッという顔をした。

「やあ」

と、十津川が、微笑した。

毎年一回、東京で開かれる全国捜査一課長会議に、十津川も、本多捜査一課長と出席するが、そこで何度か一緒になった道警の君島《きみじま》

警部だった。

君島は、アイヌ民族の血を引いているせいか、彫りの深い顔をしている。

その顔にも、微笑が浮かんで、

「どうして、君がここに？」

と、十津川にきいた。

十津川は、また、新婚旅行の話をし、直子を紹介した。

君島は、「ほう、君がハネムーンねえ」と、笑いながら聞いていたが、行方不明になった若いカップルと同じ飛行機で来て、しかも、車の故障を直してやったと聞くと、君島は、急に、真顔になって、

「その二人に、何か、妙な点がなかったかい？」

「怯《おび》えていたかどうかということなら、何もなかったよ」

と、十津川は答えてから、直子に向かって、

「君は、何か気がつかなかったかい？」

「朗らかな、面白いカップルだったわ。それに、行方不明だそうだけど、自分から姿を消したとは思われないわ」

直子がいうのを聞いて、君島が、

「なぜ、そう思われるんですか？　奥さん」

「車の故障を直してあげた時、向こうから、小樽の泊まり場所を、このホテルと教えてくれて、よかったら遊びに来てくださいといってくれたんです。もし、ここで姿を消す気だったら、見ず知らずの人間に、そんなことをいうでしょうか？」

「なるほど。奥さんは、名探偵の素質がおありですよ」

「おい、おい。妙なおだて方をするなよ」と、十津川がいった。

「彼女には、なるべく仕事に関係してもらいたくないんだよ」

「本当？」

直子が、首をかしげて、クスッと笑った。

「そうですよ。私は、保守的な人間だからね」

「女は、仕事に口出しするな？」

「出来れば、そう願いたいんだが、今度ばかりは、そうもいかないようだね。君のほうが、私より詳しく彼等を観察したらしいからね」

「夫婦だけの内緒話は、あとでやってくれないか」

君島が、からかい気味にいった。

十津川が、柄にもなく赧《あか》い顔になって、

「刑事の女房の心得をちょっと話したのさ」

と、いった。

矢代昌也と冴子のカップルが、いったいどこへ消えてしまったのか、ホテル側にも、全くわからないということだった。

2

とにかく、警察と、ホテル側が協力して、二人を探すことになり、彼等を知っているということで、十津川たちも協力することになった。

十津川と直子は、車の中で、小樽周辺の地図を広げた。

この土地に詳しい警察や、ホテルの車は、すでに、捜索に出かけてしまっている。

「君は、二人の乗っていた車を覚えているかい?」

「ちゃんと覚えているわ。白のニッサン・スカイラインで、七六年型だったわ」

「君島警部のいったとおり、君には、探偵の素質があるよ」

「ありがとうございます。旦那さま」

「彼等は、どこへ行ったと思う?」

「若い二人だし、車に乗っていたとすると、普通に考えれば、私たちがヨットに乗りに行った祝津海岸に行ったと思うわ。あの辺には、ヨットハーバーの他に、海水浴場もあるし、少し北へ行けば水族館もあるし——」

「警察とホテル側も、同じ考えで、祝津海岸のほうへ捜索に出かけたようだね」

「じゃあ、私たちは、別の方向を調べてみる？」

「観光地図によると、西北に、オタモイ海岸というのがあるね。断崖絶壁の美しさで有名で、断崖を削って、遊歩道が作ってあると書いてある」

「そこに行ってみます？」

「いや。警察とホテルが、祝津海岸から、そちらに回るだろう。距離的に近いからね。だから、私たちは、反対の南に行ってみようじゃないか」

「札幌方向へ十二キロのところに、朝里川《あさりがわ》温泉というのがあるわ。昔、原始林だった頃には、エゾ鹿やツキノワ熊が、傷をいやすために浸っていたんですって。朝里川の上流で、渓谷美が楽しいし、旅館も多いと書いてあるわ。あとは、冬、スキー場として有名な天狗《てんぐ》山ね。今は雪はないでしょうけど、ここからなら、小樽市の全景が見えると思うわ」

「違うな」

「何が？」

「天狗山や、朝里川温泉じゃないね」

「でも、北の祝津海岸方向以外で、行楽地というと、他にはないみたいだけど」

「二人が行ったのは、海岸線だと思うんだ。小樽から北の祝津海岸や、オタモイ海岸以外を探すのなら、南の海岸線だ」

「でも、地図を見る限り、何もないわ。札幌の近くまで戻れば、海水浴場があるけれど」

「そうだね」

「天狗山や、朝里川温泉じゃないと断言できるわけは？」と、直子はきいてから、急に、自分で、「ああ、そうか」と、少年のような声を出した。

「五日前に、北の留萌で、同じように、新婚のカップルが消えた。それが、確か海岸で消えたんだわ。だから、今度も、小樽付近の海岸で消えたと思うのね」

「ご正解。似たような事件は、似たような状況の下で起こるものだからね」

「じゃあ、行ってみましょうよ。南の海岸へ」

直子は、眼を輝かせていった。

十津川は、エンジンをかけ、ゆっくり車をスタートさせながら、

「怖くはない？」

「何が？」

直子が、不審そうにきく。

「われわれも新婚だということをお忘れですか？　お嬢さん。下手をすると、われわれも消えてしまうかもしれないってこと、考えたことないのかな？」

「あ、ホントね」

直子は肯いてから、クスクス笑い出した。

札幌から小樽へ来る時は、海岸から一キロほど内側を走る札幌自動車道を走ったのだが、今度は、海岸線を走る国道五号線（札幌街道）を行ってみることにした。

道路は、函館本線に平行して走っている。

石狩湾を左手に眺めながら、ゆっくりと、十津川は、車を走らせた。

上流に朝里川温泉のある朝里川も越えた。

時々、車を止め、線路を渡って、海辺に出てみた。

だが、矢代夫婦の白いスカイラインGTは、なかなか、見つからなかった。

この辺りの海岸線は、単調である。名所、旧蹟も、海水浴場もない。人影もなかった。

朝里川を越えて、十二、三分も走ったろうか。

海岸線が、低い丘陵になっているところで、二人は、車をおりた。

その丘陵のために、海辺が見えないので、反対側まで、歩いて行こうと考えたのである。

小さな丘陵は、波のように幾重にも重なっていた。その一つを越えた時、突然、直子が、

「あッ」

と、叫んで、次の丘陵を指さした。

そこに、まぎれもなく、白いニッサン・スカイラインが、駐《と》まっていたからだった。

「あの車だわ」

直子が、紅潮した顔で、断言した。

「誰も乗っていないようだね」

二人は、雑草がまばらに生えているゆるい斜面を、車に向かって登って行った。

丘陵の頂上に、車は、駐まっていた。

メタリックホワイトの車体が、強い夏の太陽を受けて、きらきら光っている。

「車体には触らないで」

と、十津川が、直子に注意した。

二人は、顔を車の窓ガラスにくっつけるようにして、車内をのぞき込んだ。

キーはなかった。

運転席には、北海道の道路地図が置かれ、助手席には、白いハンドバッグが見えた。

二人は、ここで車をおり、どこかへ行ったらしい。

車のところから、反対側のゆるい砂の斜面を、海辺に向かって、二つの足跡が、続いているのを見つけた。

その先には、濃紺の北国の海が大きく広がっている。

二つの足跡は、海に向かって消えてしまっていた。

十津川と直子は、何秒かの間、声もなく、波打ち際で消えている二つの足跡を見つめていた。

「消えたんだわ」

ふいに、直子が、怯えたように、声をふるわせていった。

「ああ、消えているね」

十津川は、抑揚のない声でいった。

まるで、車からおりた二人が、波打ち際までおりて行き、そこで、突然、宙に消えてしまったように見える。それとも、どこかへ、泳ぎ去ったのだろうか？

ふいに、十津川の頭に、次から次へと、疑問が押し寄せてきて、整理がつかなかった。

二人は、なぜ、こんな寂しい場所に来たのだろうか？

車からおりて、海辺に何をしに行ったのだろうか？

そして、二人は、どこへ消えてしまったのか？

「君島に知らせなきゃいけないな」

と、十津川は呟いた。

3

四十分後に、道警のパトカー三台が、狭い海辺に集まった。

写真が、何枚も撮《と》られた。

車のナンバーが、千歳空港のレンタカー営業所に照会され、借り主が、矢代昌也に間違いないとわかった。

車のドアは、ロックされていなかった。

運転席にあった北海道の道路地図には、何の印もついていなかった。

助手席のハンドバッグの中身も調べられた。

ネーム入りのハンカチ
口紅などの化粧品
キー（これはマンションのキーらしい）
小さな手帳

手帳には、「お土産を買っていく人」として、何名かの名前がのっていた。多分、結婚式に参列してくれた人たちの名前だろう。

「若者の興味を引くようなものは、この辺りには、何もないな」

と、君島が、周囲を見回しながら、十津川にいった。彫りの深い、ひげの濃い顔が、次第に厳しい表情になってきている。

彼のいうとおりだと、十津川も思った。

陽かげのない小さな砂浜は、ただ、暑いだけだろう。

海は遠浅ではなく、岩礁も多く、海水浴に適しているとは思えない。

眼の前には、ただ、コバルト色の水の海が広がっているだけだ。景色のいい所なら、他にいくらでもあるはずだった。小樽からここまで来る間にも、沢山あった。

「ちょっと、車に触ってもいいかね？」

と、十津川は、君島にきいた。

「どうするんだ？」

「クーラーが故障していないかどうか調べたいんだ」

「なぜ？」

「二人は、もっと先へ行くつもりだったのかもしれない。地図を見ると、あと十キロも行くと、銭函《ぜにばこ》海水浴場や、大浜海水浴場というのがある。そこへ行くつもりだったが、この辺まで来て、クーラーが故障してしまった。暑くてかなわない。二人がホテルを出たのは、午後二時頃だったそうだから、まだ西陽が強く、暑い盛りのはずだよ。それで、若い二人は、この辺で、ひと泳ぎしようとして、国道から折れて、ここへ車を乗り入れた」

「なるほどな」

「車の中の指紋採取は、終わったんだろう？」

「ああ」

「じゃあ、見させてもらうよ」

十津川は、ドアを開けて、車内に入った。とたんに、むッとする熱気が、彼を押し包んだ。いくら北海道とはいえ、夏の直射日光に、何時間もさらされていたのだから、鉄板は焼け、車内の温度は、四十度を越えているだろう。

十津川は、座席に腰を下ろし、クーラーを入れてみた。

ぶーんという低い音が聞こえ、最初、暑い風が吹き出してから、すぐ、心地良い冷気に変わった。

「クーラーは、故障していないね」

十津川は、車の外にいる君島にいった。

「すると、二人は、ここへ来ることが目的だったということかい？」

君島が、そんなことは考えられないという顔でいい返した。

「それとも、急に、トイレに行きたくなって、国道をそれたかな？」

「新婚だよ」

と、君島がいった。

「トイレに行きたくなったとしても、二人そろって、波打ち際へ歩いていくかい？」

「わかったよ。トイレは確かに不自然だ」

十津川は、クーラーを切って、車の外に出た。

君島は、煙草を取り出し、それを、十津川にもすすめてから、

「君に頼みがある」

「何だい？」

「私と一緒に、札幌の道警本部に行ってもらいたいんだ」

「おい、おい。私は、彼女と新婚旅行《ハネムーン》に来ているんだよ。三泊四日の旅行を了えたら、東京に戻って、また、大都会の寄生虫を捕えなきゃならないんだ」

「わかってる。だが、君も、奥さんも、事件の参考人だよ。重要参考人だ。だが、だから、道警本部に来てもらいたいといってるんじゃない。君に協力してもらいたいんだ。東京の警視庁には、道警本部長から断わってもらうつもりだ」

「単なる行方不明事件が、君たちの手に余るとは思えないんだが――？」

「単なる行方不明事件ならな」

「違うのか？」

「それがわからん。とにかく、札幌の道警本部へ一緒に来てもらいたいんだ。君に見せたいものがある。奥さんには、申しわけないが、先に帰っていただきたい」

「いいえ、私も、札幌に行きますわ。何しろ、私も、今度の事件の重要参考人なんですから」

直子は、ニッコリ笑っていった。

「何を見せたいんだ？」

と、十津川がきいた。

「見れば、君が必ず興味を示すと思うよ。今は、それだけしかいえないんだ」

君島のあいまいないい方が、いっそう、十津川の興味を引いた。

「そんなふうにいわれると、是が非でも見たくなるね」

「じゃあ、札幌に行ってくれるんだな」

「ああ、行くよ」

と、十津川は、肯《うなず》いてから、直子に、小声で、

「君も、本当に、道警本部に行くつもりなのかい？」

「ええ。あなたが興味を持つものなら、私も興味がありますものね。そちらの方が駄目だとおっしゃるなら仕方がありませんけど」

「いいですよ」

と、君島がいった。

4

十津川と直子は、その場から、君島と一緒に札幌に向かった。

市内の北海道庁に隣接する道警本部では、本部長の浅井が、十津川たちを迎えて、アイスコーヒーをご馳走してくれた。

「奥さんには、せっかくの新婚旅行《ハネムーン》のお邪魔をしたことを、お詫び申しあげます。ただ、われわれとしては、どうしても、ご主人の力を借りなければならないと思ったものですから」

浅井は、太った身体をゆするようにしながら、直子に向かって、頭を下げた。

「そんなこと、よろしいんです。それに、今から、夫の仕事に馴れておくほうが、私にも為になりますし――」

「そういっていただくと、われわれも助かります」

浅井が、直子にいっている間に、君島が、数枚の写真を持って来て、十津川の前に置いた。

「これを見てくれ」

と、君島がいう。

十津川が、その一枚を手にとった。

横から、直子がのぞき込んだ。

白い車が駐《と》まり、そこから、波打ち際に向かって、二つの足跡が伸びている写真だった。

その足跡は、そこで消えている。

「これは、さっきの現場で撮った写真だろう?」

十津川がきくと、君島は、

「よく見てくれよ」

「車が違うわ」と、直子が、急に、大きな声でいった。

「これは、いすゞ一一七クーペだわ。さっきの車は、ニッサン・スカイラインだったけど」

「車については、奥さんのほうが詳しいんだねえ」

「すると、これは、留萌《るもい》で消えたというカップルの？」

十津川が、強い眼で、君島を振り返った。

「そのとおりさ。七月十八日に、留萌の海辺で、新婚カップルが消えた。その時の現場の写真だ」

「全く同じじゃないか」

「ああ。気味が悪いくらい似ている。その他の状況もね」

「こうなると、ここに合同捜査本部を置くことになるんだろう？」

「そうなるだろうね。だが、この現場写真の相似のためだけで、君をここに連れて来たんでも、協力を要請しているわけでもない」

「他にも、何かあるのかい？」

「留萌で消えた二人の名前は、田口政彦《たぐちまさひこ》と浩子《ひろこ》で、東京の人間だ。正確にいえば、旦那の田口政彦は千葉生まれで、東京のスーパーマーケットで働いているが、奥さんのほうは、名古屋の人間で、旅行先で知り合って結婚した。北海道一周のハネムーンから帰ったら、世田谷《せたがや》のマンションで暮らすことになっていたから、二人とも、東京の人間と考えていいだろう」

「それが重大なことなのか？」

「いや、わからん。今、われわれが重大だと考えているのは、別のことだ」

「もったいぶらずに、ずばりと話せよ」

「別にもったいぶっているわけじゃない。協力してもらう君には、全てを話そうと思ってね。さて、二人は七月十六日に、上野のN会館で結婚式をあげ、その日の飛行機で、北海道にやって来た。どの便に乗ったと思うね？」

「そうか」

と、十津川が、眼を光らせ、直子が、

「全日航の千歳行き最終便！」

と、叫んだ。

君島は、ニッコリして、

「そうなんだ。全日航の二十時三十分羽田発千歳行きの最終五三七便だ。通称、ムーンライトと呼ばれて、新婚旅行《ハネムーン》客に限り二割引きになるやつだよ。今度、小樽で消えた若いカップルも、君たちと一緒に、この便でやって来た。七月二十一日の五三七便だがね」

「偶然の一致かもしれんよ」と、十津川は慎重にいった。

「私たちの利用した五三七便には、新婚のカップルが沢山のっていたからね。七月十六日の同じ便にだって、新婚カップルは沢山のっていたはずだ。たまたま一致することは、十分にあり得ることだろう。だから、どちらも全日航の最終便だったということは、あまり意味がないかもしれんじゃないか」

「私は、そうは思わないわ」

直子が、いった。

十津川は、ほうという眼で、彼女を見て、

「なぜだい？」

「私が、航空券を買いに行ったでしょう。その時、全日航の最終便五三七便は、夏季だけ、ムーンライト便と呼んで、新婚さんは二割引きだから、この便を利用しなさいって、すすめられたの。その時、いろいろと聞いてみたんだけど、二割引きだから、新婚さんが、この五三七便に集まるのかと思ったら、そうでもないのよ。一番多いのは、午後三時から五時までの間の便なんですって。午後八時過ぎの便というと、どうしても、不便ですものね。だから、この一致は、かなり、重大なことなんじゃないかしら。すみません。偉そうにいって」

「奥さんに、一本取られたな」

と、傍から、君島がいった。

「そうらしいな」

と、十津川は、苦笑した。

彼は、頭のいい女が好きだ。が、あまり才走っている奥さんというのも困る。これは、男のわがままだろうか？

若い刑事が、メモを持って来て、君島に渡した。

「小樽の二人も、東京の人間だね」と、君島が、そのメモを見ながら、十津川にいった。

「男は、中堅商社の社員だ」

「名刺を貰ったから知っているよ。会社のマークの入った名刺を初めて作ったとかで、張り切っていたね。その上、可愛らしい花嫁を手に入れたんだから、彼は、幸福の絶頂にいたはずだ。自分から姿を消さなければならない理由はなかったと思うね」

「君も、今度の事件に、犯罪の匂いを感じるかね？」

「二組のカップルが消えたのを、まさか、ＵＦＯにさらわれたと考えられないじゃないか」

と、十津川は、笑ってから、

「まず、二組の共通点を見つけ出すことから始めるべきだな」

「それを君がやってくれないか」

「私が――？」

「ああ。二組とも東京の人間だ。道警としても、東京での四人の生活から調べたいと思うんだが、それを、君にやってもらいたいんだ」

「私たちはだね――」

「わかってるよ。新婚旅行《ハネムーン》の最中だというんだろう？」

「そうだよ」

「一日早めて、東京に帰って、この二組のカップルを調べて欲しいんだ。君に頼めば安心だという気がするし、こういう奇妙な事件では、東京に調査を依頼しにくいんでね」

「確かに、興味がある事件なんだが、捜査一課長が何というか」

「その点は、大丈夫だよ。うちの本部長が、電話して了解を得るといっている」

「まるで強制的だねえ」

「それだけ、君の刑事としての手腕を買っているということだよ」

「参ったな」

と、十津川は、いったが、その言葉とは反対に、顔は笑っていた。

今度の事件には、十津川も強い興味を感じていたからだった。それに、事件の根が、北海道ではなく、東京にあることも、十分に考えられる。

「ただ、一つだけ君に頼みたいことがあるんだ」

十津川は、小声でいった。

「何だい？」

「ちょっと、こっちへ来てくれ」

十津川は、君島を、部屋の隅に引っ張っていってから、

「彼女を、しばらく、北海道へ引き留めておいてもらいたいんだ」

「なぜだい？」

「彼女は、今度の事件に、妙に乗り気になってしまってね。君が、変なほめ方をしたこともあるんだが、私が、これから東京へ帰るといえば、彼女も一緒に帰るというに決まっている。東京でも、手伝いたいというに違いない。だが今のところは、ただの行方不明だが、いつ危険な事件に発展するかわからない。彼女を、そうした危険な目にあわせたくないんだ」

「わかった。参考人として、しばらく、こちらに引き留めておくよ」

「私が頼んだことは内緒だ」

「いいとも。それで、君はどうする？　すぐ東京へ帰るかい？　それなら、私が、千歳まで車で送って行く。レンタカーは、あとで返しておくよ」

「その前に、もう一度、北国の海を、この眼で見ておきたいね」

5

十津川は、再び、君島の車で、矢代夫婦が消えた北の海岸に向かった。

陽が落ちて、夕闇《やみ》が、低い丘陵を包み始めていた。

二人が乗って来たニッサン・スカイラインは、すでに運び去られていた。吹き出してきた風が、小石を転がしている。

十津川は、二人の足跡をたどるようにして、波打ち際までおりて行った。

眼の前の海が、刻々と暗さを増していく。

昼間は、いい天気だったが、雲が出てきたのだろうか。星も、月も見えない。

十津川は、煙草をくわえたが、海から吹きつけてくる風が強くて、ライターの火がすぐ消えてしまう。海に背を向け、両手で囲うようにして、やっと火をつけた。

「大丈夫か？」

君島が、急に、心配そうに声をかけて、十津川の傍へ駈け寄って来た。

「何がだい？」

「だんだん、囲《まわ》りが暗くなってくるだろう。その暗闇の中に、君が消えていくような気がして、心配になったんだ」

「私は、消えはしないさ」と、十津川は、笑った。

「だが、北国の海というのは、不思議な魅力を持っているねえ」

十津川は、じっと、暗さを増した海を見やった。別に、猛々《たけだけ》しく、咆哮《ほうこう》しているわけではない。ただ、単調に、波頭が白く光り、それが消え、波打ち際で砕け散っているだけに過ぎない。

煙草が消えると、十津川は、急に、

「さあ、行こう」

と、君島を促した。

「何か、得るところがあったかね？　海をもう一度見て」

君島が、歩きながらきいた。

「二組の若いカップルが、どんな気持ちで、北国の海を見たのだろうかと、考えただけさ」

「それで、彼等の気持ちがわかったのかい？」

「いや」

「じゃあ、何にもならずか？」

「そうでもないさ。私は、今まで、南の海が好きだった。特にサンゴ礁の海は、もちろん、おだやかな時だが、それこそ母のように、柔らかくこちらの身体を包み込んでくれるようなところがある。だが、北の海は、人間の甘い感傷を拒絶するみたいなところがある。特に、こことか、留萌の例の海辺は、沖に何もない。小さな島影でも見えれば、感傷の入り込む余地もあるのだろうが、眼の前に見えるのは、果てしなく広がる北の海だけだ」

「それが、二組のカップルが消えたことと、何か関係があると思うのかね？」

「あるかもしれないし、ないかもしれない。今は、ただ、そんな感想を持っただけさ」

二人は、車に乗った。

君島の運転する車は、ひたすら、千歳空港に向かって、走り続けた。

空港に着いた時、雨が降り始めていた。

第三章　共通項

1

十津川は、全日航の羽田行き最終便に乗った。

千歳発羽田行きの二十時三十分（午後八時三十分）の最終五二四便も、夏季期間だけ、ムーンライト便と名付けられ、ハネムーンサービスが行なわれている。

十津川と直子は、明日のこの便で帰る予定になっていたのである。

十津川は、新しく航空券を買った。見送りの君島に、

「彼女のことを頼むよ」

といってから、飛行機に乗り込んだ。

千歳へ来る時のムーンライト便は、トライスターだったが、羽田行きのムーンライト便は、ボーイング747SRだった。

十津川は、このジャンボ機というのが、あまり好きではない。ジャンボ（巨象）という愛称は、のろまな感じがするので、製造元のボーイング社では、スーパージェットと呼んでいるらしい。

十津川は、別に、そのせいで嫌いなわけではない。外見は、巨大な割りには、スマートだと思っている。ただ、ジャンボの機内は、横に広いだけでなく、前後にも長くて、飛行機の内部というより、船の内部を思わせる。十津川は、船旅も好きである。だからこそ、余計に、船が空中に浮かぶような感じが嫌いなのだ。

機内には、やはり、ハネムーン帰りらしい何組かのカップルがいた。どのカップルも、ちょっと疲れていて、いい合わせたようにお土産を沢山抱えている。

十津川は、五人のスチュワーデスの顔を、注意深く見たが、行きのムーンライト便で一緒だったスチュワーデスの顔は、ないようだった。

両方のムーンライト便は、どの辺りの上空で、すれ違うのだろうか。そんなことを考えているうちに、十津川は、いつの間にか眠ってしまった。

細かい機体のゆれで眼をさますと、ボーイング７４７は、下降体勢に入っていた。雨雲を抜けるので、機体がゆれるらしい。

眼をこすって、窓の外を見ると、眼下に、東京の灯が、にじんで見えた。

華やかで、美しい明かりだった。視界一杯が灯の海である。昼間、空から見る東京は、ただやたらに広いだけで、情けないほど、ごみごみと混み合っている。だが、夜の空から見下ろす東京は、ただ、ひたすら美しい。夜は魔術師だと、誰かがいったが、そのとおりだと思う。

定刻より十二、三分おくれて、五二四便は、羽田空港に着陸した。

空港には、部下の亀井刑事が、迎えに来てくれていた。

「ハネムーンは、いかがでした？」

と、人生では先輩の亀井が、ニヤニヤ笑いながらきいた。

「妙な笑い方はしなさんな」と、十津川は、いった。

「それより、電話でいった事件のことだがね」

「課長は、了承しましたよ。北海道警に協力するようにということです」

「君が手伝ってくれるわけかい？」

「いつも、変わりばえしない私で申しわけないんですが」

「君が一番いい相棒だよ」

「事件が、殺人に発展しない限り、二人だけでやるようにということです」

「いいさ。今のところ、道警の事件で、われわれは、その手伝いというわけだからね」

十津川たちは、空港を出ると、亀井の運転する車に乗った。雨は、まだ降り続いている。

都心に出る高速道路に入ってから、

「妙な事件ですね」

と、亀井が、いった。

「問題は、二組のカップルが、彼等の意志で消えたのか、誰かに連れ去られたのかということだな」

「警部は、どちらだとお考えですか？」

「明日から、それを調べてみたいんだ。この二組のカップルの過去に何か暗いものがあれば、自ら消えた可能性が出てくるからね」

2

夜明け前に雨がやんで、十津川たちが、矢代昌也の勤務先である中央商事を訪ねる頃には、真夏の強い太陽が、舗道に照りつけていた。

「やはり、東京は暑いね」

十津川は、中央商事のビルに入る階段をのぼりながら、亀井にいった。

ガラスのドアを押して入ると、とたんに、エアコンのきいた空気が、十津川たちを押し包んだ。

第二の石油危機が叫ばれ、冷房も、なるべくおさえるようにといわれているが、そう上手くコントロールは出来ないらしい。

夏は、開襟シャツでという運動もあるらしいが、この中央商事では、全員が、きちんとネクタイをしめていた。

十津川たちは、まず、矢代の上司である第三営業課長の宮本に会った。

壁に大きな世界地図の貼《は》られた第一応接室でだった。
三十七、八歳の若い課長である。如才《じょさい》なく、十津川たちに、外国煙草をすすめてから、宮本は、
「矢代君のことでは、私も、びっくりしています」

と、いってから、

「いったい、何があったんでしょうか？」

「何があったのかわかりませんが、矢代夫婦が、海辺で消えてしまったことだけは事実です」

「新聞にはそう書いてありましたが、本当なんですか？」

「新聞の記事を信用なさらないんですか？」

「そうはいいませんが、あまりにも、とっぴな事件ですからねえ」

「宮本さんは、結婚式に出席されたんですか？」

「私と家内で、仲人をやらせてもらいました」

「式に出た人の名前はわかりますか?」

「同じ第三課の井本君というのが、司会をやりましてね。彼が、手帳にメモしているはずです。呼びましょうか?」

「あとで、呼んでください」と、十津川は、いった。

「矢代君というのは、どんな青年ですか?」

「今年の四月に入社したばかりですからねえ。完全に、どんな青年かわかったとはいい切れませんが、朗らかで、好感の持てる好青年ですよ」

「外交辞令でなくですか?」

「ええ、とにかく、好奇心の強い青年だという印象ですね。商事会社には、ああいう青年が向いていると思いますよ」

「ここでは、社員の採用に当たって、身上調査はなさるんですか?」

「もちろん、しますよ。身上調査書が回ってくるので、私も、眼を通しました」

「矢代君の身上調査書には、どんなことが書かれていました?」

「学生運動の経験はなし。サッカー部のマネジャーをやっていたと書いてありましたね。両親は健在。もちろん、前科はなしです」

「結婚した冴子さんについても、よくご存知ですか?」

「三回ほど、矢代君が、私の自宅に連れて来ましたよ。おっとりした、いいお嬢さんでしたね」

「新婚旅行に北海道を選んだのは、当人の計画ですか？　あなたが、サジェストしたというようなことは？」

「ありませんね。最近の若い人は、気軽く、海外へハネムーンに出かけますが、矢代君は、日本の良さをもっと知りたいし、無駄使いはしたくないといっていましてね。私も、大いに賛成しました。この会社で働いていれば、海外へは、いやでも行くようになりますからね。北海道行きには、賛成でしたよ」

「結婚式の時に、何か、気になるようなことはありませんでしたか？」

「どんなことでしょうか？」

「そうですね。矢代君が、何か悩んでいる様子だったとか、新婦の冴子さんの顔色が冴えなかったとかといったことですが」

「そんなことは、全くありませんでしたよ。明るく、なごやかな、いい結婚式でしたね。妙な発言をする人もいなかったし――」

宮本の口からは、肯定的な言葉しか聞くことは出来なかった。

十津川は、結婚式の司会をやったという矢代の同僚を呼んでもらうことにした。

井本という、矢代と一緒にこの会社に入った青年は、応接室に入ってくるなり、

「彼のこと、何かわかりましたか？」

と、十津川と亀井の顔を見てきいた。

学生時代は、運動部に属していたせいか、がっちりした身体つきをしている。

十津川は、相手の質問には答えず、

「君が、結婚式の司会をやったそうだね？」

と、逆にきき返した。

「ええ。矢代とは、同じ大学を出たものですからね。彼に頼まれたんですよ」

井本は、白い歯を見せて、いった。

「北海道へハネムーンというのは、矢代君自身の案だったのかな？」

「僕も相談にのりましたよ」

「ほう、どんなふうに？」

「とにかく、入社早々の結婚ですからね。給料も安いし、貯金だって余りない。それで、国内旅行にしたいというんで、僕が北海道旅行をすすめたんですよ。北海道の夏は、気持ちがいいいし、全日航で、ハネムーン割引きをやっていましたからね」

「すると、矢代君たちのハネムーンコースは、君がすすめたのかね？」

「三人で相談して決めたというのが正しいですよ」と、井本は、訂正した。

「彼女の了解だって得なきゃなりませんからね。まあ、僕は札幌の生まれだし、北海道にくわしいんで、いろいろと、サジェストはしましたが」

「そして、決まったコースというのは？」

「ちょっと待っていてください」

井本は、急に立ちあがって応接室を出て行くと、コピーされたメモを持って戻って来た。

北海道での旅行日程が書かれてあり、確かに、二日目は、小樽となっていた。

○七月二十二日（二日目）
小樽　ニューオタル・ホテル
祝津海岸　海水浴　ヨット　ニシン御殿
オタモイ海岸　断崖の遊歩道
手宮自然公園　古代文字　鉄道記念館
名　産――数の子飴　熊笹せんべい　すじこあめ　ジンギスカン鍋

「これは、君が二人に書いてやったのかね？」

「相談して作ったといったほうが正確でしょうね。まあ、北海道のことは、僕が一番よく知っているので、僕の意見を二人が聞いてくれた形で作ったプランですが」

「だが、矢代君たちは、このプランに従わなかったようだよ。祝津海岸にも、オタモイ海岸にも、手宮自然公園にも行かず、人の気配のない海岸へ行っているんだ」

十津川は、ポケットから、折りたたんだ北海道の地図を取り出し、それをテーブルの上に広げた。二つのカップルが消えた海岸には、赤で印がついている。

「矢代君たちは、車で、ここへ行って消えてしまっているんだよ」

十津川がいうと、井本は、首をかしげて、

「この辺には、何もないんじゃありませんか？」

「そのとおりだ。あるのは、人気《ひとけ》のない小さな砂浜と、北の海だけだよ。だが、矢代君たちは、小樽に着くと、すぐ、車でここへ行ってるんだ。君に心当たりはないかね？　二人がここへ行くような」

「全然ありませんよ。二人は、今年はまだ泳いでいないんで、小樽では、祝津海岸で泳ぐんだと楽しみにしていたんですから。この丸印のついたところは、泳ぐのに適しているんですか？」

「いや。急に深くなっているし、岩礁が多いから、水泳には適していないね。それに、景色がいい場所でもない」

「じゃあ、なぜ、そんな場所へ行ったのかわからないなあ」

「結婚式の模様は、8ミリにでも撮ったのかね？」

「同僚の一人が、ビデオに撮りましたよ。矢代君たちがハネムーンから帰って来たら、贈呈するつもりだったんです」

「それを借りたいんだが」

「いいですよ。お貸しします」

「式のあと、君は、二人を、羽田まで送って行ったのかね？」

「五、六人で、送りました。二人が飛行機に乗るところまで見ていました。もっとも、夜おそかったので、帰りに、新橋で、二人を肴《さかな》に飲みましたけど」

「その間、小樽で、この海岸へ行くということを口にしたことはなかったかね？」

「ありませんよ。あれば、僕が覚えています」

「矢代君も、花嫁も、北海道は初めてだということなんだが？」

「そうです。彼が嘘《うそ》をついていない限り、初めてのはずですよ」

「矢代君は、嘘をつくほうかね？」

「冗談はいいますが、嘘はつきませんよ。北海道が初めてというのは本当だと思います。そんなことで、嘘をつかなきゃならない理由はありませんからね」

「大学で一緒だったといったね？」

「そうです。僕はサッカーをやってましてね。彼は、マネジャーだったんですよ。うちのサッカー部は弱いんで有名でしたがね」

「矢代君の性格は？」

「多少、おっちょこちょいのところがありましたが、いい男ですよ。めちゃくちゃに強い相手と試合を組んできたりして、三十対ゼロみたいなスコアで負けたこともありますね。でも、憎めない奴ですよ。だから、結婚式には、当時のサッカー部の連中が、全員参加したんです」

「冴子さんのことは、どの程度、知っているのかね？」

「サッカーチームの中に、木谷という男がいましてね。木谷の妹の友だちです」

「矢代君は、眠り姫と呼んでいたみたいだが？」

「呑気《のんき》なところのある女性だからでしょう。そんなところが、彼は気に入ってるみたいですね」

井本の話を聞いている限り、矢代夫婦が、自ら姿を消さなければならない理由は、どこにもなさそうだった。

十津川は、井本から、結婚式のビデオテープと、参列者の名簿の写しを借りて、亀井を促して、席を立った。

3

外へ出たところで、十津川は、名簿を亀井に渡した。

「君は、矢代冴子の友人に当たって、彼女のことを聞いてみてくれ。矢代のほうに、あの海岸に行く理由がなかったとしても、冴子のほうにあったのかもしれないからね」

「わかりました」

「私は、もう一組のカップルに当たってみる」

十津川は、亀井に車を渡し、自分はタクシーを拾った。

田口政彦が働いていたのは、杉並区和泉《いずみ》二丁目にある「日の丸スーパー」である。

京王線の代田橋駅に近く、二階建てで、一階が食料品、二階が衣料品などを置いている典型的なスーパーマーケットだった。

十津川は、店長の富永に会った。

まだ三十代の若い店長だった。ネクタイにワイシャツ姿だが、その上に、店のマークの入ったジャンパーを着ているところは、いかにも、スーパーの店長の感じがする。

店長室の壁には、月間売り上げの大きなグラフが貼ってある。

「田口君のことでは、みんな心配しているのですよ。いなくなってしまってから、もう一週間近くたちますからねえ。何の消息もつかめませんか？　まさか、UFOにさらわれたなんてことはないでしょうねえ」

富永は、太い声で、べらべらとまくしたてた。

「どんな青年ですか？」

「明朗な青年です。うちで野球のチームを作って、お得意とよく試合するんですが、田口君は、うちの第一エースですよ。彼がいなくなってからの試合は、大負けです。早く帰って来てくれんと、勝てませんよ」

あははと、富永は笑った。そんないい方で、田口のことを心配していることを示したのだということはわかったが、それでも、やはり、冷たい感じがしなくもない。

「花嫁の浩子さんとは、旅行先で、知り合ったようですね?」

「そうらしいですね。あんな可愛い娘と知り合えるのなら、旅も楽しいですねえ」

「彼は、旅行好きだった?」

「ええ。休みがとれると、よく旅行していたようですよ。羨ましいですね。今の若い人たちは、簡単に海外旅行もするんだから。私が、二十代の頃は、なかなか、海外旅行まではねえ。そうじゃありませんか?」

「田口君は、海外旅行の経験があるわけですか?」

「二、三年前でしたかね。若い連中だけで、フィリピンに行って来たらしいですよ」

「結婚式には、出られましたか?」

「ええ。もちろん出席しましたよ」

「仲人をされたんですか?」

「いや、うちでは、社員の結婚式の仲人は、必ず社長がやることになっているんです。それで、田口君の結婚式も、社長夫妻が、仲人をしました」

「新婚旅行に、北海道を選んだのは、田口君の発案ですか？」

「そういうことは、彼の同僚のほうがよく知っていると思いますね」

と、富永はいい、清水という青年を呼んでくれた。

十津川は、店長室では話しにくいだろうと思い、清水を、近くの喫茶店に誘った。この店でも、今はやりのインベーダー・ゲームが置いてあり、大学生らしい二人が、夢中になってやっている。その電子音を聞きながらの会話になった。

「彼が決めたんですよ」

と、清水は、あっさりと、十津川に向かって肯いて見せた。

「なぜ、北海道にしたんだろう？　最近は、グアムやハワイが、ハネムーンの対象になっているのにね」

「それは、二人にとって、北海道が思い出の土地だったからじゃないですか」

「というと？」

「田口は、野球の他に、スキーが得意でしてね。冬になると、よく、北海道のニセコあたりに出かけていたんです。彼女とは名古屋で知り合ったんですが、彼女を最初に誘ったのが、北海道へのスキーだったといってましたね。それが、いわば、婚前旅行だったんで、ハネムーンも、思い出の北海道にしたんだといってましたね。もっとも、今度は、海を見てきたいといっていましたが」

「旅行プランは、見せてもらったかね？」

「ええ。見せてもらいました」

「留萌のことが書いてあったのは覚えている？」

「ええ。一日目、二日目は札幌、三日目留萌、四日目稚内となっていましたよ。ただ、留萌は、稚内へ行く途中という感じで話していましたね。ひとりで車を運転するのなら、いっきに稚内まで行ってしまうんだが、彼女が一緒なので、途中、留萌で一泊するんだと」

「留萌では、どこを見物するつもりか、いっていなかったかね？」

「そうですね。時間があれば、暑寒別《しょかんべつ》道立自然公園へ行ってみるといっていましたよ。今頃、ここの高山植物は素晴らしいと、観光案内に出ていたからです。田口は、プレイガイドでも聞いたが、ここの高山植物は見るだけの価値があるといわれたといっていましたよ。お花畑だと」

「暑寒別道立自然公園か」

十津川は、また、北海道の地図を取り出し、コーヒーカップを脇へどけて、テーブルの上に広げた。

留萌市の南約二十キロのところに、暑寒別道立自然公園がある。

留萌から、国道を南に十七・一キロ下ると増毛《ましけ》町がある。ここから、標高一四九一メートルの暑寒別岳に登る登山道がある。高山植物の宝庫、山頂の展望は素晴らしいと書いてある。

だが、田口夫婦が消えてしまった海岸は、留萌から逆に、北へ五、六キロ行ったところだった。

留萌から、四十キロ北へ行けば、左手の日本海に、オロロン島で有名な天売島《てうり》や、すずらんの群生が見られる焼尻島《やぎしり》が眺められる。田口夫婦が消えたあたりでは、この二つの島は見えず、ただ、日本海が広がるだけである。

(なぜ、こんな場所に、車を止め、海辺まで歩いて行ったのだろうか？)

当然、そんな疑問がわいてくる。それは、小樽付近の海岸で消えてしまった矢代夫婦に対して抱いたと同じ疑問だった。

「僕も、この海岸へ行って来ましたよ」

と、清水が、地図を見ながら、十津川にいった。

「いつだね？」

「七月二十日、二人が消えた翌々日です。田口の両親や、浩子さんの両親を案内して行ったんです。向こうでは、警察の人が、留萌から案内してくれました」

「それで、どう思ったね？」

「なぜ、こんな味もそっけもない海辺に二人が来たのか不思議でしたね。景色は単調だし、泳ぐには適さないし、せいぜい、釣りぐらいしか出来ない場所ですよ。といって、二人の車には、釣り道具は積んでなかったということです」

「君と一緒に行った二人の両親は、どういっていたね？」

「やはり、わけがわからないということでしたね。浩子さんの両親は、十八日に彼女が留萌に着いた時に名古屋まで電話が入って、明日は、稚内に向かうといっていたので、てっきり、稚内に行ったものとばかり思っていたといっていましたよ」

「車は見せてもらった？」

「ええ。それから、留萌駅前のホテルには、二人のスーツケースが、そのまま残っていました。だから、稚内へ行く途中で、あの海岸へ寄ったのではなく、留萌へ来て、ホテルへ入ってから、その日のうちに、車で行ったんですよ」

「スーツケースの中を見たかね？」

「二人の両親が見ていたのを、のぞき見しただけですが、消えてしまった謎《なぞ》を解くようなものは入っていませんでしたよ」

「ホテルで、二人のことをきいてみたかね？」

「ええ。しかし、黙って、鍵《かぎ》を預けて外出したというだけでした。結局、なぜ、あんな場所へ出かけたか、全くわからずです。浩子さんの両親も、同じことをいっていましたね。二人が、いったいどうなったのか、警察は、どう考えているんですか？」

清水は、逆にきき返してきた。

「わからないから調べているんだよ。君たちは、二人を羽田空港まで送って行ったのかね？」

「ええ。同じ野球チームの仲間で送って行きましたよ。浩子さんのほうも友だちが五、六人、空港まで送りに来ていましたね」

「空港へ行く途中でも、空港ででもいいんだが、留萌で誰かに会うようなことをいってなかったかね？」

「そんな話は、全然ありませんでしたよ。ハネムーンですからね。二人だけの旅行にしたいんじゃありませんか。北海道に、二人の知り合いがいるような話は、聞いたことがありませんでしたよ。北海道の日本海側というのは、UFOが、よく現われるところなんですか？」

「なぜだね？」

「田口たちの他にも、もう一組、ハネムーンのカップルが消えたって、新聞に出てましたからね。そんな妙な出来事が頻発《ひんぱつ》するのは、UFOのせいじゃないかっていう者もいるもんですから」

「なかなか面白い意見だが、われわれは、そんなふうに考えるわけにはいかないんだ」

「しかし誰かが、二人を連れ去ったとは、考えているんでしょう？」

清水は、眼を光らせて、切り込んできた。

「さあ、どうだろうか」

「二人が、自分の意志で、姿を消したとお考えなんですか？」

「その可能性もあるわけだよ。違うかね？」

十津川は、試すように、相手を見た。

「考えられませんよ。そんなことは」と、清水は、首を振った。

「田口は、仕事は上手《うま》くいっていたし、彼女と愛し合っていましたからね。それに、二人の結婚が反対されていたわけじゃないんですからね。二人の結婚は、祝福されていたんですよ。どうして姿を消さなきゃならないんですか？」

「二人が、多額の借金をしていたというようなことはなかったかね？」

「サラ金ですか」

と、清水は、笑って、

「田口は、僕と違って、堅実な男ですからねえ。借金なんか全然ありませんよ。もし、サラ金から借金をしていて、それで姿を消したんなら、彼を探して、サラ金業者が、職場へ押しかけて来るはずでしょう。そんな者は、誰も来ませんよ」

「職場の誰かと、喧嘩《けんか》したというようなことはないのかね？」

「田口は、そんな弱い男じゃありませんよ。喧嘩もよくやりますが、そんなことぐらいで蒸発はしませんよ」

清水は、笑った。

「すると、自分から姿を消す理由はなしか」

「誘拐《ゆうかい》だとすると、まあ、身代金《みのしろきん》が目当てということになるんだが、田口君の家は、資産家かね？」

「ありませんね」

「田口の家がですか――」

と、清水は、また笑った。

「よく笑うねえ」

「刑事さんが、見当違いのことばかりいうからですよ。田口の両親は、千葉に住んでいて、僕も、彼に連れられて遊びに行ったことがありますが、小さな酒店をやっていましたよ。夫婦二人だけでね。田口には、兄貴が一人いますが、この人は、千葉でサラリーマンをやっています。エリートサラリーマンじゃないから、どちらをゆすったって、大金は払えないんじゃないかな。身代金目当てに田口たちを誘拐したんだとしたら、そいつは、よっぽどの馬鹿ですよ」

「奥さんのほうの家族のことも、君は、知っているのかね？」

「結婚式の時に、会っただけですが、田口の家と似たりよったりだと思いましたね。第一、彼女の家が金持ちで、その財産目当てに誘拐するんなら、彼女だけ誘拐すればいいんじゃないですか？　そのほうが楽だし、効果は同じですからね」

「君は、道を誤ったよ」

「え？」

「刑事になったほうが、よかったということさ。なかなかの推理力だ」

「照れますねえ」

清水は、満更《まんざら》でもない顔で、ニヤッと笑った。

4

十津川は、清水の言葉を、うのみにしたわけではない。

だから彼は、その足で千葉市内で酒店をやっているという田口の両親に会いに出かけた。

国電の千葉駅でおりた時には、すでに、陽が暮れていた。

田口酒店は、駅前からバスに乗り、二十分ほど行った、西千葉駅に近い作草部《さくさべ》町にあった。

清水のいったとおり、十坪ぐらいの小さな店である。

(この店を売ったところで、五、六百万ぐらいにしかなるまい)

と、計算しながら、十津川は、奥に向かって声をかけた。身代金目当ての誘拐犯が狙《ねら》うような家ではない。

田口の両親は、在宅していた。

「どうも、あれ以来、商売に身が入らなくて、今日も、もう店を閉めようかと思っていたところなんです」

と、父親の田口晋吉《しんきち》がいった。

母親の良子《よしこ》が、お茶をいれてくれた。

どちらも、平凡な、初老の夫婦という感じしかしなかった。

「息子さんが消えてから、今日で、確か――」

「一週間たちました」

と、田口晋吉が、溜息《ためいき》をついた。

「息子さんからか、花嫁からか、この七日間、何の連絡もなしですか?」

「全くありませんよ。そうだろう? 母さん」

田口晋吉が、良子を見ると、彼女も、「ええ」と肯いた。

「生きてるなら、電話でもしてくれればいいのにと思うのに」

「他の人からの情報は?」

「ありません」

「息子さんが姿を消すようなことに、何か心当たりは、ないんですか?」

「全然、ありませんよ。ないから、何が何だかわからなくて、困っているんです」

「浩子さんのご両親には、お会いになっていますね?」

「ええ。もちろん」

「名古屋の家へ遊びに行かれたことは？」

「二度ほど行きました」

「資産家ですか？」

「え？」

「身代金目当てに、誰かが、浩子さんの誘拐を企むほど、彼女の家は、金持ちですか？」

「いや。うちと同様の小さなお店でしたよ。向こうは、お菓子屋さんですがねえ。それで、私らも、ちょうどいい相手と思ったんですよ。相手の家が、あまり貧乏でも困るし、といって、こちらと釣り合わぬほど金持ちでも、おつき合いが大変ですからねえ」

「ご一緒に、北海道の現地を、ごらんになったんでしたね？」

「ええ」

「向こうのご両親は、何か思い当たることがあるようなことは、いっていませんでしたか？」

「いいえ、全然、心当たりがないと、呆然としていましたよ。今度の結婚には、両方で賛成していたんだし、これといった障害があったわけじゃありませんからねえ」

二人が、十津川に話してくれている間に、何人か、客が、買い物に来た。近所の人たちとみえて、出て行く田口晋吉や、良子に、なぐさめの言葉をかけている。それも、おざなりの言葉ではなく、心から、心配している感じだった。それだけ、この夫婦が、近所の人たちから好かれているということだろう。

(この両親を憎んでいる人間が、その子供を誘拐したというのでもなさそうだな)

と、十津川は、思った。

「息子さん夫婦の写真をお借りできますか?」

5

十津川は、田口酒店で、インスタントコーヒーを買って、警視庁に戻った。

それを、いれているところへ、亀井刑事も帰って来た。

「矢代冴子の友人三人に会って来ました。三人とも、短大の同期生です」

亀井が、メモを見ながらいった。

十津川は、彼にも、インスタントコーヒーをいれてやってから、

「何か、蒸発のヒントになるようなことが見つかったかね?」

「それが、全く見つかりません」

と、亀井は、コーヒーに手を伸ばした。

「矢代冴子も、幸福に満ちていて、何の悩みもなかったということかね?」

「そのとおりです。多少、おっちょこちょいで、甘ったれ的なところがあったが、そこがま

た、可愛らしくて、誰にも好かれていたと、友だちは、異口同音にいっていましたね」

「矢代夫婦については、新婦の側にも、蒸発の理由なしということか」

「田口夫婦のほうは、いかがでしたか？」

「ご同様だ。平凡だが、好人物のカップルで、誰にも恨まれていなかったし、彼等自身にも、姿を消さなければならない理由は、何もなかったよ。彼等の家族にもだ」

「誘拐の線は考えられませんか？」

「それなら、犯人から身代金の要求が来るはずだが、田口夫婦については、すでに一週間たったにもかかわらず、それらしい手紙も、電話も来ていない。会社にも、家族にもだ」

「すると、こうなりますね。消えてしまった二組のカップルについて、共通事項を並べますと、

①新婚の若いカップルだということ
②当人同士にも、家族にも、自ら姿を消すような理由がない
③全日航の羽田発札幌行き最終便、「ムーンライト」の乗客だった

こんなところですか？」

「それに、消えた場所が、北海道の人気《ひとけ》のない海岸という共通点も入れておいたほうがいい

かもしれないな」

「結局、わけのわからない事件だということになりますね」

亀井は、小さな溜息をついてから、

「昔なら、こういうのを、神かくしとでもいうんでしょうな」

「とにかく、これで、二つのカップルが、自分から姿を消したという線は、なくなったとみていいんじゃないかね」

「しかし、身代金の要求がないということは、誘拐の線もないことになります」

「そうだ。蒸発でも、誘拐でもないということだろうね」

「すると、二組、四人の男女は、何かの理由で、殺されたということになりますか？」

「殺人《ころし》か」

十津川は、北海道で会った矢代夫婦のことを思い出した。

彼等の車が故障して、それを直子が、修理してやった。わずか、十二、三分の出会いだし、交わした会話も少なかった。だが、いかにも、若々しい、人の好さそうなカップルだった。眠り姫の新妻は、可愛く、呑気だったし、そんな彼女を温かく見守る夫のほうも、感じのいい青年だった。

あの二人が、誰かに殺されるなどということは、ちょっと考えられなかった。もちろん、善人だから殺されないということはないし、現実の世界では、善い人間ほど、不幸な目に遭《あ》いやすい。

「殺されたとしたら、犯人の動機は、何だい？」

「多分、嫉妬《しっと》でしょう」

「なるほどね。犯人は、恋人のいない男か、ハイミスかということかね？」

「そうです。若い男と女のカップル二組を殺したとなれば、恐らく、女より男が犯人だと思いますね。女にふられてばかりいる男なら、ハネムーン中のカップルというのは、もっとも強い嫉妬の対象になるんじゃありませんか？」

「夜間飛行《ムーンライト》で、北海道へハネムーンに行ったカップルばかり二組が、狙われた理由は、なぜだろう？」

「犯人が、全日航か、あるいは、空港関係者の中にいるということかもしれません」

「しかしねえ。操縦士や、スチュワーデスは、もっとも異性にもてる人たちだよ。嫉妬から、新婚カップルを殺しはしないだろう？」

「私も、操縦士や、スチュワーデスとは思っていません」

「どんな人間を、犯人だと考えているのかね？」

十津川は、微笑しながら、亀井にきいた。

彼は、人の意見を聞くのが好きだった。だが、参考にはしても、それに左右されることはない。

亀井は、「そうですねえ」と、慎重に考えていたが、

「例えば、空港の中で働いている人間なんかは、考えられないでしょうか。アルバイトで働いている若い男もいると思うんです。ロビーで働いていれば、嫌でも、次々に飛行機でやってくる新婚カップルを、毎日見ることになります。その中で特に仲の良いカップルは、犯人には、モテない自分に対して、当てつけがましく、いちゃついているように見えたんじゃないでしょうか？」

「なかなか面白いよ」と、十津川はいった。

「海岸で消えてしまったことは、どう考えるね？」

「いろいろ考えられると思うのです。今、空港で働いている若い男といいましたが、空港内のレンタカー営業所で働いている男と考えると、二組のカップルとの関係が、もっと、はっきりすると思います」

「そういえば、消えた二組は、千歳空港内のレンタカー営業所で、車を借りている。それも、共通点として、記憶しておいたほうがいいかもしれないな」

「犯人が、レンタカー関係で働いているとすれば、どんな新婚カップルが、どの車に乗っているか知っていると思うのです。犯人も車を持っている。その車で、問題の海岸線を走っている時、見覚えのあるレンタカーを発見して、そのあとをつけた。レンタカーのほうは、人《ひと》気《け》のない海岸に乗り入れ、そこで、犯人を刺戟《しげき》するような行為におよんだ。カッとした犯人

は、二人を殺し、自分の車で、どこかに運び去って、埋めてしまった。そんなふうに考えたんですが」

「砂浜についていた足跡は、どう説明するね？」

「どうやってつけたかはわかりませんが、犯人の偽装工作だと思っています。私は、実際の足跡を見ていないので、はっきりしたことはいえませんが」

「偽装工作か」

十津川は、コーヒーカップを手に持ったまま、窓の外に眼をやった。事件現場の小さな砂浜が、鮮明に脳裏に浮かび上がってきた。

放棄されたレンタカーから、波打ち際まで続いていた男女の足跡。

あれは、二人を殺した犯人が、偽装のためにつけたものなのだろうか？

十津川には、今のところ、判断ができない。ただ、夏の太陽の照りつける砂浜に、くっきりとついていた足跡だけが、鮮明に記憶に残っていた。

「とにかく、消えたカップルが現われるか、あるいは、死体が発見されるかすれば、何かわかると思うんですが」

と、亀井がいった。

6

翌日、北海道警の君島から電話が入った。

「そちらの捜査は、どんな具合だい？」

と、君島が、きいた。

十津川は、今まで調べたことを、自分の意見を入れずに報告した。

「そうか」

と、いった君島の声には、明らかに、失望のひびきがあった。二組のカップルが、北海道で姿を消す理由が、東京でわかればと、期待していたのだろう。

「どちらのカップルも、自分から姿を消す理由はないというのが、君の結論かい？」

君島が、念を押すように、きいた。

「ああ、いくら調べても、それらしい理由は見つからなかったよ」

「しかし、家族や友人にもわからない心の傷を持っていたということも考えられるだろう？　家族や友人たちが期待しているので、今更、結婚式をやめるわけにもいかず、仕方なく、式はあげたが、ハネムーンの途中で、姿を消さなければならなかった。そういう場合もあり得るわけだと思うんだが」

「もちろん、他人の眼からわからない心の傷ということは、あり得るさ。だがね。矢代夫婦については、結婚式の最初から最後までビデオに撮ってあったんだ。矢代昌也の友人が撮ったものでね。それを見たところでは、二人に、そんな心の傷があったとは思えないね。そのビデオテープは送るから、君も見るといい。そちらのほうの捜査状況は、どんな具合なんだ？　何かわかったかね？」

「海岸で見つかった二台のレンタカーだがね。車内から検出された指紋は、それぞれのカップルのものだけだった。従って、第三者が乗っていたという可能性は薄いね。また、小樽と留萌のホテルに、誰かが訪ねて来たこともなかった。ホテルの従業員が、あの海岸へ行くようにすすめた形跡もない」

「砂浜の足跡は、カップルのものだと、確認されたのか？」

「それぞれの家族に、靴のサイズを聞いた。留萌で消えた田口政彦と浩子は、それぞれ、二七、二四だった。大きいほうだろうね。小樽の矢代昌也と冴子は、二五、二二で、標準だろう。砂浜の足跡は、このサイズにぴったりしているよ。ただ、どんな靴底をした靴を履《は》いていたかわからないので、正確に同じものかはわからないがね。十中、八九、当人の足跡に間違いないと思っている」

「彼等を現場で見たという目撃者は、見つからないのかね？」

「聞き込みを続けているんだが、まだ、見つかっていないんだ。何しろ、二つの現場とも、人気《ひとけ》のないところだからね。目撃者がいないんじゃないかと心配しているんだがね。もし、目撃者が出ないとすると、捜査は、難航を覚悟しなきゃならないよ」

「船はどうなんだ？」

「船？」

「波打ち際で消えたということは、あそこから船に乗った可能性もあるわけだろう？　違うかね？」

「それは、こちらでも考えたよ。だが、新婚の二人が、あんなところから、船に乗って、どこへ行くというんだい？　彼等に、北海道へ着いてから船に乗る予定があったのなら別だが」

「確かに、そんな予定はなかったようだ。すると、問題は、彼等が、何のために、あの海岸に行ったかということだね」

「この事件が解決できるかどうかは、それがわかるかどうかに、かかっていると思っているよ。君は、どう思うね？　二組の新婚カップルが、車で、なぜ、あんな海岸に行ったと思うかね？」

「正直にいって、全くわからないよ。第一、他にも、同じような新婚カップルが、何組も北海道に行っているのに、他のカップルは、ちゃんと、ハネムーンコースを回っている」

「君たちも、小樽では、祝津海岸へ行ったそうだね。奥さんが、そういっていたよ」

「ああ。そのとおりだし、祝津海岸には、われわれの他にも、何組か、新婚カップルが遊びに来ていたよ。それなのに、なぜ、矢代夫婦だけが、祝津海岸にも、オタモイ海岸にも行かず、あの、無名の小さな海岸に行ったのか。友人の話によれば、小樽では、祝津、オタモイの海岸か、あるいは手宮自然公園に行く予定になっていたということだからね。しかも、その友人は、羽田まで送って行ったんだが、その途中でも、小樽で、行く先を変えるなんてことはいってなかったそうだ」

「小樽のホテルでは、あんな海岸は、すすめたことはないといっている。これは当然だろうな。留萌でも同様だ」

「残るのは、飛行機の中だが」

「それだ」

「何だって？」

「飛行機の中だよ。東京でも、北海道でも、誰かに、あの海岸をすすめられた形跡がない。とすれば、残るのは、飛行機の中だけじゃないか。羽田から千歳まで、ジェット機で約一時間半。その間に、何者かにすすめられたんだ」

「ちょっと待ってくれよ」と、十津川が、あわてていった。

「全日航が、あんな見所のない海岸をすすめるはずがないじゃないか。僕も、矢代夫婦と一緒に、同じムーンライト便に乗ったが、スチュワーデスは、何にもいわなかったよ」

「別に、全日航がすすめたとはいってないよ」

「じゃあ、飛行機の中で、誰がすすめたと思うんだ？」

「乗客の中の誰かだと思う。新婚を専門に狙っている犯人がいるとする。多分、男だろう。何人かでグループを作っているのかもしれない。新婚なら、かなりの金を持っているからね。何しろ、ハネムーンは一生一度のことだから、無理をしても、大金を持っていく。その金を狙う奴等だ。犯人は、飛行機の中で近くに座った新婚カップルに声をかける。矢代夫婦が、二日目に小樽に行くと知ると、あの海岸へ行けば、面白いことがあると誘う。人気のないところへ誘い出して、所持金を奪うのが目的だからだ」

「なるほどね」

「これで、一応の説明がつくんじゃないかね」

「確かに一応の説明はつくがね」

「反対なのか？」

「今、ムーンライト便の機内の光景を思い出しているんだ」

「しかし、トライスターは、三百人以上の乗客を乗せていたんだろう。それに、君は、窓の外の夜の空ばかり見ていたそうじゃないか。それじゃあ、機内で、犯人が矢代夫婦を誘っていても気がつかなかったと思うね」

「確かに、そのとおりだ」

十津川は、苦笑しながら肯いた。飛行中ずっと、夜空の美しさに見とれていたのだ。

「だが、君のその推理には、いくつか疑問点があるね」

と、十津川は、間を置いていった。

「どこにだい？」

抗議するような君島の声が、受話器に聞こえてくる。いい男だが、自己主張の強い友人でもある。

十津川は、冷静に、「第一に」といった。

「矢代夫婦は、前もって、ハネムーンのコースを決めて、出かけたんだ。飛行機の中で、見知らぬ人間から、いきなりすすめられた場所に、簡単に行くだろうか？　第二に、犯人は、君の推理では、新婚夫婦のふところが狙いなんだろう。それなら、殴り倒して金を奪うだけでいいはずだ。それなのに、留萌の時も、二人をどこかへ連れ去ってしまっている。なぜ、そんなことをする必要があるのかね？」

「その答えはこうさ」と、君島が、負けずにいった。

「第一の答えは、犯人が、よほど口が上手いんじゃないかということだよ。先天的に、そんな人間がいるものさ。第二は、君のいうように、殴り倒して、金を奪うつもりだったが、抵抗されて、殺してしまい、死体を運び去ったんじゃないか。二組とも、消えてしまったというのはおかしいというかもしれないが、新婚で、犯人に金だけ盗まれたというカップルも、何組かいるんじゃないかと思っている。そういうカップルがいたかどうか、明日から調べてみるつもりだよ」

「見つかるといいがね。こちらでは、もてない男が、いちゃついている新婚カップルに嫉妬して殺したんじゃないかと考えているんだがね」

「嫉妬が動機ねえ」

と、君島は、呟いてから、急に思い出したように、

「ああ、君の奥さんから伝言があったよ。明日二十六日の全日航で帰るから、出来たら、羽田まで迎えに来て欲しいそうだ。十二時ジャストに羽田着の便だ。忙しいだろうが、君が、ひとりで置いて行っちまった奥さんだ。迎えに行ってやれよ」

7

余計なお世話だと思いながら、翌日、十津川は、羽田へ、直子を迎えに行った。

梅雨は完全に明けて、雲一つない真夏の太陽が、空港一杯に照りつけている。その強烈な太陽に、翼をきらめかせながら、ジェット機が、次々に離陸して行き、また、着陸してくる。

直子は、トライスターの太った機体から、元気におりてきた。

「お帰り」

と、十津川はいい、スーツケースを持ってやった。

つば広の帽子の下で、直子が、ニッコリ笑った。

「ありがとう。よかったんですか？　今日は」

「構わないさ。それより、北海道の旅を楽しんできたかい？」

「ええ。十分に楽しませてもらったわ。ひとりでなので、その点だけ、ちょっと残念だったけど」

「そりゃあ、良かった。ちょっと遅くなったが、食事をしないか」

十津川は、空港ロビーの二階にある中華料理店に、直子を連れて行った。

窓際に腰を下ろすと、滑走路がよく見える。

メニューを選んでいる間にも、また一機、全日航のマークをつけたボーイング７４７が、轟音とともに、離陸していった。

婚約中は、高価な中国料理を頼んだものだったが、直子は、急に、しまり屋に変身して、

「ラーメンでいいわ」

と、いった。飲み物も、オレンジジュースと、つつましい。

十津川も、それにつき合って、ラーメンの大盛りにした。ただし、飲み物のほうは、ビールである。

「あの事件のことだけど――」

直子が、ジュースを一口飲んでから、十津川にいった。

「うん」

「男性のほうに、何か問題があったんじゃないかと思うの」

「ほう」

「それで、どうしても、姿を消さなければならないことになった。ただ姿を消したんでは、家族に迷惑がかかる。それで、あんな、まるで、UFOにさらわれたような形をとったんじゃないかしら？」

直子は、大きな眼で、十津川を見た。

「なぜ、男のほうに、失踪《しっそう》の理由があったと思うんだい？」

十津川は、興味をもってきいた。彼女の、というより、今度の事件についての女の考えを知りたかったからで、直子の考えに賛成したわけではない。

「女性のほうに問題があったとするわ。一緒に姿を消してくれと彼女にいわれても、男性のほうは、仕事があるから、なかなか、一緒に蒸発は出来ないと思うの。その点、女性というのは、自分を犠牲にするのが楽だわ。私だって、あなたが、何かの都合で姿を消す必要に迫られたら、喜んで行動を共にするわ」

「――――」

「どうなさったの？」

「ちょっと黙って」

急に、十津川は、直子を制して、じっと、店内のテレビに眼をやった。

直子も、テレビに視線を向けた。

テレビには、昼のニュースが映っていた。

〈昨二十五日夜、晴海埠頭《はるみふとう》で発見された男の水死体について、その後の調査で、ポケットの中に、全日航の搭乗整理券が入っているのが見つかりました。七月二十一日、札幌行き五三七便のもので、警察では、これが、身元確認の手掛かりになるのではないかと考えています〉

アナウンサーが喋《しゃべ》り、スクリーンには、全日航の問題の搭乗整理券が映し出された。

十津川にも、直子にも、見覚えのある半券だった。

しかも、日付も同じだ。

(あのムーンライト便の搭乗整理券だ)

十津川は、そう思ったとたん、伝票をつかんで立ち上がっていた。

第四章　搭乗整理券《ボーディング・パス》

1

直子には、先に、二人のために借りてあるマンションに帰ってもらい、十津川は、ひとりで、事件を扱った築地署に向かった。

築地署に着くと、十津川は、担当の木下刑事に会った。亀井と同じくらい、四十代の信頼のおけそうな刑事である。

「年齢は三十五、六歳の男で、昨夜、晴海埠頭の岸壁近くに浮かんでいるのを発見されたんです」

「他殺かね？」

「それが、まだわかりません。足を踏み滑らせて落ちて水死したのか、誰かに突き落とされたのか。今、解剖に回されておりますので、その結果が出れば、何かわかるかもしれません」

「身元がわからんそうだね？」

「そうなんです。三万円近く入った財布《さいふ》がポケットにありましたが、身元を証明するようなものは、何も持っていませんでした。所持品を、ごらんになりますか？」

「ああ、見せてもらいたいね」

十津川がいうと、木下は、キャビネットから、ハンカチに包んだものを出してくれた。

革の財布（二万八千円入り）
腕時計
ハンカチ
万年筆
小銭入れ

それに、例の搭乗整理券一枚。

確かに、木下のいうように、どれにも、ネームは入っていなかった。

十津川は、細長い搭乗整理券をつまみあげた。

札幌行き、五三七便、七月二十一日と、はっきり書いてある。

シートナンバーは、23－Cだった。

十津川たちより、かなり前の席である。

「私も、この五三七便に乗ったんだ」と、十津川は、いった。

「日時も同じだ。札幌行きの最終便でね。この便に乗った矢代という夫婦が、小樽の海岸で消えてしまったんだよ」

「例の妙な事件ですか」

「ああ、そのとおりだ。なぜ消えたのか、どこへ消えたのか、皆目、見当がつかん」

「この男が、その事件に関係があるとお考えですか？」

木下が、眼を輝かせて、十津川を見た。

「わからない。が、同じ飛行機に乗り合わせていた乗客であることだけは確かだよ。この搭乗整理券が、この男のものだとしての話だがね。なぜ、この券だけ、あとで見つかったのかね？」

「ポケットに穴があいていて、その中に入っていたんです」

「なるほどね。そうだとすると、この男のものだという可能性が強いね」

と、十津川は、自分にいい聞かせるようにいってから、

「解剖の結果がわかるのは、何時頃かね？」

「間もなく、わかるはずです」

「その間に、死体が浮かんでいた場所を見たいんだが」

「ご案内しましょう」

と、木下は、いった。

築地署のパトカーで、晴海埠頭に向かった。

東京湾は、以前よりきれいになったとはいえ、晴海の近くは、茶褐色に濁っている。

十津川は、北海道で見た日本海と、自然に比べる眼になっていた。

「この辺りです」

と、木下が、その汚れた海面を指した。

「死体に外傷はなかったのかね？」

「後頭部に打撲傷がありましたが、落ちた時、どこかにぶつけたのかもしれません」

晴海から、築地署に帰ると、解剖結果が届いていた。

2

〈死因＝後頭部打撲による脳内出血〉

その文字が、まず十津川の眼に飛び込んできた。

溺死ではないのだ。

「これは、殺人《ころし》だよ」

と、十津川がいうと、木下も、顔を紅潮させて、

「そうですね。殴り殺しておいて、海に捨てたようです」

「だとすると、殺人現場が、晴海とは限らなくなる。別の場所で殺しておいて、車で運んで来て、あの岸壁から捨てたのかもしれない」

「警部は、この殺人が、北海道の妙な行方不明事件と、どう関係があるとお考えですか？」

「関係があるかどうかは、まだわからないがね」

と、十津川は、慎重ないい方をしてから、

「道警では、二つの行方不明事件について、こんな考えを持っているんだ。新婚旅行のカップルを専門に狙う犯人がいる。犯人は、多分、何人かのグループだと」

「なるほど」

木下は、真剣に聞いている。

「新婚カップルがいる場所といえば、まず、新幹線の列車内だが、今は、ジェット機時代だ。しかも、全日航では、最終の札幌行きの五三七便を、ムーンライトと名付けて、新婚さんには、割引きしている」

「つまり、ムーンライト便に乗れば、必ず、新婚のカップルに会えるというわけですね」

「そのとおりだ。犯人たちは、だから、ムーンライトに、自分たちも乗り込み、機内で、適

当な新婚カップルに目星をつけ、北海道に着いてから、襲った。新婚カップルというのは、一生の記念になる旅行だからというので、たいてい、大金を持っている。その金が狙いだというのだ」

「警部は、道警のその考えに、賛成されているわけですか？」

「昨日までは、どちらかといえば、批判的だったよ。いろいろと、疑問点のある推理だからね。だが、晴海の仏さんが殺人《ころし》で、しかも、そのムーンライト便に乗っていたとすると、事情は、変わってくる。道警の考えるようなグループが、存在するのかもしれないと、思うようになったよ」

「晴海の男は、そのグループの一員で、仲間割れから殺されたと、考えられるわけですか？」

と、木下がきいた。

十津川は、ちょっと考えてから、

「二つの場合が考えられるね。君のいうように、犯人の一人で、仲間割れで殺されたという場合、もう一つは、五三七便の機内で、偶然、犯人たちの傍に座っていて、たまたま、彼等の何かを見てしまったということだよ。犯人たちは、狙いをつけた新婚カップルを、言葉巧みに、北海道の人気のない海岸に、誘い出したと思われるんでね。そんな話を機内でしているところを、見られて、それで、消したとも考えられる。そのどちらにしろ、この仏さんが、北海道の事件に関係しているとしての話だがね。あのトライスターには、三百人以上の乗客がいたから、全く別の事件で殺されたことも、十分に考えられるからね」

十津川は、慎重にいった。が、内心では、二つの事件は関係があると考えていた。それは、刑事生活十七年の直感でもあり、同じムーンライト便に乗っていた乗客が、間を置かずに殺されたのに、前の事件と無関係ということは、まず考えられないという気持ちもあった。

殺人事件として、正式に、築地署に捜査本部が設けられたが、十津川と亀井は、わざと参加しなかった。

自分たちには、先入観がある。その先入観を、恐らく正しいだろうとは思っていたが、ある線までは、冷静な第三者が、捜査したほうがいいだろうと考えたからである。

それに、まだ事件が広がりそうだという予感が、十津川にはあった。それに備えるために、自由な、遊軍的な立場にいたほうがいいと、判断したからでもあった。

3

晴海の事件を、十津川は、すぐ、道警の君島に知らせた。

「それは、絶対に関連ありだよ」

と、君島は、電話口で断定した。昔から、断定癖のある君島だった。

十津川は、苦笑しながら、

「問題は、ムーンライト便の機内での座席だと思うんだ。晴海の男の持っていた搭乗整理券のシートナンバーは、23－Cだが、矢代夫婦が、その近くに座っていたとすれば、二つの事件が関連している可能性が強くなってくる。二人の搭乗整理券はなかったのかい？　ハネムーン中のカップルというのは、何でも記念にとっておくものだと思うんだが」

「ホテルにあったスーツケースの中に、それらしいものが、入っていたような気がしたね。今、調べてみる」

君島のほうから、いったん、電話を切った。

十津川の傍にいた亀井が、

「晴海の男も、ハネムーン客の一人だったということは考えられませんか？」

「そうは思えないね」

「なぜです？」

「僕のこともあるから、三十代で新婚でも別におかしくはないが、晴海の男が新婚カップルだったら、女のほうも殺されていなければおかしいからね」

と、十津川がいった時、君島から、電話が入った。

「あったよ。あったよ」

と、君島は、子供みたいに、はしゃいだ声を出した。

「矢代冴子のスーツケースに、ホテルのパンフレットなんかと一緒に、入っていたよ。二枚ともだ」

「それで、その二枚のシートナンバーは？」

「23－A、23－Bだ」

「それなら、晴海の男と同じ列だ」

「しかも、A、B、Cとつながっているよ。だから、東京で殺された男は、矢代昌也か、冴子か、どちらかの隣りに座っていたんだ。これで、関係があることが、実証されたようなものじゃないか。その男を殺した人間を見つけ出せば、それが、北海道の二組の消失事件の犯人でもあるわけだよ」

君島は、鬼の首でも取ったように、電話口で、大声を出した。

「果たして、そう簡単にいくかな」

「なぜだい？」

「僕も、これで、二つの事件は関係ありと確信したがね。晴海の男の身元は、まだ全くわからないし、この男が、犯人の一人で、仲間割れで殺されたのか、機内で何かを見たために殺されたのかもわからないからだよ」

「そりゃあ、犯人の一人で、仲間割れから殺されたに決まっているさ」

と、君島は、また、断定した。

「なぜ、そういい切れるんだ？」

「いいかい。もし、その男が、偶然、機内で犯人の何かを目撃したんだとする。犯人にとっては、脅威だろう。それなら、北海道ですぐ、その男も始末したはずじゃないかね？　矢代夫婦をどうかするよりも先に、目撃した男のほうを、始末するのが順序というものだよ。違うかい？　ところが、その男は、北海道では殺されず、東京に帰ってから殺されているんだ。ということは、目撃者だから殺されたんじゃなくて、犯人の一人だったのが、仲間割れから殺されたと考えるのが、正しいんじゃないかね」

「うーん。参ったよ」

「何だって？」

「君でも、ひとを感心させるようなことをいうことがあるんだなと思ったということさ」

「よせやい」

君島は、電話の向こうで、笑い出した。そんな、君島に、十津川は、改めて好感を覚えながら、

「確かに、君のいうとおりだよ。晴海の男が、機内で犯人の何かを目撃したのなら、北海道で殺されているはずだな。そんな危険な人間を、東京に帰るまで、放っておくはずがないというのは同感だよ」

「だから、一刻も早く、その男の身元を確認してくれよ。それがわかれば、犯人一味は、い

もづる式に捕まえられるはずだよ」

君島は、それだけいって、電話を切った。

十津川は、晴海の男の身元さえわかれば、あとは簡単という君島の考えは、少しばかり楽観視しすぎるような気がしないでもなかった。

「君に頼みたいことがある」

と、受話器を置いて、亀井を見た。

「何でしょうか?」

「羽田の全日航事務所へ行って、トライスターの機内の座席図を調べて来てもらいたいんだ。今、思い出そうとしているんだが、正確に思い出せないのでね」

「わかりました」

亀井が、さっそく、出かけて行った。

彼が帰って来るのを待っている間に、夕刊が配られてきた。

晴海の件が、殺人とわかったこと、捜査本部が設けられたことが出ている。

男の顔写真にそえて、身体的特徴が書かれている。

身長一七三センチ。体重六七キロ。左腕上膊部に、「男一匹」の刺青《いれずみ》がうすく残っている。

年齢は、三十五、六歳。

発見時の服装は、ライトブルーのサマースーツ。白いワイシャツ。エンジのネクタイ。黒い革靴。靴のサイズは、二六・五センチ。

顔写真は、死に顔のために表情がなく、生前の顔に似ているという保証はなかったから、さして、効果はあるまいと、十津川は思った。死に顔は、多くの場合、全く変わってしまうからだ。

しかし、身体的特徴のほうは、効果があるだろうと思った。特に、「男一匹」という刺青は、特殊なものだから、心当たりの人がいれば、警察に連絡してくる可能性があった。

刺青がうすく残っているというのは、自分で消そうとして、あまり上手くいかなかったということだろう。

(ヤクザ者が、足を洗う気で、刺青を消したのだろうか?)

と、十津川は、考えた。

若い時に、意気がって、「男一匹」と刺青したものの、家庭を持つ時になって困り果て、あわてて消したということも考えられる。

いずれにしろ、ヤクザっ気のある男なら、犯人の仲間で、仲間割れから殺されたということも、十分に考えられる。

(道警の君島の推理が当たっていそうだな)

と、十津川は、思った。

三時間ほどして、亀井が、トライスターの座席図を写しとってきた。

両側の窓際に二列ずつ。そして、細い通路があって、中央部に四列。合計八列の座席である。

横一列に、AからHまでということである。

矢代夫婦の搭乗整理券の番号は、23－Aと23－Bだから、右側の二つの座席ということになる。そして、幅約一・五メートルの通路があって、23－Cの券を持った晴海の男が座っていたことになる。

「通路をはさんでとなると、矢代夫婦に話しかけるのは、難しいんじゃないですか？」

亀井がきいた。

「いや、そうでもないよ」と、十津川は、自分が乗ったトライスターの機内を思い出しながらいった。

「水平飛行に移ったあとの機内というのは、意外に自由でね。通路を子供が走り回ったりするし、身体を乗り出して話しかけてくる客もいるんだ。団体旅行のコンダクターなんか、通路を歩きながら、一人一人に話しかけていたからね」

「すると、やはり犯人の一人ということになりますか？」

「その可能性が強くなったねえ。今回は、君島の奴に脱帽せざるを得ないかもしれないな」

十津川は、ニコニコ笑いながらいった。

翌二十七日の午後二時頃、築地署の木下刑事から、連絡が入った。

「晴海の被害者の身元が割れました。名前は――」

「そっちへ行って、くわしく聞くよ」

と、十津川はいった。

4

木下は、興奮した顔で、十津川を迎えて、

「これで、北海道の二つの行方不明事件も片付くといいですね」

「そう願いたいよ。くわしいことを聞こうか」

と、十津川は、木下を見た。

「被害者の名前は、青田了介《あおたりようすけ》。三十五歳です」

木下は、手帳のメモを見ながらいった。

「ヤクザ者かね？」

「いや、自転車店の主人です。若い時には、少しばかり、ぐれていたことがあったようですが」

「知らせて来たのは？」

「青田了介の兄夫婦です。別室に待ってもらっていますが、お会いになりますか？」

「もちろん、会うさ」

十津川は、別室で、その夫婦に会った。

なるほど、被害者によく似た顔つきの四十二、三歳の男と、平凡な顔立ちの女が、不安気な顔で、椅子に腰を下ろしていた。

「遺体を確認されましたか？」

と、まず、十津川は、きいた。

「ええ。今、確認させてもらいました。弟の了介に間違いありません」

兄が、蒼《あお》い顔でいった。

「青田了介さんは、自転車店をやっていたそうですね？」

「目蒲《めかま》線の武蔵小山《むさしこやま》近くで、小さな自転車店をやっていました。もう五年ぐらいやっています。最近では、オートバイも、扱っていましたよ」

「奥さんや、子供は、いないんですか？」

「三年前に一度結婚しましたが、別れました。幸か不幸か、子供は出来ませんでした」

「左腕に、『男一匹』の刺青《いれずみ》をしていたのを、知っていましたか？」

「ええ。二十歳の時に、意気がって、悪友と連れだって、刺青をしてきたらしいんです。私にも見せびらかして、自慢していましたよ。おふくろは、泣いていましたがね」

「その刺青を消したことも、知っていましたか？」

「私と了介の二人だけの兄弟なんですが、おやじが早く死んで、おふくろが、苦労して育ててくれたんです。そのおふくろが、五年前に死にましてね。その時、さすがの了介も、参ったとみえて、刺青を消したんですよ。そして、それまで、ふらふらしてたんですが、心を入れかえて働くようになりましてね。私や、親戚の者も力を貸して、今の自転車屋をはじめたわけです」

「七月二十一日に、北海道へ行ったことは知っていましたか?」

「あとで知りましたよ」

「あとで——というと?」

「帰って来てから、お土産を持って来てくれましてね。北海道へ二日ほど行っていたといっていました。私に酒の肴のクンセイと、子供にチョコレートを」

「バター飴ですよ。全日航のマークの入ったカバンに入ったバター飴」

と、横から、妻が訂正した。

「ああ、そうだ。バター飴です」

兄は、律義にいった。

「弟さんは、旅行好きですか?」

「ひとり者だからでしょうね。よく旅行に行っていたようです」

「行く先は、主に北海道ですか?」

「いや、いろいろな所に行っていたみたいです。九州の名産や、東北の名産なんかを、貰ったこともありますから」

「商売のほうは、上手くいっていたんでしょうか？」

「さあ、どうでしょうか？　了介は、あまり仕事の話をしませんでしたから」

「つまり、それだけ熱心じゃなかったことじゃありませんか？」

「まあ、そうかもしれませんが――」

兄は、言葉を濁した。

「あなたに、お金を借りに来たことはありませんか？」

「それ、答えなければいけませんか？」

「捜査に必要なので、ぜひ、答えていただきたいですね」

「私は、了介に二百万ばかり貸しています。別に、返して欲しいとは思っていませんでしたが」

「あなた以外にも、借金があったんじゃありませんか？」

「さあ、それは知りません」

「弟さんが、どんな人間とつき合っていたか、ご存知ありませんか？」

「同業者と、よく飲みに行くということは聞いていましたが、くわしいことは知りません」

その言葉に、嘘はなさそうだった。

「先日の北海道には、誰が一緒だったか、ご存知でしたか？」

「いや、了介は、ひとりで行ったようにいっていましたが、違うんですか？」

「弟さんは、そういったんですか？」

「ええ。たいてい、旅行はひとりで行くんだといってました」

その言葉が本当かどうかは、調べていけばわかるだろう。道警の君島の推理が当たっていれば、少なくとも、北海道へは、共犯者と一緒に出かけたのだ。

「北海道では、どこへ行ったといっていました？」

「ええと、どこを回ったといってたかな？」

兄は、相談するように、妻を見た。

「札幌と、登別へ行ったといってたと思うけど――」

「そうだ。札幌と登別温泉です。札幌では薄野《すすきの》で遊んだといっていましたね」

「本当に、登別温泉へ行ったといったんですか？」

「ええ。クマ動物園を見て来たといっていましたよ。あそこには、熊ばかり集めたところがあるんでしょう？」

「そりゃあ、ありますが、小樽へ行ったとはいっていませんでしたか？」

「いや、札幌と登別に一泊ずつして帰って来たといっていましたよ。二泊三日で」

「そうですか」と、十津川は、肯《うなず》いた。

「弟さんのお店ですが、見せていただきたいんですが、構いませんか？」

「ええ、どうぞ。私たちも、これから行くところですから、ご一緒にいかがですか」

5

確かに、お世辞にも大きいとはいえない自転車店だった。

店には、シャッターがおりていて、それを開けると、七、八坪の店に、自転車と、オートバイが並べて置いてあった。看板には、販売、修理と書いてある。店内に、中古の自転車とオートバイがあったのは、修理を頼まれたやつだろう。

奥は、三畳と六畳の住居になっていた。

ひとり者の男の部屋らしく、乱雑だった。

青田了介の兄夫婦に断わってから、十津川は、同行した木下と、三畳と六畳の部屋を調べることにした。

「いつも、弟さんは、こんなに、散らかしているんですか？」

と、十津川がきくと、兄のほうが、首をかしげて、

「了介は、男にしては、きれい好きのほうでしたがねえ」

「しかし、新聞や雑誌は散乱しているし、ふとんも、押入れに入れてありませんねえ」

「こんな了介の部屋を見たのは、はじめてですよ」

「とすると、この部屋は、誰かが、引っかき回したということになりますね」

「え？」

「弟さんの所持品の中に、この店の鍵がありませんでした。そうだったね？」

十津川がふりかえると、木下が、

「ありませんでした。海に投げ捨てられた時、海中に落ちたんではないかと考えていたんですが、犯人が持ち去り、この店を、家探ししたのかもしれません」

「犯人が、何を探したというんですか？」

兄が、部屋の中を見回しながらきいた。

「私も、それを知りたいですね」

と、十津川は、いった。

青田了介が、犯人のグループの一人だったとしたら、その証拠となるようなものを、探したに違いない。だが、それが何なのか、わからないのだ。

犯人グループの間で交わされた手紙だろうか。

犯人の誰かが写っている写真だろうか。

それとも、犯罪メモだろうか。

「驚きましたよ」

と、机の引出しを調べていた木下が、急に、大きな声でいった。

「何がだね？」

「ここで、五年間、自転車屋をやっていたわけでしょう。それなのに、手紙が一通もありませんよ」

「弟さんは、筆不精でしたか？」

と、十津川は、兄夫婦を見た。

「マメなほうじゃなかったですが、手紙が一通もないというのは、おかしいですね。私は、毎年、了介に年賀状を出しているから、それだけでもあるはずです。今年も、もちろん、出していますから」

「年賀状もないかね？」

十津川がきくと、木下は、肯いた。

「ありません」

「どういうことなんです？」

兄が、十津川にきいた。

「誰かが、手紙を全部持ち去ったということですね。あなたから来た年賀状も一緒にです」

「なぜ、そんなことを？」

「その中に、弟さんを殺した犯人からのものも入っていたからでしょう」

と、十津川は、答えてから、木下に向かって、

「写真はどうだ？」

「かなり沢山ありますね。アルバムに貼ってあるのもあります。カメラも趣味だったんじゃありませんか？」

「風呂場を、現像室にしているといっていましたが」

という兄の言葉で、十津川が、バスルームを開けてみると、そこは、言葉どおり、現像室になっていた。

現像液の匂いが鼻をつき、引伸機もあるし、赤色灯もついている。

机の引出しには、アルバム三冊と、バラの写真が、袋に入っていた。

十津川は、木下と一緒に、まず、アルバムをめくってみた。

風景写真ばかりだった。九州の風景、東北の風景、それに、沖縄の写真もある。

だが、アルバムのところどころが空白になっていた。その頁《ページ》に、当然、あるべき写真がないのだ。

(そこには、犯人たちが写った写真があったのかもしれない)

と、十津川は、思った。

最後に、袋の中の写真を取り出してみた。

約五十枚、全て、北海道の写真だった。

ネガも一緒に入っている。

千歳空港の夜景。

札幌の市街。

そして、小樽の風景。

「弟さんは、小樽には行かなかったといいましたね？」

十津川が、写真に眼をやったまま、青田の兄にきいた。

「ええ。了介は、札幌と登別に行ったといっていましたが」

「しかし、ここには、小樽の町の写真がありますよ。登別の写真は一枚もありませんが」

「すると、了介は、嘘をついていたということですか？」

「そうなりますねえ。小樽の写真は、二十枚ばかりありますが、その中に、港まつりのアーケードを撮ったのが入っています。私も、七月二十二日に小樽に行って、このアーケードを見ていますから、二十一日に北海道に行った時に、撮ったに違いありません」

「なぜ了介は、小樽に行かず、登別に行ったと、嘘をついたんでしょうか？　了介が殺されたことに、関係があることですか？」

「多分、あるはずです」

小樽の写真は、二十枚とも、市内を写したもので、例の矢代夫婦が消えた海岸の写真はなかった。

青田了介が、写さなかったのか、それとも、その写真だけ、犯人が持ち去ったのか、そこは、十津川にもわからない。

「近所の聞き込みをやってきます」

木下は、そういって、外へ出て行った。

6

青田自転車店の近くは、商店街である。一時間ほど、聞き込みに回っていた木下は、冴えない顔で戻って来た。

「近所づき合いは、あまりなかったようです」

と、木下は、十津川にいった。

「それは、人嫌いだったということかね?」

「商店街のお祭りには参加しないし、月二百円の町内会費も納めず、そのことで、喧嘩したこともあるそうです」

「じゃあ、被害者の評判は、あまりよくないな?」

「そうですねえ。亡くなったんで、あからさまに悪口をいう人はいませんでしたが、ほめる人もいませんでした」

「被害者に、金を貸している人間は？」

「それも聞いてみましたが、私が聞いた中にはいませんでした。ただ、銀行からは、かなりの額を借りていたようです。銀行はもう閉まっていましたが、そば屋の主人が、この先のN銀行に、融資の相談に行ったら、そこに偶然、被害者がいて、何百万円かの融資を受けていたそうです。去年の暮れです」

「すると、この店は、抵当に入っていそうだな」

「明日、銀行が開いたら、確認してみましょう」

「そうしたほうがいいね」

「あまり、話を聞けなかったんですが、駅の近くに、同じ自転車店がありまして、そこの主人とは、同業者の集まりで会ったり、飲んだりしたことがあるようです」

「その自転車店の名前は？」

「八木沢です。被害者と同じ三十五、六歳で、こちらのほうは、奥さんも子供もいます」

「その男は、被害者について、どんな話をしていたのかね？」

「去年の暮れに、同業者で忘年会をやったそうです。渋谷《しぶや》のバーを梯子《はしご》しているうちに、酔ったチンピラにからまれたんですが、他のみんなが、ぶるってしまったのに、青田了介が、平気な顔で、そのチンピラと話をつけたんだそうです。みんなが、びっくりしていると、青田は、笑いながら、昔、刑務所暮らしをしたことがあるといったというんです」

「被害者には、前科があったのかい？」

「二十一歳の時に、傷害で一年間、それと、二十三歳の時に、恐喝で一年間、入っています。前科はこの二つですね」

「事件を引き起こす下地はあったわけだな」

十津川は、兄夫婦に聞こえないように、小声で、木下にいった。

「そうですね」

木下も、小声でいう。

「問題は、被害者がつき合っていた人間だな。どんな人間とつき合っていたか、その中に彼を殺した犯人がいるのか。もう一つは、被害者が、七月二十一日に北海道へ行ってから三日間の行動を調べることだが、これは、彼の写真を道警に送って、向こうでやってもらおう」

「五十枚の北海道の写真を見る限り、青田了介は、札幌と小樽へ行き、東京へ帰って来たんじゃありませんか？」

「確かに、そのとおりだがね。矢代夫婦が消えた海岸の写真がない。ただ単に、小樽市内の写真だけでは、小樽へ行ったことにはなっても、矢代夫婦の行方不明に関係した証拠にはならないからね」

「それは、そうですが――」

「君たちは、被害者の交友関係を洗うわけだろう？」

「そうなると思います」

「だから、こっちは、被害者の北海道での足跡を洗ってみる。両方の事件が、同時に解決することを祈ろうじゃないか」

第五章　登別《のぼりべつ》

1

北海道警内に設けられた「新婚カップル行方不明事件捜査本部」に、東京から、青田了介の写真が、六枚、電送されてきた。

君島は、その中から、正面と横向きの写真二枚を選び、大量にコピーさせることにした。

コピーが出来たのは、翌日の七月二十八日だった。

二人の刑事が、そのコピーを持って、留萌に出かけて行った。

東京の十津川からの連絡では、青田了介は、小樽における矢代夫婦の行方不明事件にしか関係がないように見えるが、犯人グループの一人と考えれば、当然、留萌における田口夫婦の行方不明事件にも、関係しているはずだと、君島は、考えたからである。

部下の二人を送り出したあと、君島自身も、小早川刑事を連れて、小樽へ出かけた。

小早川は、小樽の生まれで、二十代の頃は、石川啄木の好きな文学青年だったと、いつかいったことがある。

そのせいか、三十歳になった今でも、小早川は、警官には珍しく文学青年的雰囲気を持っていた。短歌の研究会にも入っているらしいが、自分が作ったものを発表したことはないし、君島も、彼の私生活まで、干渉する気はなかった。

二人は、車で、小樽市内に入った。

小樽には、数十軒のホテルや旅館がある。

青田了介が、その中のどのホテルなり旅館なりに泊まったかは、わからなかった。

だが、彼が、矢代夫婦の事件に関係しているのなら、二人が消えた日、七月二十二日に、小樽に来たことは、まず、間違いない。

君島たちは、小樽市警察署の協力を仰ぐことにした。

小樽署に入ると、署長に会って、事情を説明した。

手のあいている警察官が動員され、君島たちの持って来たコピーを持って、市内のホテル、旅館に散って行った。

コピーされた写真には、はっきりした青田の正面と、横向きの顔がのっているし、身体的特徴も印刷されている。それに、まだ日時が、そうたっていないから、フロントか、客室係に見せれば、必ず、青田を覚えているだろうという確信が、君島にはあった。

念のために、市内のモーテルや、ラブホテルにも、警官を行かせた。ラブホテルの場合、客の顔を見ないのが原則だが、それでも、隠しカメラで客を監視しているのが普通だ。従って、ラブホテルでも、コピーは有効だろう。

その日の夕方には、市内の全てのホテル、旅館、モーテル、ラブホテルの捜査は完了した。

だが、君島が期待した答えは、返ってこなかった。

青田了介の顔に心当たりがあるという言葉が、どこでも聞かれないのだ。

「彼が犯人の一人だとしたら、用心して、小樽市内をわざと避けて、朝里川温泉あたりに泊まったんじゃないでしょうか」

と、小早川がいった。

君島も、同感だった。市内のホテル、旅館に泊まらなかったとすれば、市外を当たってみるより仕方がない。

特に、朝里川温泉は、矢代夫婦が消えた海岸に近い。

朝里川温泉は、旅館の数も少ないし、一カ所にかたまっている。

君島は、小早川と二人だけで調べることにして、陽の落ちた道路を、朝里川温泉に向かって、車を走らせた。

一番大きなN旅館に入ると、他の旅館の接客係に集まってもらった。

その人たちの一人一人に、青田了介のコピー写真を見せた。

「七月二十二日に、その男が、あなた方の旅館の一つに泊まった可能性があります。例の新婚カップル行方不明事件と関係があると思われるので、よく見ていただきたい」

と、君島は、集まった人々にいった。

広間に集まった十数人の人々は、熱心に、コピー写真を眺めていたが、顔を上げると、いい合わせたように、首を横に振った。

「よく見てください」と、君島は、いった。

「その男が、七月二十二日に泊まりませんでしたか？」

「見たことがない顔ですねえ」

「うちには、このお客さんは泊まりませんな」

「私のところもです」

と、否定の言葉しか返ってこなかった。

君島は、失望と、焦燥を、同時に感じた。

「しかし、この男が、小樽に来たことは間違いないんだ」と、君島は、自分にいい聞かせる調子でいった。

「彼の仲間もな」

「あとで、ホテルや旅館が調べられるのを予期して、車の中で一泊したんじゃないでしょうか？」

小早川が、考えながらいった。

「そんなところかもしれん。その場合は、恐らく、千歳空港でレンタカーを借りたんだろうが、これは、宮地君たちが当たっている。もう一つは、札幌に二泊した場合だ。あの海岸は、札幌からでも、車で一時間あれば着けるからね」

「そうすると、小樽市内を撮った写真は、どうなりますか？」

「矢代夫婦をどうかしたあと、写真マニアの青田が、車を飛ばして、小樽に行き、市内の写真を撮ったのかもしれない。小樽は、写真好きの人間にとって、興味ある町だからね」

君島は、旅館で電話を借り、札幌の捜査本部に連絡をとった。

捜査一課長の本橋が、電話口に出た。

「千歳空港に行った宮地刑事から連絡が入っているよ」と、本橋はいった。

「青田了介は、空港では、レンタカーを借りていないそうだ」

「そうですか」

と、君島は、肯いたが、別に失望はしなかった。青田には、共犯者がいたに違いない。その仲間が車を借りたことは、十分に考えられるからだった。

「七月二十一日の青田了介の行動だがね」

「札幌のどこへ泊まったかわかりましたか？」

「ああ、わかったよ」

札幌にはホテル、旅館があわせて百五十軒以上、それにユースホステルが五軒ある。

「本当ですか？」

「よく見つかりましたね」

と、君島がいうと、本橋は、

「ここに、青田の泊まったホテルを見つけた今井刑事がいるから、彼に代わるよ」

「今井です」

と、若い声がいった。

「青田了介は、札幌のどこに泊まったんだ？」

「セントラルホテルです。私としては、とにかく、大きなホテルから当たっていこうと考えて、グランドホテルや、ローヤルホテルに当たっていきました。六番目に、セントラルホテルに行ったら、フロントが、青田了介を覚えていてくれました。しかも、青田は、本名で予約をとり、宿泊カードにも本名を書き込んでいます」

「本名で？」

「そうです。宿泊カードを借りて来ましたが、住所も、東京都品川区小山と本当の住所を書いていますし、青田了介になっています。ただ、年齢だけ、三十歳と、五歳サバをよんで記入していますが」

「泊まったのは、ひとり部屋か？」

「そうです。シングルです」

「チェックインは、七月二十一日に間違いないんだろうね？」

「間違いありません」

「それで、チェックアウトは？」

「翌日の二十二日です」

「フロントは、青田了介と何か話したのかな？」

「フロントの話では、青田がチェックアウトしたのは、七月二十二日の午前十時頃だったそうです。その時、青田は、これから市内の写真を撮って、そのあと、登別温泉に行き、ゆっくり骨休みをするんだと、フロントにいったそうです」

「登別温泉だって？」

「多分、青田は、小樽行きをかくそうとして、わざと、逆方向の登別温泉の名前を、フロントにいったんだと思います。印象づけるために」

「そうだろうね」

「その時の青田は、ひどく上機嫌だったそうです。あッ、ちょっと待ってください」

「どうしたんだ？」

「私だ」

と、また、本橋捜査一課長の緊張した声に代わって、

「今、連絡が入った。まただよ」

「また――といいますと、まさか――」

「今度は、登別だ。登別の海岸で、新婚カップルが消えたんだ」

2

翌二十九日の午前十一時には、君島は、小早川と、国鉄室蘭《むろらん》本線の登別駅に着いていた。

駅前には、地元警察の河野巡査部長が、ジープで迎えに来てくれていた。

同じ列車でおりた観光客は、タクシーや、バスに乗り込んで、次々に、登別温泉に向かって行く。

小柄な河野は、直立不動の姿勢で、

「まず現場をごらんになりますか？」

と、君島にきいた。

「ああ、見せてもらいたいね。ここから遠いのかね？」

「車で十五、六分です」

と、河野はいい、君島と小早川が、リアシートに腰を下ろすと、ジープをスタートさせた。

ジープは、登別温泉とは反対方向に向かって走り出した。

踏切を渡って、海岸線に出る。

「これが、問題のカップルの名前です」

と、河野は、片手でハンドルを操作しながら、もう片方の手で、メモをリアシートの君島に渡した。

佐藤　俊作《しゅんさく》（二五）　横浜市旭区××町「旭アパート」
佐藤　みどり（二二）　同

「今度は、横浜の人間か」

君島が呟いたとき、河野が、ハンドルを切り、ジープは、海岸に向かう細い小路に入った。

前方に荒れた砂丘が見えた。人の気配は、全くなかった。観光客は、全て、内陸部の登別温泉に向かってしまい、海水浴場でもなく、何の見所もない海岸には、誰も来ないのだろう。

小さな砂丘にたどり着くと、そこに、白いニッサン・サニーが、ぽつんと放り出されているのが見えた。

私服の警官が二人、退屈そうに、その車を見張っていた。

「レンタカーだな」

と、君島がいうと、河野が、ジープのエンジンを止めてから、

「ナンバーから、千歳空港内で借りたレンタカーとわかりました」

君島たちは、ジープをおりた。

白いサニーの傍へ歩いて行く。その先は、波打ち際まで、ゆるいスロープになっていて、車のところから、二つの足跡が、くっきりと、波打ち際まで続いていた。

思わず、君島は、舌打ちして、「またか」と、呟いた。

全くの同じ形で、三番目のカップルが消えたのだ。

わずかに違う点といえば、前の二件では、眼の前の海は、北の日本海だったが、今度、眼の前に広がるのは太平洋だという、そのことだけである。

「二人が泊まったホテルは、わかっているのかね？」

君島は、堅い表情で、巡査部長を見た。

これは、犯人による警察、道警に対する挑戦ではないかという気が、君島はしていた。

「登別温泉では、一番大きいといわれているホテル登別です」

「じゃあ、そこへ行ってみよう」

君島と小早川は、また、ジープに乗った。

河野が運転して、走り出した。いったん、登別駅前に出てから、広い通りを北に向かった。

「家族には知らせたのかね？」

ジープにゆられながら、君島がきいた。

「電報を打っておきました。明日中には、両方の家族が、登別に来ると思います」

登別市内の道路を抜けると、道は、登りになる。

峡谷沿いの道路を、ジープは、ひたすら、上に向かって登って行く。両側に針葉樹林が広がったり、「クマ牧場にようこそ」といった立て看板が見えたりする。

オロフレ峠へ通じる道と別れてから五、六分して、前方に、旅館群が見えてきた。

登別という名前から、何かロマンチックな温泉が想像されるが、現実の登別は、かなり俗化されてしまっている。

パチンコ屋があったり、ディスコ、バーもあり、一軒だが、ソープランドの看板も出ている。温泉街のソープランドというのは、何となく間が抜けた感じのものである。

登別は、北海道で有数の温泉といわれるが、旅館街は、こぢんまりしている。

ホテル登別の前には、ホテルのバスが二台並び、その横に、パトカーが一台止まっているのが見えた。

君島と小早川は、ジープをおりて、ホテルに入った。

温泉地のホテルらしく、ロビーは、団体客で溢《あふ》れ、その中に、新婚らしいカップルも何組も混じっていた。

「クマ牧場見物の団体の方は、一番のバスにお乗りください」

と、ロビーのアナウンスが大声でいっている。団体客が、その指示に従って、だらだらと、ロビーを出て行く。

君島たちは、その人波の動きと反対に、フロントに近づき、河野が、カウンターの中の若い男に、「三〇七号室へ案内してくれ」と声をかけた。

そのフロントマンが、君島たちを、佐藤夫婦が泊まった三〇七号室へ案内した。

ホテルという名前だが、部屋は全て和室になっている。

中は、六畳二部屋に、サンルームがついていて、奥の六畳の部屋に、真新しいスーツケースが二つ並べてあった。

「それが、あの新婚さんの持ち物です」

と、フロントマンが、君島たちにいった。

「チェックアウトはしていなかったんだね？」

君島が、きいた。

「はい。昨日の午後、おつきになりました。ちょっと出かけてくるとおっしゃって、荷物を置いて外出されたんです。今朝になってもお帰りがないんで、探しましたところ、海岸に車が捨ててあったのがわかって、警察に連絡したというわけです」

「昨日だね？」

「そうです。一日お泊まりになって、今日、チェックアウトされて、オロフレ峠を越え、洞《とう》爺《や》湖《こ》へ行く予定だと、いっておられたんです」

「あの海岸には、何しに行くと？」

「それは何も聞いておりません。今も申しあげたとおり、ちょっと出てくるといって、外出されただけですから」

「このスーツケースは、もう中を調べたのかね？」

君島が、河野を見ると、

「ナンバー錠がかかっているので、まだ中を見ておりません。錠をこわしてとも考えたのですが、その前に、道警本部の方に見ていただきたいと思いまして」

という返事だった。

二つのスーツケースとも、三桁《けた》のナンバー錠になっている。佐藤夫婦が、どんな数字を記憶させたかわからないので、こわして開けるより仕方がなさそうである。

持ち主も、セットした数字を忘れては困るので、007とか、123といった単調な数字をセットすることが多い。念のために、そうした数字を回してみたが、スーツケースは開かなかった。

仕方なしに、金てこを借りてきて、こじ開けた。

下着や、パジャマ、それに、水着などが入っている。女のスーツケースには、着がえのサマードレスが三着も入っていた。

だが、君島が探しているのは、そんなものではなかった。

札幌のホテルの領収書などは、ハネムーンの思い出として、しまっておいたのだろう。

「あったぞ」

と、君島が声をあげた。

全日航の搭乗整理券《ボーディング・パス》二枚である。二枚の半券を、丁寧にしまってあったのは、やはり、大切な思い出と考えたからに違いない。

君島は、二枚の搭乗整理券を、テーブルの上に並べた。

札幌行き　五三七便　七月二十六日
シートナンバー　18－G　18－H

「やはり、このカップルも五三七便に乗っているんだ」

「例の新婚割引きのムーンライト便ですね」

小早川も、眼を輝かせた。

「そうだ。東京発札幌行きの全日航の最終便だ」

「犯人たちは、青田了介という仲間を殺したにもかかわらず、また、新婚を狙う仕事を始めたということでしょうか？」

「そうらしいな。これは、東京の十津川が知らせてくれたんだが、留萌で消えた田口夫婦は、約五十万円、小樽の矢代夫婦も、だいたい同じくらいの小遣いを持って、ハネムーンに出かけたというのだ。他の新婚カップルも似たようなものらしい」

「つまり、狙う相手としては、当たり外れがないということでしょうか？」

「だろうね」

「消えてしまったカップルは、どうなったとお考えですか？」

「私は、殺されて、どこかの山中に埋められたか、あるいは、海に沈められてしまったんだろうと思っている。新婚なら、必ず、金を持っていると考えた犯人たちの狙いは正しかった。新婚カップルが、必ず乗っているムーンライト便を狙ったのも正しかった。機内で話しかけ、北海道の人気《ひとけ》のない海岸へおびき出したのも正しかった。そこで、脅して、所持金を巻きあげるつもりだったんだろう。ただ一つ、犯人たちには、計算違いがあった」

「何ですか？　それは」

「男の虚栄心ってやつさ。見栄といったほうが正確かもしれない。男というやつは、特に、若い男というのは、好きな女の前では、意気がって見せたがるものだ。自分が強いところを見せようとするものだ。犯人は、ちょっと脅して、所持金を巻きあげようとしたが、男が、必死になって抵抗した。それで、殺さなければならなくなってしまったというわけだ」

「すると、脅して、所持金を奪っただけというケースも、当然、あるわけですね？」

「そう考えて、過去の事件を調べてみたんだがね。北海道へハネムーンに来た新婚カップルのうち、三組が、今年になって、脅されて金を奪われたと、警察に届け出ている」

「犯人は、捕まっていますか？」

「五月の事件の犯人が、函館で捕まっている。事件も、函館で起きているんだが、ムーンライト便の乗客ではなかった」

「そうでしょうね。全日航のムーンライト便は、七、八月の夏の間だけのサービスですから。他の二件は、まだ犯人は逮捕されずですか？」

「そうだ。一件は、二月の札幌の雪まつりに来ていて、市内で脅し取られたカップル。もう一件は、同じ札幌市内で、七月に起きている」

「七月なら、ムーンライト便が運航していますね？」

「しかし、その新婚カップルは、午後三時東京発の便で、札幌に来ていて、ムーンライト便には乗ってないんだ」

「警部」

急に、小早川が、表情を堅くして、君島を見つめた。

「何だい？」

「今、考えたんですが、今度の三件の事件は、他の似たような事件とは、全く、関係がないんじゃないでしょうか？」

「ほう」

君島は、考える眼になって、瘦《や》せた、石川啄木が好きな部下の顔を見た。

「どういうことだい？　それは」

「新婚カップルというのは、町中で見かけても、すぐわかります。特に北海道は、ハネムーンの場所として有名ですから、気候のいい今頃の季節には、よく見かけます。男は、ナイトになったような顔つきをしていますし、女のほうは、たいてい帽子をかぶって、ホテルで貰った花を持っています。そして、名所、旧蹟の前で、セルフタイマーを使って、やたらに写真を撮っています」

「それで？」

「もし、新婚カップルを脅して金をとるのが目的なら、全日航の最終便の中で、声をかけなくても、知床《しれとこ》とか、摩周湖《ましゅうこ》とか、あるいは、ここ登別あたりに網を張っていれば、いくらでも見つかると思うのです。そして、人の気配のない時を見はからって、脅して、所持金を巻きあげる。札幌市内で起きた事件というのは、それだと思うのです」

「行方不明になった三件は、それとは、全く違うというのかね？」

「そうです」

「説明してみたまえ。聞こうじゃないか」

「構いませんか？」

「構わんさ。いろいろな意見があったほうがいい」

「今度の三つの事件は、所持金を奪うことが目的じゃないんじゃないかと思うんです」

「そいつは、大胆な仮説だねえ。金を奪うのなら、君がいうように、町中か、観光地で、新婚カップルを見かけて、脅かせばいいということかね？」

「はい。私は、そう思うのですが——」

「続けたまえ」

「今度の三つの事件は、新婚カップルの所持金が目的ではない。とすると、どこかへ連れ去ること自体が目的じゃないかと思うんです」

「なるほどね」

「考え過ぎでしょうか？」

「いや、面白い考えだよ」

と、君島は、微笑してから、

「しかし、それでは、犯人たちの目的がわからないじゃないか。この三組、少なくとも、前の二組は、いくら考えても、自分から姿を消す理由のないカップルだった。とすると、誰かに連れ去られたということになる。君は、そう考えるわけだろう？」

「はい」

「犯人は、なぜ、三組の新婚カップルを連れ去ったのかね？　まず考えられるのは、身代金目当ての誘拐ということだが、それにしては、いずれも、あまり財産のない連中だし、身代金の要求もしてきていない。偉い科学者で、その知識が欲しいわけでもない。矢代昌也は、平凡なサラリーマン一年生だし、田口政彦は、スーパーの社員だ。誘拐して、どこかの国に、高く売りつけられる人間じゃない。奥さんのほうも同様だ。そんな新婚カップルを、どこかへ連れ去って、それで犯人は、どうしようというのかね？」

「全くわかりません」

小早川は、正直にいって、頭をかいた。

「わかりませんか――」

「いくら考えても、警部のいわれるとおり、新婚カップルを連れ去る理由はわかりません」

「理由はわからないが、今度の三つの事件は、犯人が、新婚カップルを、連れ去るのが、目的だったと思うのかね？」

「どうしても、そんな気がして仕方がないのです」

「すると、彼等は、北海道のどこかに監禁されているということになるね」

「そうです」

「これが、優秀な印刷工ばかりとなれば、ニセ札作りが目的ということも考えられるが、平凡なサラリーマンばかりで、特殊技能の持ち主は、一人もいない。また、若い女ばかり集めて、享楽の園を作るのだったら、男まで連れ去る必要はないだろう？　違うかね？」

「そのとおりなので、困っています」と、小早川は、いった。

「やはり、新婚カップルの所持金目当ての犯行でしょうか？」

「いや、君の考えも面白いよ。問題は、今もいったように、犯人の目的だな。三組のカップルが、生きているにせよ、すでに殺されているにせよ、発見されれば、何かわかるに違いないと思っているんだがね。どうもそれが――」

君島は、小さく首を振った。

最初のカップルが、留萌で消えたのは、七月十八日である。それから、すでに、二週間近くが経過している。それなのに、死体も発見されないし、海岸で消えてからの足跡もつかめていない。

（なぜなのだろうか？）

と、君島は思う。

普通の失踪事件なら、何か、手掛かりらしきものが見つかるものである。それが、今度の事件では、全く、手掛かりがない。唯一の手掛かりらしいものといえば、同じムーンライト便の乗客だった青田了介という男が、東京で殺されたということだけである。

君島は、仲間割れからの殺人と考えているのだが、その後の発展がない。東京の十津川の捜査を期待しているのだが、まだ、青田了介を殺した犯人の目星はついていないようだ。

（この事件は、悪くすると、長引くかもしれないな）

と、君島は思った。

長引いた時、困るのは、これが、形の上では、あくまでも、失踪事件だということである。君島は、行方不明の三組は、殺された可能性が強いと考えている。十津川も同じ考えのようだ。

つまり、君島の頭の中では、すでに、これは殺人事件《ころし》なのだ。

しかし、死体が見つからない限り、あくまでも、これは、失踪事件でしかない。年間、何千、いや何万という蒸発事件の一つでしかないのだ。

青田了介という男が、東京で殺された。君島や十津川は、今度の事件に関係して殺されたと信じているが、その証拠もない。

となると、事件の解決が長引けば、この三組の事件は、単なる蒸発事件の一つと見なされ、道警も、東京警視庁も、その解決に熱意を失う恐れがあった。

なぜなら、はっきりと殺人事件とわかる事件が、北海道でも、東京でも、頻発しているからである。そうした事件を解決するほうが急務だという空気が生まれてくることは、眼に見えていた。

マスコミは、もっと、はっきりしている。

北海道の新聞は、留萌と小樽の事件を、面白おかしく報道した。が、東京の新聞には、一度しかのらなかったと、十津川はいっていた。それも、小さくである。

北海道の新聞も、二回のせただけで、あとは、全く関心を示していない。蒸発事件など、珍しくないという考えに立っているからだろう。

「東京にかけるんで電話を借りたいんだがね」

と、君島は、フロントにいった。

3

十津川は、君島からの電話を終えると、複雑な表情で、亀井を見た。

「今度は、登別の海岸で、新婚のカップルが消えてしまったそうだ」

「またですか」

「今度は、横浜の人間だ」

「やはり、ムーンライト便の乗客ですか？」

「二十六日の全日航のムーンライト便だ。ところで、道警の小早川という刑事が、面白い意見をいっている。石川啄木の好きな文学青年だそうだがね。犯人の目的は、新婚カップルから所持金を奪い取ることではなく、どこかへ連れ去ること自体にあるのではないかというのだ。つまり、奇妙な失踪そのものが目的ではないかというのさ」

「いかにも、文学青年的な発想ですな」

亀井が、小鼻をふくらませた。

「どういう意味だい？　面白くないかね？」

「面白い意見ですが、非現実的ですね。理由がありません。犯人が、新婚カップルを連れ去る理由がです。誘拐なら、身代金の要求がなされるはずなのに、それがありませんし、それなら、もっと金持ちの子供を誘拐するでしょう。何も、成人したカップルを誘拐する必要はないんですから」

「確かに、そのとおりだ。君島も、同じことをいっていたよ。だが、理由が見つかれば、話は別だな」

「新婚カップルを連れ去って、どんな利益があるんでしょう？　三組も、どこかへ連れて行ったのだとしたら、六人を食べさせるだけでも大変ですよ。連れ去ること自体が目的だとすると、殺しはしないわけですからね」

「君は、行方不明のカップルは、すでに殺されていると思うかね？」

「思いますね。犯人は、いかにも、新婚カップルが、自分の意志で姿を消したように見せかけていますが、そのことが、逆に、すでに殺されている証拠ではないかと考えます。もし、生きているのなら、砂浜に二人の足跡を残しておくような作為は、ほどこさないんじゃありませんか」

「私も、その点は同感だが、これは、表面上は、あくまでも、殺人事件ではなく、若い新婚カップルの蒸発事件だからね。君島もいっていたが、年間、九万何千件かある蒸発事件と同じなんだ」

「といいますと——？」

「このままで、解決の糸口がつかめなければ、単なる蒸発事件として処理されてしまうということだよ。道警も、他に、緊急な殺人事件が起きれば、そちらに、捜査の力を向けざるを得ないだろうし、われわれもだ。青田了介という男が晴海で殺されてはいるが、今のところ、関係があるという証拠はあがっていないしね」

「それこそ、犯人の思う壺《つぼ》にはまってしまうんじゃありませんか」

亀井が、堅い表情でいった。

「そのとおりだが、死体が見つかるか、誘拐の確証がつかめなければ、世間は、いくらでもある蒸発事件に、いつまでも、警察がかかわっていることに批判的になるだろう」

「そうだとすると、不謹慎なことかもしれませんが、消えてしまった新婚カップルの中の一人でもいいから、死体が早く見つかるといいですな」

亀井らしくないことをいってから、彼は、自分で、気分を変えるように、

「ところで、奥さんは、どうしていらっしゃいます？」

と、十津川にきいた。

とたんに、十津川は、この上なく照れた表情になった。

「毎日、部屋の飾りつけをやって楽しんでいるよ。何しろ、インテリアが彼女の仕事だから

ね」

「いいじゃないですか。警部お一人の時のあのマンションは、殺風景この上なしでしたから」

「それはそうだがねえ。心理的に、ピンクが若々しくなるといって、ピンクを多く取り入れているんだよ。私は、もう四十歳だよ。どうも、ピンクというのはねえ」

「羨ましいですよ。警部。うちのかみさんも、たまには、ピンクのネグリジェでも着てくれると、気分が変わるんですがねえ――」

亀井は、本気とも、冗談ともつかぬ口調でいった。

4

登別海岸で消えた佐藤俊作、みどりの新婚カップルのことは、その現住所である横浜市警察によって調査され、その結果は、北海道警と、東京警視庁の十津川たちに報告された。

その報告書には、次のように書かれてあった。

夫、佐藤俊作（二五）は、熊本市で、雑貨商を営む佐藤徳三郎、ふみ夫婦の三男として生まれ、高校を卒業後、上京した。

最初、東京都内の職場を転々としたが、三年前から、横浜市伊勢佐木町のレストラン「ヨコハマ」に就職し、現在に至っている。妻、みどり（二二）は、神奈川県逗子《ずし》市に、戸田正之、文子夫婦の次女として生まれ、高校を卒業後、同じレストラン「ヨコハマ」にウエートレスとして勤め、佐藤俊作と知り合ったものである。佐藤俊作は、現在、同じレストランの会計係をしており、社長からの信頼も厚い。月給は、俊作が十七万円、みどりが十一万円で、結婚後も、しばらくは共稼ぎを続けるつもりだったという。

七月二十六日午後三時より、市民会館で、二人は、結婚式をあげた。仲人は、レストラン「ヨコハマ」の社長夫妻で、友人、両親など約五十人が列席した。

そのあと、両人は、全日航の最終千歳行きの五三七便、愛称「ムーンライト」で、ハネムーンに向かった。ハネムーンの予定は、札幌—登別—洞爺湖めぐりの四泊五日である。

佐藤夫婦は、横浜市旭区××町の「旭アパート」に2DKの部屋を、五万円で借りている。

六カ月前より同棲。

佐藤俊作、みどり共に前科はなく、どちらも明るい性格で、同僚に好かれており、敵はいない。

二人の将来の希望は、貯金をして、自分の店を持つことで、これは、友人によく話していた。

二人とも、北海道は初めてであり、四泊五日のコースは、北海道出身で、同じレストラン

「ヨコハマ」に働く、友人、今井正行（二四）にサジェスションを受けながら決めたものである。

今井正行の証言によれば、登別では、地獄谷、クマ牧場、ユーカラの里、などを見たらいいと教えたが、海岸に行くようにすすめたことはないという。

レストラン「ヨコハマ」の社長、友人などは、二人が姿をかくさなければならない理由は、全く思い当たらぬと証言している。佐藤俊作の両親、みどりの家族に問い合わせたが、そのいずれにも、二人は帰っておらず、思いがけぬことで驚いているということだった。佐藤夫婦は、現在、約八十万円の預金があり、借金はない。

佐藤俊作の趣味は車で、二十歳の時に運転免許を取得しており、現在、七六年型のニッサン・スカイラインGTを所有している。

「どうだい？　君の感想は」

十津川は、亀井にきいた。

「前の二つのカップルと職業は違いますが、その他は、何となく似ていますね。明るく、堅実で、誰からも好かれている」

「平均的な新婚カップルということだろう」

「それに、蒸発しなければならない理由は見当たらない」

「そのとおりだ」

「しかし、最近の行方不明は、年間、九万五千人を数えていますし、その大半は、何らかの理由で、自分から姿をかくしたと考えられています」

「北海道の三組も、蒸発の可能性があるということかい？」

「ゼロではないと思います。隠された傷があったのかもしれませんから」

「全く同じ形で、三組の新婚カップルが、蒸発したというのかい？」

「最初の田口夫妻が、留萌の海岸で、車を乗り捨て、砂浜に足跡を残して蒸発しました。いかにも、若者らしい蒸発の仕方です。あとの二組は、たまたま、それを聞いていて、真似《まね》て蒸発した。こう考えるのはどうでしょうか？　若者というのは、真似が好きですから」

「なるほどねえ」と、十津川は、微笑した。

「自殺の仕方にも、流行があるから、蒸発の仕方に流行があっても、おかしくはないな」

「海岸に車を置き捨て、砂浜に足跡だけが残っているというのは、まるで、ＵＦＯにさらわれたみたいで、今の若者に受けたんだと思います。だから、他の二組の新婚カップルが真似て、蒸発したのかもしれません。こう考えるのは、非現実的でしょうか？」

「いや、面白い推理だよ」

十津川は正直にいった。若い新婚カップルが、蒸発の仕方を真似たというのは、考えつかなかったからである。

「今度の事件については、これで、三つの推理が出来たことになるな」

と、十津川は、黒板に、チョークで、書きつけた。
①犯人（多分、複数）が、ムーンライト便の新婚カップルの所持金を狙って、人気《ひとけ》のない海岸に誘い出した。この場合、十中、八九、二人は殺されている。
②犯人が生きたまま、新婚カップルを連れ去り、どこかに監禁している。
③同じ形を真似た蒸発事件である。
「第一の場合は、一刻も早く、死体を見つけ出さなければならないし、第二の場合は、動機の解明が先決だな」

十津川が、黒板の字を見ながらいった。

亀井が、それに続けて、

「第三の場合には、三組に、蒸発しなければならないどんな理由があったか、それを見つけ出す必要がありますね」

「第三の場合は、もう一つ、青田了介のことがある。三組とも蒸発なら、青田了介という男を、晴海で殺す必要はなくなる。だから、この男は、消えたカップルと、全く関係なく殺されたことを証明する必要があるよ」

「第一の場合ですが」

「うん」

「犯人たちは、死体をどう始末したとお考えですか？」

「二つの方法が考えられるね。土の下に埋めたか、海に投げ込んだかだ。人気のない海岸へ誘い出した点から、海へ投げ込むのが一番簡単だったろうが、山へ運んで埋めるほうが、発見されにくい」

「海へ投げ込んだとすると、そろそろ、第一、第二の事件の死体が、浮かび上がってくる頃じゃありませんか？」

「ああ、そのとおりだ。だから、明日、道警では、海を調べてみるといっているよ」

5

八月一日の朝。

北海道警察の君島警部と、小早川刑事の二人は、小樽の例の海岸に来ていた。

小樽市内の二十人のダイバーが同行した。

まず、海岸周辺の海底を、ダイバーたちが調査した。

矢代夫婦が、重石《おもし》をつけて沈められている可能性があったからである。

四時間にわたる調査にもかかわらず、死体は見つからなかった。

次は、死体が浮かんだとして、どこへ流れつくかということだった。

人間と同じ大きさ、重さに作られた二体の人形《ダミー》が用意され、海岸から二百メートル沖に浮かべられた。

潮流にのって、どこへ運ばれるか知るためだった。

君島と小早川は、モーターボートに乗って、二体の人形を見張ることにした。

人形は、時速約二ノットの潮流にのって、ゆっくり移動した。ほとんど動かないぐらいの速さである。モーターボートでは速過ぎてどうにもならず、エンジンを止め、二人は、オールで漕《こ》いで、人形の後をつけた。

二体の人形は、約五時間かかって、一・二キロ先の海岸に流れ着いた。

その周辺に、矢代夫婦の死体は浮かんでいなかったし、二十名のダイバーに、そこでも、海底に潜ってもらったが、死体は見つからなかった。

同じ八月一日に、留萌の海岸でも、留萌市警察がリーダーとなって、同じ形の調査が行なわれた。

こちらでも二十名のダイバーが動員され、二体の人形が、海に浮かべられた。

だが、田口夫婦の死体は、陽が落ちる頃になっても発見されなかった。

君島は、東京に電話を入れ、十津川に、調査と実験の結果を知らせた。

「これで、矢代夫婦と、田口夫婦が、海に投げ込まれたという可能性は、まず、なくなったね」

と、君島は、結論をいった。

「すると、どこか山の中か、原野の中に埋められているということかね。殺されているとしての話だが」

「そうだとして、北海道は広いからねえ」

君島は、溜息をついた。

開発の波が、押し寄せてきているといっても、北海道には、まだ、原生林が多い。車で、そんなところへ運ばれ、地中深く死体が埋められてしまったら、発見するのは、まず不可能だろう。

「小早川刑事は、どうしているね？」と、十津川がきいた。

「彼は、まだ、犯人が、新婚カップルをどこかへ連れ去ったのだと考えているのかな？」

「彼は、なかなか、頑固《がんこ》な男だからね。黙っているが、自説は捨てていないようだよ。なぜだい？」

「何となく気になるのさ」

「しかし、小早川刑事の説には、重大な欠点がある。動機がわからないという――」

「わかってるよ。だから、余計に気になるのかもしれないな。ところで、うちの亀井刑事も、面白い推理を提供してくれたよ。新婚カップルが、蒸発の真似をしているんじゃないかというんだ。留萌が第一号で、他の二組は、それに真似たというのさ」

「ふーん」

と、君島は、鼻を鳴らしてから、

「その説も、小早川刑事の推理と同じように、大きな欠点を持っているな。三組のカップルが、蒸発しなければならない理由がわからんじゃないか。君たちの調べでは、どのカップルも、姿を消さなければならないような事情は、全くないんだろう?」

「そのとおりだ」

「じゃあ、亀井刑事の説は成立しないんじゃないのかねえ」

「全く表に出ない事情があるかもしれないと、彼はいっているよ。それに、そちらの小早川刑事に似て、うちのカメさんも、強情なところがあるからねえ」

電話の向こうで、十津川が、クスクス笑った。

6

十津川は、笑って、電話を切ったものの、テーブルの上に広げられた北海道の地図に眼をやった時には、その笑いは消えてしまっていた。確かに、北海道は広い。

七五万分の一の北海道の地図の三カ所に、赤インクで、丸が書き込んである。

留萌、小樽、登別の近くの、三組の新婚カップルが消えてしまった場所である。

「この丸は、もっと増えるんでしょうか？」と、亀井がきいた。

「それとも、これで、終わりなんでしょうか？」

「わからんね。犯人が、割りが合わないと思えばやめるだろう。君のいうように、これが蒸発事件なら、まだまだ続くかもしれないな」

「三カ所とも、北海道の地域ですが、これは、何か意味があると思われますか？」

「君は、どう思うね？」

「もし、蒸発なら、別に意味はないと思います。どこで蒸発しても同じですから」

「確かにそうだな。新婚旅行《ハネムーン》中は、追いかけられることはないんだから、北海道のどこで蒸発してもいいわけだ。もし、殺人事件だったら？」

「意味があるのかもしれません。犯人の行動範囲ということで」

「それは、犯人が、東京の人間で、全日航で北海道へ行ったと仮定しての話だろう？」

「そうです。その場合、犯人の北海道でのベースは、千歳ということになります。一番遠い留萌で、百五十キロぐらいでしょう。犯人は、車を利用したと思われますので、一日で行ける距離ということになります」

「無理をすれば、往復できるか」

「そうですね。登別は、約七十キロですから、楽に一日で往復できますし、小樽も、同じく、約七十キロです」

「車で、一日で往復できるところということになるのかな」

「これが、網走《あばしり》ぐらいになると、片道、三百五、六十キロになって、車を使っても、一日で往復は、とうてい無理ということになります」

「君のいうとおりなら、犯人は、北海道に、一日しかいられない人間、ということになるんだが――」

と、十津川は、しばらく考えていたが、

「しかし、矢代夫婦は、北海道へ着いた翌日、小樽へ行き、いなくなったが、佐藤夫婦の場合は、札幌に二泊し、三日目に登別に行っているんだ。留萌の田口夫婦も同様だ。犯人が、三組のカップルと同じムーンライト便で、北海道へ行ったとしたら、あとの二組の夫婦には、一日余計にかかっていることになる。そうだとすると、犯人が、北海道に一日しかいられない人間だという前提は、崩れてしまうねえ」

「犯人は、別の便で行ったのかもしれません」と、亀井はいった。

「問題のムーンライト便には、共犯者、例えば、晴海で殺された青田了介が乗って、たくみな話術で、海岸におびき出す。そして、もう一人の犯人が、次の日の便か、翌々日の便で、北海道へ行くというように――」

「つまり青田が、当たりをつけておいて、主犯は、おくれて行って、青田と一緒に、新婚カップルを襲ったということかい？」

「そうです」

「青田了介は、第三の事件が起きる前に殺されているから、登別の場合は、誰かが、青田了介の代役をつとめたことになるな」

「そうですね」

亀井が肯いた時、また、電話が鳴った。

亀井が、受話器を取ってから、

「築地署の木下刑事です」

と、十津川に、渡してよこした。

「木下です」

という、聞き覚えのある声がした。

「青田了介が殺された事件について、捜査状況をお知らせしようと思いまして」

「ありがたいね。何かわかったかね？」

「青田の交友関係を、全て洗いました。特に、彼がぐれていた頃、知り合った人間を、徹底的に調べました。全部で、三十六名です」

「それで、その中に、怪しい人物がいたかね？」

「残念ながら、全員にアリバイがありました」

「そうか。アリバイありか」

「申しわけありません」

「君があやまることはないよ」

「それから、青田了介が殺された七月二十五日当日の行動が、少しですが、わかりました」

「それを聞かせてほしいね」

「この日、青田は、午後三時に店を閉めています」

「自転車屋というのは、もっと遅くまでやっているんじゃないのかね？」

「普段は、午後七時頃まで、店をあけているそうです。たまたま、同じ商店街に住む電気屋の主人が、店を閉めている青田に声をかけたところ、『これから、女に会いに行くんだ』と、いって、ニヤニヤ笑っていたそうです」

「女に会いにねえ」

「電気屋の主人は、青田がソープ好きなので、また、ソープに遊びに行くのかと思ったといっていますが」

「ソープは、午前二時頃までやっているから、それなら、七時に店を閉めてからでも行けるだろう」

「すると、青田を殺した犯人は、女ということになるでしょうか？」

「さあ、どうかな。青田了介は、かなり頑丈な身体をしていたんじゃないか？」

「身長一七三センチ。体重六七キロで、二十代の頃、ぐれていた頃ですが、ボクシング・ジムに通っていたことがあります」

「女が殺せるかな？」

「近頃は、女も強くなりましたから」

「そりゃあ、そうだ」

十津川は、笑った。直子のことが、頭に浮かんだ。彼女だって、結構、強い女だ。

十津川が、受話器を置くと、耳をそばだてていた亀井が、

「女が関係しているんですか？」

「そうらしい」

「飛行機で、女というと、まず考えられるのは、スチュワーデスですが――」

「私も、今、同じことを考えていたんですがね。日本で、スチュワーデスは、女性の中のエリートだろう。給料もいい」

「そうですね。大学出の一般のサラリーマンの初任給は、十一、二万円ですが、スチュワーデスの初任給は、二十万円くらいと聞いたことがあります」

「そんな恵まれたスチュワーデスが、新婚カップルの所持金を狙うような犯罪の片棒をかつぐだろうか？　もちろん、何か後ろ暗いことがあって、それをタネに脅迫されれば別だが」

と、十津川はいった。

そんな話のあった翌日だった。

自分のマンションで眼をさました十津川は、直子の持って来てくれた朝刊を広げて、おやッという顔になった。

社会面に、次の見出しがのっていたからである。

〈スチュワーデス、マンションの六階から墜落死〉

第六章　スチュワーデス

1

記事の内容は、こうだった。

〈一日午後十時半頃、東京都港区高輪《たかなわ》三丁目のシャトー高輪の中庭に、パジャマ姿の女性が死んでいるのを、管理人の鈴木利夫さん（四二）が発見した。

この女性は、同マンションの六〇九号室に住む全日航スチュワーデス、菅原君子《すがわらきみこ》さん（二三）で、六〇九号室の窓が開いており、ベランダから墜落死したものと思われる〉

同じニュースを、亀井も読んだとみえて、すぐ、電話がかかってきた。

「ごらんになりましたか？」

と、亀井が、いきなり、電話口でいった。

「ああ、見たよ。このスチュワーデスが、東京─札幌間の国内線に勤務していたとすると、気になるね」

「それで、全日航本社に電話してみましたら、菅原君子というスチュワーデスは、国内線勤務だそうです」

「羽田─千歳間の便に乗っていたのかな？」

「そこまで詳しいことは、羽田の全日航事務所じゃないとわからんといっていました」

「それなら、羽田へは、私が行って来よう。君は、高輪のマンションへ行って、彼女が墜死した事情を聞いて来てくれ」

十津川は、それだけいうと、電話を切り、直ちに、家を出た。

午前十時には、羽田空港に着いていた。

相変わらず、ロビーは、旅行に出かけて行く若者たちで一杯だった。

十津川は、階段をのぼり、二階にある全日航の事務所長室で、所長の田中に会った。

田中は、明らかに、困惑していた。

「まだ、事情がよくわからないので、極力、情報の収集に努めているのですが」

と、田中は、十津川にいった。

「菅原君子さんは、非番だったんですか？」

「そうです。スチュワーデスの勤務というのは、原則として三日搭乗勤務して、二日休むということになっています。昨日から、休んでいたはずなんです。まさか、自殺するとは思っていませんでした」

「彼女のことで、教えていただきたいことがあります」

「彼女は、何か、警察沙汰になるようなことをしていたんでしょうか？」

田中は、身体をのり出すようにしてきいた。その顔色が変わっている。

「それは、まだわかりません」

「しかし、警察の方が、聞きに来られたというのは――」

「ある事件に関係していたのではないかと思われるので、伺ったのです」

「どんな事件ですか？　殺人事件ですか？」

「それは、今は、ちょっと申しあげられません。全く無関係かもしれませんから」

十津川は、手帳を取り出すと、北海道での三つの失踪事件の日付を手帳のメモで確認してから、

「菅原君子さんは、国内線のうち、どの路線に勤務していたんですか？」

「主に、羽田―千歳間です」

「では、七月十六日、二十一日、二十六日の千歳行き最終便、愛称をムーンライトという五三七便に乗っていたかどうか、調べていただけませんか」

「ちょっと待ってください」

と、田中は、分厚い勤務表をくっていたが、

「七月十六日と、二十六日には、確かに、五三七便に乗っています」

「二十一日は？」

「この日は、勤務明けで休みですね」

「二十一日は、非番ですか」と、十津川は、呟いた。

「しかし、個人的に、二十一日のムーンライト便に乗ったということも、あり得ますね？」

「ええ。それは自由ですから」

「菅原君子さんが、二十一日のムーンライト便に乗ったかどうか、確認する方法はありませんか？」

「そうですねえ」

と、田中は、考えてから、

「二十一日のムーンライト便に乗ったスチュワーデスに聞いてみましょう。菅原君子が、私服で乗っていたとすれば、同僚ですから、覚えていると思います」

田中は、千歳から帰って来た二人のスチュワーデスを呼んでくれた。

一人は、すでに私服に着かえていたが、もう一人は、もう一便の勤務があるということで、全日航の制服を着たままだった。

小池京子、竹井ルミ子と、田中は、二人の名前を教えてくれてから、彼女たちには、

「こちらは、警察の方で、自殺した菅原君子クンのことで、来られたんだ」

と、十津川を紹介した。

私服に着かえていた竹井ルミ子は、大きな眼で、じっと、十津川を見ていたが、

「失礼ですけど、刑事さんの顔に見覚えがありますわ。確か、七月二十一日のムーンライト便に、奥さまと一緒にお乗りになりましたわね。中年の新婚さんなんで、よく覚えているんです」

「そうでしたか」

十津川は、照れて、顔をこすった。あの時、すずらんの花のサービスをしてくれたのは、このスチュワーデスだったのだろうか。

「よく覚えていますね」

と、十津川が感心すると、竹井ルミ子は、微笑して、

「お客さまの顔を覚えるのも、大切なことの一つですから」

「あなた方は、七月二十一日のムーンライト便に搭乗されたんですね？」

十津川は、確認するようにきいた。

二人が、肯いた。

「その便に、菅原君子さんは、乗っていなかったかどうか、知りたいんですがね」

と、十津川が、きき、田中が、それに付け加えて、

「彼女は、この日非番なんだが、個人的に、千歳行きのムーンライト便に乗ったんじゃないかと、刑事さんは、いわれているんだ」

二人のスチュワーデスは、顔を見合わせていたが、竹井ルミ子が、

「彼女は、乗っていませんでしたわ」

と、十津川にいった。

「それは、確かですか？」

「ええ、乗っていれば、すぐわかりますもの」

竹井ルミ子は、きっぱりといった。

「あなたも、同じですか？」

十津川は、小池京子に眼をやった。

「ええ。彼女は、乗っていませんでした。仲のいい同僚ですから、乗っていれば、すぐわかります」

「仲のいい同僚といわれましたね」

「ええ。同じ長野県の生まれなんで、気が合いましたから」

「彼女は、どんな性格でした？」

「明るくて、頭の回転が早い人でした。あんな人が自殺するなんて、どうしても考えられな

いんです」

「まだ、自殺と決まったわけではありませんよ」

「じゃあ、彼女、殺されたんですか?」

「そう、先回りしないでください」と、十津川は、苦笑した。

「まだ、自殺、他殺と、断定は出来ないといっただけです。彼女には、恋人がいましたか?」

「ええ。美人で、明るい性格だから、ボーイフレンドは、何人もいたようですけど、恋人は、一人だけだったはずですわ」

「その恋人の名前を知っていますか?」

「ええ」

「誰です?」

「この頃、テレビドラマで人気の出てきた、北野浩《きたのひろし》という人です」

「聞いたような名前だな」

「刑事ものの『太陽に賭《か》ける』で、今、若い女性の人気の的になっている人ですわ」

「その北野浩と菅原君子さんは、飛行機の中で知り合ったわけですか?」

「ええ。三月頃、北海道へロケに行くんで、北野さんたち一行が乗った便に、菅原さんが勤務していたんです。その時、北野さんが、強引に、彼女の電話番号を聞いて、それから、何回か、デートしたといっていましたわ。この前、彼女に会った時は、彼からプロポーズされているといっていましたわ」

「その時、嬉しそうでしたか？」

「ええ。とても」

「つまり、北野浩と結婚してもいいような口ぶりだったというわけですね？」

「ええ」

「最近、彼女が、何かに悩んでいたようなことは、ありませんでしたか？」

「いいえ。ぜんぜん」

「たとえば、お金に困っていたというようなことはなかったですか？」

十津川がきくと、小池京子は、強く首を振って、

「そんなことはありませんわ。第一、彼女の家は、長野で大きなホテルをやっているんです。私も、一度、泊めてもらったことがありますけど、十一階建ての素敵なホテルなんです。女の子は、彼女一人で可愛がられていましたから、お金に困るなんてことは、考えられませんわ」

「なるほど」

と、十津川は、肯いた。が、内心、予期したのと違う答えに、軽い戸惑いを覚えていた。

北海道の三つの失踪事件には、暗いものが感じられる。殺人事件の匂いもする。

菅原君子というスチュワーデスの死が、北海道の事件に関係しているのなら、彼女の周囲にも、何か暗いものがあるに違いないと、十津川は、予測していたのである。

しかし、同僚のスチュワーデスの証言にみる限り、暗い影は、全く感じられない。美人で、頭の回転が早くて、資産家の娘だという。しかも、北野浩というタレントから、プロポーズされて喜んでいたともいう。幸福そのものの娘というイメージしか浮かんでこないのだ。

十津川は、気分を変えて、ポケットから、晴海で死んだ青田了介の写真を取り出し、二人のスチュワーデスに見せた。

「この男も、七月二十一日のムーンライト便に乗ったはずなんだが、覚えていませんか？」

と、十津川がきき、二人は、写真をのぞき込んでいたが、竹井ルミ子のほうが、急に、クスクス笑い出して、

「このお客さまなら、よく覚えていますわ」

「なぜです？」

「札幌で食事を奢《おご》りたいから、ぜひ、宿舎の電話番号を教えてくれと、しつこくいわれましたから」

「教えたんですか？」

「いいえ」と、竹井ルミ子は、笑った。

「名刺も下さいましたわ。確か、青田さんとかいう名前でしたわ」

「そうです。青田了介です」

「自動車会社を経営なさっているとか」

と、竹井ルミ子がいう。今度は、十津川が笑って、

「小さな自転車屋の主人です」

「そうですの」

「私も、この方は、覚えていますわ」

と、小池京子がいった。

「あなたも、食事に誘われたんですか？」

「いいえ。この方、千歳でお降りになる時、五人のスチュワーデスの一人一人と握手をなさいましたから」

「この方、どうなさったんですの？」

と、竹井ルミ子が、きいた。

「死にました。晴海で、海に投げ込まれてね」

「まあ」

「実は、殺された日に、これから女性に会いに行くといって、浮き浮きしていたというのです。その女性というのは、ひょっとして、あなた方じゃないんですか？」

十津川がきくと、二人のスチュワーデスは、きッとした顔になって、

「とんでもありません！」

と、強い声でいった。

2

十津川が、警視庁に戻ると、亀井も帰っていた。

「マンション周辺の聞き込みをやったんですが、菅原君子が落ちるのを目撃した人間は、見つかりませんでした」

と、亀井は、メモしてきた手帳を見ながら報告した。

「部屋のドアは、閉まっていたのかい？」

「錠はおりていました。キーは、台所のテーブルの上に一つのっていましたね。管理人の話では、キーは二つあるはずですし、キーは、すぐ作れます。犯人が、キーを持っていれば、彼女をベランダから突き落としておいて、ドアに錠をおろして立ち去ることが出来たわけです」

「部屋のキーを持っている人間が、浮かんできたかね？」

「一人、浮かびました。テレビタレントの――」

「北野浩かね？」

「そのとおりですが、なぜ、ご存知なんです？」

「同僚のスチュワーデスから聞いたのさ。二人は、千歳行きの飛行機の中で知り合ったらしい。最近、北野が、結婚の申し込みをしていたといっていたよ」

「マンションの住人の証言ですが、時々、北野浩のスポーツカーがとまって、彼女が一緒に出かけて行くのを見たそうです。とても、仲が良さそうだと」

「どうしても、北野浩というタレントに会う必要がありそうだな。彼のプロポーズが本当で、彼女が、それを喜んでいたのなら、自殺する理由がなくなるからね」

「北野は、今日の午後六時から、ＡＢＣテレビのスタジオで、『太陽に賭ける』のビデオ撮りに出るそうです」

「じゃあ、ＡＢＣテレビに行って、北野に会ってみようじゃないか」

と、十津川は、立ち上がった。

ＡＢＣテレビは、赤坂にある。二人は、地下鉄に乗った。

「菅原君子の近所での評判はどうだね？」

十津川は、吊り皮につかまり、ゆられながら、顔を近づけるようにして、亀井にきいた。

「悪くありませんでした」と、亀井も、声を大きくして答えた。

「誰もがいうのは、明るい美人だったということです」

「同僚のスチュワーデスは、金に困ったりすることはないはずだといっていたがね」

「近くの銀行の預金通帳が、二通ありました。二百万円ちょっとの普通預金と、五百万の定期預金です」

「女の細腕なんて、いえんなあ」

と、十津川は、肩をすくめた。十津川の預金は、まだ、百万少ししかない。

地下鉄赤坂見附《あかさかみつけ》でおりてから、二人は、ABCテレビまで歩いた。

人気タレントの出入りを待っているのか、テレビ局の入口には、数人の女学生がたむろしている。

その横を抜けて、十津川たちは、中に入り、受付で、用件をいった。

しばらく待たされてから、三階にある喫茶室で、北野浩に会うことが出来た。三十歳ぐらいのマネジャーが、心配そうに傍についていたが、北野自身は、意外にすらすらと、菅原君子とのことを話してくれた。

年齢は二十七歳だというが、二、三歳は老《ふ》けて見えた。整った顔だが、疲れているのだろう、眼の下にクマが出来ている。

「彼女にプロポーズしたのは事実ですよ」

と、北野は、いった。

「彼女の返事は？」

十津川が、北野の眼を、まっすぐに見てきいた。

「少し考えさせて欲しいということでした。が、顔は笑っていたから、イエスの返事がくるとばかり思っていたんです。それなのに、いきなり自殺したという知らせでしょう。呆然としましたよ」

北野は、溜息をついた。

「プロポーズしたのは、いつです？」

「一週間前です」

「その後、彼女と会っていないんですか？」

「ええ。彼女が、考えたいといったものですからね。それに、僕の方も、仕事が忙しかったし――」

「その間、電話もせずですか？」

「一度ありました」

「いつです？」

「確か七月二十六日の深夜ですよ。午前零時過ぎだから、正確には、二十七日かな」

「二十六日は、ムーンライト便で、北海道へ行っているはずですが」

「ええ。札幌の全日航ホテルから電話しているんだといってましたね」

「その時、どんなことを話したんですか？」

「元気？　とか、今、何してるの？――といった、とりとめのない話のあとで、ちょっと相談したいことがあるのって、いいました」

「それで？」

「僕は、結婚のことだと思ったから、どんなことでも、正直にいってくれといったんです。そしたら、東京に帰ってからお話しするといって、その時は、終わってしまったんです。そのあと、彼女が自殺したって話を聞かされたんです」

「相談したいことがあるといった時、彼女の様子は、どうでしたか？」

「といわれても、電話ですから、顔が見えないんで――」

「怖がっているようには、思えませんでしたか？」

「そんな感じではなかったですね。声は落ち着いていましたよ。今になってみると、相談したいということの内容を、無理にでも聞いておけばよかったと思いますが」

北野は、菅原君子がいった、「相談したい」ことというのを、あくまで、自分との結婚ということだと、信じている気配だった。

結婚の申し込みをして、その返事を待っていた北野にしてみれば、当然のことかもしれない。

「彼女のほうに、あなたとの結婚に対して、障害になるようなことがあったと思いますか？」

と、十津川は、きいてみた。

「さあ。別にないと思っていたんですが、彼女が死んだとなると、何かあったのかもしれません。でも、別に悩んでいるようには思えなかったし――」

わからないというように、北野は、何度も首を振った。

「彼女の部屋のキーは持っていますか？」

「ええ。持っていますよ。何回目かのデートの時、彼女がくれたんです。僕も、自分のマンションのキーを、彼女にあげましたが」

「そういえば、あの部屋のものではないキーが、一つありましたが」

と、横から亀井がいった。

「これと同じものなんですが――」

北野は、ポケットから、キーホルダーを取り出し、それについているキーの一つを亀井に示した。

亀井は、それを、手に取って見ていたが、

「ええ、これと同じキーです。確か、ハート型の銀のキーホルダーについていましたよ」

「そのキーホルダーは、僕がプレゼントしたんです。イタリア製です。彼女は、それを、他のキーと別にして、大事に持っているといっていました」

「あなたに、部屋のキーをくれた時ですがね」と、十津川が、北野にいった。

「他に、スペアキーを持っているようなことは、いっていませんでしたか？」

んでしたが」

「いや。キーは、二つしかないんだといっていましたね。嘘をいっているようには見えませんでしたが」

「彼女が、青田了介という男のことで、何かいっていませんでしたか？」

「何者ですか？　それは。彼女のボーイフレンドか何かですか？」

「いや。中年の自転車店の主人で、晴海で殺された男です。この男は、全日航のムーンライト便で、しばしば、北海道へ行っていたと思われるんです」

「つまり、機内で、彼女と親しくなっていたのではないかというんですか？」

「そうです。菅原君子さんは、明るい女性だったというし、青田了介のほうは、どうも、スチュワーデスを口説くのが趣味のようでしたから。彼女の口から、青田了介という名前を聞いたことはありませんか？」

「いや、ぜんぜん、ありませんね」

「名前をいわなくても、乗客の一人に、つきまとわれて困っているとか、つき合ってくれと頼まれて困っているとかいったことを、あなたに洩《も》らしたことはありませんか？」

「いや。ありませんよ」

北野は、あっさりと否定した。

嘘をついている顔ではなかった。十津川は、亀井を見て、

「彼女の部屋に、青田了介から来た手紙はあったかね？」

「見当たりませんでした。北海道の事件に関するような手紙の類もありませんでした。こちらの北野さんから届いたラブレターはありましたが」

亀井は、ちらりと北野を見ていった。

「北海道の事件というのは、何のことですか？」

北野が、眉を寄せてきいた。

十津川は、その顔を、不思議そうに見て、

「知りませんか？」

「何のことかわかりませんね。また、洞爺湖の辺りで、噴火でもあったんですか」

「なるほどね」

と、十津川は、苦笑した。十津川は、直子と一緒にハネムーンに北海道に出かけて、いわば、事件の渦中に巻き込まれた。また、君島たちは、三つの事件の起きた地元の警察である。だから、事件の解明に熱中するのは当然だ。

だが、北海道以外の一般の人々にとって、今度の事件は、まだ、殺人事件と決まったわけではないし、年間十万件近い蒸発事件の一つでしかないのかもしれない。

それに、消えてしまった三組の新婚カップルは、有名人ではないし、ごく平凡な若者たちだ。新聞も、一度だけ、それも、小さくのせただけである。

北野が、事件を知らなくても、別に不思議はない。

最後に、十津川は、北野に、

「菅原君子さんは、自殺したと思いますか？」

と、きいた。当然のことながら、北野は、はげしく、首を横に振った。

「彼女が自殺するなんて、考えられませんよ」

それなら、他殺ということになる。だが、北野も、どこの誰が、菅原君子を、六階のベランダから突き落として殺したのか、その心当たりは全くないといった。

3

全日航スチュワーデス菅原君子の死を、十津川は、すぐ、北海道警の君島に、電話で知らせた。

「こちらの新聞には、のっていないな」

君島は、電話に、新聞の頁《ページ》をめくる音を、がさがささせながら、不満気にいった。

「今のところ、自殺と思われているから仕方がないだろう。そちらの新聞にしてみたら、東京で起きる自殺事件を、いちいち、のせても仕方がないという考えだろうな。僕だって、北海道の事件がなければ、注意を払わなかったと思うね」

「それはそうだろうが」

「それに関係したことで、気がついたことがある。君も、僕も、今度の事件に関係しているから、頭の中は、失踪した三組の新婚カップルのことで一杯だが、一般の人たち、特に、東京の人間は、この事件に関心がないし、全く知らない人間も多いということなんだ」

「それは、地元の北海道でも大差ないよ。さすがに、事件のあった小樽、留萌、登別では、たいていの市民が、事件を知っているが、他の街では、関心がうすいね。それに、今度の事件で、少しは、北海道へ来る新婚カップルが減ると思ったが、ぜんぜん変化がないな。例のムーンライト便についても、八月に入ってからは、連日、満員だそうだ。友人に、テレビ局員がいて、昨日、千歳空港で、ムーンライト便でやって来た新婚カップルにインタビューした」

「失踪事件のことをきいたのか？」

「そうだ。二十組の新婚カップルにインタビューしたんだが、失踪事件のことを知っているのは、一組だけだったそうだ。また、この二十組に、事件のことを話しても、へえというだけで、不安がる様子は全くなかったし、そんなふうに蒸発するのも悪くないと笑っていたカップルもいたそうだ」

「なるほどね」

「われわれは、いつだって、似たようないらだたしさを感じてるじゃないか。こっちが、しゃかりきになって、事件と取っ組んでいたって、一般市民は、ほとんど、関心を示さないいんだ。よっぽどの凶悪事件なら別だがね。それだって、犯人が逮捕される頃には、もう、人々は、事件を忘れてしまっている。ただ、自分の身が危ない時だけ、市民は、真剣になって、警察に助けを求めてくるのさ。それ以外は、非協力的だ。われわれの持っている宿命みたいなものだろう」

「それは、わかっているよ」と、十津川はいった。

「僕だって、身にしみているからね。ただ、今度の事件には、それに関連してだが、もう一つ、特徴がある。三つの失踪は、北海道で起きているが、失踪したのは、八百キロ離れた、東京や横浜の人間たちということなんだ」

「そんなことは、当たり前だろう。全日航の羽田発千歳行きのムーンライト便に、乗って来たカップルなんだから」

「確かに、そのとおりだがね。考えてみれば、不思議じゃないか。消えてしまったのは、東京と横浜の人間なのに、東京と横浜では、ほとんどの人が、事件を知らないし、無関心なんだ」

「羽田―千歳間は、正確には九百六キロだよ」と、君島がいった。

「全日航で出しているマップには、そう出ている。これだけの距離があれば、北海道で起きた事件に、東京の人間、あるいは、横浜の人間が無関心でも、不思議はないんじゃないかね」

君島が、即物的な、そっけない調子でいった。

十津川には、それが不満だった。自分が感じた戸惑いの深さを、君島にもわかってもらいたかったのだ。

「しかし、これは、恐ろしいことだよ」

と、十津川は、強い声でいった。

「恐ろしい？」

「ああ、そうだ。ひょっとすると、犯人は、その断絶感を利用したんじゃないかと思っているんだ」

「君が、何をいいたいのかわからんな」

電話の向こうで、君島が、戸惑った声を出した。

「正直にいえば、僕にも、はっきりとはわかっていないんだ。今のところ、犯人がどんな人間なのか、単独犯なのか、多人数のグループなのかもわからない。晴海の青田了介と、高輪のマンションで墜死した菅原君子が、本当に事件に関係して殺されたのかもわからん。この二人が、関係していて殺されたとするとだが、事件の主舞台である北海道では、一つも死体が出ていないんだ。僕は、殺されたと思っているんだが、犯人は、その死体を、どこかへかくしてしまった。ところが、東京では、平気で死体をぶちまけているんだ。そこに、犯人の計算があるんじゃないかと思っているんだ」

「君のいう断絶を利用しているというわけかい？」

「ああ、そうだ」

「しかし、それは、想像だけであって、偶然の一致かもしれんじゃないか。北海道には、死体をかくすに適した場所が、いくらでもあるが、東京みたいな、密集都市には、それがなかった。それだけの理由かもしれんよ。犯人は、東京でも、死体をかくしたかったんだが、適当な場所が見つからなかったから、東京湾に投げ込んだり、自殺に見せかけたりした。それだけのことかもしれんだろう？」

「確かに、そのとおりさ。偶然、そうなっているのかもしれない。だが、気になるんだ。北海道で、一つでも死体が見つかっていれば、連続新婚カップル殺人事件の可能性が強くなってくるし、新聞も、その線で書き立てるはずだ。そうなれば、東京の新聞にだってのるだろう。それを考えるんだよ」

「しかしねえ。東京で、マスコミが取りあげないとか、話題にならないことが、犯人にとって、どれだけプラスになるだろう？」と、君島は、いった。

「三組のカップルが失踪したことで、北海道の警察は、こうして、捜査を開始したし、東京の事件では、東京の警察が動いている。それに、遊軍的に、君もだ。ただ単に、東京の新聞が取りあげなかったり、東京の市民が無関心だということが、犯人にとって、どれだけのプラスになるというんだい？　事件を追いかけて、犯人を逮捕するのは、われわれ警察であって、マスコミや、市民じゃないぜ。マスコミは、こういっちゃ悪いが、時には、捜査の邪魔になるばかりのことがあるからねえ」

君島は、頑固にいった。

君島の言葉にも、一理ある、と、十津川も思う。

マスコミは、捜査にとって、両刃の剣である。被害者の身元確認に、新聞、テレビが力を貸してくれることもある。テレビのおかげで、指名手配の犯人が捕まったこともある。だが、逆に、マスコミが先走りしたため、みすみす、犯人を逃がしてしまったこともある。

今度の事件についていえば、マスコミの動きは、今のところ、プラスでも、マイナスでもない。それに、君島がいうように、マスコミが、事件を取りあげるかどうかにかかわらず、警察は、事件の解決に全力をつくすだろう。

(しかし――)

しかし、何か引っかかるのだ。

なぜ、北海道で死体が見つからず、東京では、なぜ、無造作に死体が出てくるのだろう？

君島への電話を切ったあとでも、十津川は、その疑問にこだわり続けた。

4

全日航スチュワーデス墜死事件は、品川署で捜査することになった。警察の中でも、他殺説、自殺説が、相半ばした。

他殺説の根拠は、恋人の北野や、同僚たちの「自殺する理由がない」という証言や、十津川の、北海道の事件と関係があるのではないかという推理だった。

自殺ではないかと考える理由も簡単だった。自殺する理由もないが、同時に、殺される理由も見当たらない。部屋のドアには錠がおりていた。北海道の事件と、彼女が関係があるという証拠もないといったことである。

五人の刑事が、この事件の捜査に当たった。

だが、捜査は、難航した。というより、たちまち、行き詰まってしまったといったほうが正確だろう。

壁にぶつかるのが当然だった。

菅原君子が、自殺や事故死でなく、殺されたのだとする根拠は、彼女が、何らかの形で、北海道の三つの失踪事件に関係しているに違いないという推測だけだからである。

その肝心の三つの事件が、全く、手掛かり一つ摑《つか》めていないのだ。三組の新婚カップルは、殺されたに違いないといいながら、死体一つ見つかっていない。これでは、それから派生した東京の事件が、解《と》けるはずがないともいえるだろう。

晴海の事件についても、その後、築地署から、容疑者が見つかったという報告は、十津川のところに来ていなかった。やはり、壁にぶつかってしまっているようだった。理由は、恐らく同じだろう。

十津川が、上司の本多捜査一課長に呼ばれたのは、八方塞《ふさ》がりになっている状態の時だった。

本多は、難しい顔で、十津川を迎え、手で彼に椅子をすすめてからも、しばらく黙っていた。

「君は、この頃、新聞に眼を通すかね？」

と、本多は、口を開いて、十津川にいった。

「もちろん、必ず眼を通します。全日航のスチュワーデスが墜死したのを知ったのも、新聞からですから」

十津川は、答えながら、本多が何をいおうとしているのか、大体の想像がついた。

本多は、なおも、ためらうように、一息入れてから、

「それならわかっていると思うが、七月末から、今月にかけて、都内で、殺人事件が続発している。いずれも、凶悪な事件で、早急な解決を求められている」

「わかっています」

と、十津川は、短くいった。やはり、想像は当たっていたと思った。

「これは、上からの声なのだが、殺人事件が続発している今、君のような優秀な人間を、遊ばせておくのはいかんじゃないかというのだ。亀井刑事についても、同じことをいわれた。もちろん、私は、君と亀井刑事は、北海道警の要請で、捜査をしているのだといったのだがね」

「それで、どうなりました？」

「北海道の三つの事件は、いまだに、死体一つ見つかっていないじゃないかといわれたよ。殺されているに違いないという推測だけでは、いつまでも、殺人事件で押し通すことは出来んということだな」

「つまり、三つの事件は、単なる失踪事件、蒸発に過ぎないというわけですか？」

「そこまではいっていなかったよ。ただ、今の状態のままで、いつまでも、君と亀井刑事に、北海道警の協力はさせておけんというのだ。死体が見つかるか、誘拐事件とわかれば、話は別だそうだがね」

「北海道警は、殺人事件として追いかけていますよ」

「その道警だがね」

本多は、眼を、ぱちぱちさせた。

「道警が、どうかしましたか？」

「殺人事件の線は崩さないが、捜査員を大幅に減らすそうだよ。死体が一つも見つからん以上、仕方がないだろうな」

「しかし、東京では、最近、二人の人間が、北海道の事件に関連して、殺されています」

「晴海の青田了介と、高輪のスチュワーデスかね？」

「そうです」

「しかし、北海道の事件に関係して殺されたという証拠は、見つかっていないんだろう？」

「青田了介は、七月二十一日の全日航ムーンライト便に乗っていたことが確認されています。また、スチュワーデスの菅原君子は、国内線勤務で、しばしば、千歳行きのムーンライト便に搭乗しています」

「しかしねえ。十津川君」

「はい」

「青田了介についていえば、七月二十一日のムーンライト便の乗客は、彼一人じゃないだろう。何しろ、エアバスといわれるトライスターなんだからな」

「あの日のムーンライト便は、ほぼ満席でしたから、三百人以上は乗っていたでしょう」

「その三百人の中の一人が、晴海で殺されていたからというだけで、事件に関係ありと断定は出来んだろう。菅原君子というスチュワーデスも同じだ。七月十六日と、二十六日のムーンライト便には搭乗していたが、矢代夫婦が乗った二十一日のムーンライト便には、搭乗していなかったんだろう」

「そのとおりです」

「これでは、とうてい上のほうを説得は出来んよ。北海道の事件と、東京での二つの事件を結びつける証拠は、何一つ見つかっていないんだからな」

「私は、北海道の事件で、死体が一つも見つかっていないことにこそ、強い意味があると考えています」

十津川は、自分の考えをいった。

本多は、「ほう」と、眼を大きくして、十津川を見た。

「どんな意味があるというのかね？」

「わかりません」

「わからない？」

本多の顔に、当惑の色が浮かんで、

「わからないなんて、君らしくないじゃないか。確信があるからこそ、意味があるといったんじゃないのかね？」

「意味があるに違いないという確信はあります」

「君のいう意味が、よくわからんが」

「最初、北海道で、三組の新婚カップルが消えながら、死体が一つも出てこないのは、偶然だろうと考えました。広い北海道ですから、死体のかくし場所はいくらでもあります。犯人は、山奥へでも埋めてしまったので、見つからないだけだというのです。しかし、今は、ただ、それだけとは思えなくなりました。道警の小早川刑事は、犯人の目的は、新婚カップルを、北海道のどこかへかくすことじゃなかったかといっています。この説には同意できませんが、犯人は、死体をかくし通すことに全力をつくしているのだとは考えるようになりました。恐らく、そのことに、犯人は、大きなプラスがあると考えているのだと思います」

「どんなプラスだね？」

「問題は、それです。犯人が、何を考えて、北海道では死体をかくし、東京では、平気で死体を放り出しておくのか、それがわかれば、今度の事件は、解決に一歩踏み出せると思うのです」

「それで、君は、どう考えたんだね？　上を説得できるような理由を考えたかね？」

「いろいろ考えました。死体をかくし通せば、警察は、殺人事件の証明が出来ず、単なる蒸発事件になって、警察が手を引くと、犯人は、読んだのではないでしょうか？」

「なるほど。確かに、道警は捜査陣を縮小せざるを得なくなったし、君と亀井刑事は、手を引くように、上から命令された」

「そうですね。だが、私は、この説に納得できないんです」

「なぜだね？」

「東京で、二件も事件を起こし、死体を平気で放り出しているからです」

「スチュワーデスは、自殺に見せかけているよ。放り出しているというのは、当たっていないんじゃないかね？」

「そうですが、死体をかくさなかったことは事実です。青田了介の場合は、海に突き落とさなくとも、どこかへ埋めることは、可能だったはずです。北海道に比べて、東京は、はるかに狭いとはいえ、郊外に行けば、まだ、雑木林もあります。車を利用すれば、一、二時間で、他県へも行けたはずなのです。それなのに、犯人は、そうしませんでした。犯人は、北海道で消えた三組の新婚カップルは、絶対に死体を発見されまいとし、逆に、東京では、簡単に発見されても構わないと、考えているとしか思えないのです」

「しかし、その理由はわからんというのだろう？」

「そうです」

「それじゃあ、どうしようもないな。それにだね。北海道の一連の事件が、新婚カップルの所持金を狙った強盗、殺人事件だという考えにも、私は、疑問を持ち始めているんだよ。君たちは、新婚カップルというのは、ハネムーンに必ず、まとまった小遣いを持っていくので、犯人は、それを狙ったのだといったね？」

「そのとおりです。犯人にとっては、当たり外れのない獲物ですから」

「しかし、国内線のムーンライト便だよ。百万も二百万も小遣いを持ったカップルは、海外へ、ハネムーンに行くだろう。国内のハネムーンに行くカップルの平均の小遣いは、いくらだったかね？」

「約二、三十万円です」

「今の時代では、そのくらいの額は、大金とはいえんだろう。二、三十万円の金が、必ず手に入るからといって、ムーンライト便の新婚カップルばかり三組も狙う犯人がいるだろうか？　当然、犯人も、同じ便に乗って行くのだろうし、車を借りて、北海道を走り回り、殺したあとの死体を、どこか人目につかない場所に埋めなければならない。それだけの苦労をする価値があるだろうか？　二、三十万円の金では、間尺に合わないいんじゃないかね。それに、今日わかったんだが、三組のカップルのＣＤカードで支払われた形跡もないそうだよ」

「その疑問は、私も持ちました」

と、十津川は、いった。

「それで？」

「北海道で、三組の新婚カップルが消えてしまったことは、否定しようのない事実です。理由は、三つしか考えられません。自らの意志で蒸発したか、何者かに連れ去られたか、事故死したかの三つです」

「確かに、それ以外の可能性はないな」

「課長と同じ疑問から、これは、殺人事件ではなく、蒸発事件ではないのかと考えたこともあります。亀井刑事は、物真似的な蒸発ではないのかと考えました」

「なるほどな。海辺で、砂浜に足跡を残して蒸発するのが流行したということかね？」

「面白い考えだと思いました。しかし、いくら考えても、あの三組のカップルに、蒸発しなければならない理由は見つかりません。次は、誘拐の線です。これは、道警の小早川刑事の考えですが、誘拐にしては、いまだに、どのカップルの家族にも、犯人から、身代金の要求がありません。営利誘拐でなく、ただ連れ去ることが目的だとすると、その目的がわかりません」

「子供なら、可愛いから連れ去るということもあるがねえ」

「留萌で消えた田口政彦など、草野球の選手で、身長は一八〇センチ近く、八〇キロ近い男です。どう見ても、可愛いとはいえません」

と、十津川は、笑ってから、

「となると、残るのは、事故死しかありません。今、夏の盛りですから、海辺に来たカップルが、浅いところで遊んでいるうちに、波にさらわれたという可能性がないわけではありません。現場の状況は、まさに、そんな感じなのです。しかし、三組も、新婚カップルが、海岸で、波にさらわれるのは、いかにも不自然ですし、道警が、海岸線を綿密に調べましたが、水死体は発見できませんでした」

「君のいうことを聞いていると、結局、何もかも違うことになってしまうが」

本多は、肩をすくめて見せた。

十津川は、身体を乗り出すようにして、

「それが、今度の事件の特色だと考えているのです。東京で二人の男女が死にました。これは、北海道の事件に関係していると、私は、信じています。それにもかかわらず、北海道の事件は、わけがわかりません。なぜなのか？　それ故に、かえって、私は、今度の事件の根の深さや、恐ろしさを感じるんです。逆に、犯人の狙いが何なのかさえわかれば、事件は解決できると確信しているのです」

「その狙いは、すぐにわかると思うのかね？」

「わかりません」

と、十津川は、正直にいった。

「それでは、上司は、納得せんよ。部長は、明日から、君と亀井刑事に、世田谷で起きた一家皆殺し事件を、担当させろといっているんだ。今、この事件は、吉牟田《よしむた》警部たちがやっているが、彼等は、他の事件も抱えているんだよ」

「あと、二、三日、待っていただけませんか？」

「事件解決の糸口でもつかめていれば、部長に談判してみるが、君自身が、わからないといっている状態では、無理だよ」

「犯人が、いったい何を考えているのか、わかりさえすればと、思っているんですが――」

「明日の朝までだ」と、本多が、重い口調でいった。

「その時までに、事態が進展しなかったら、亀井刑事と、世田谷の事件を引き受けたまえ」

5

第一線の刑事は、上からの命令で動く。単独行動は許されない。

十津川にも、もちろん、それは、よくわかっていた。もし、刑事たちが、自分の信念で勝手に動き出してしまったら、統一がとれなくなり、社会の治安は保てなくなるだろう。

だが、十津川が、もっとも強いジレンマに落ち込むのは、今日のような場合だった。

十津川は、重い荷物を背負ったような顔で、部屋に戻ると、待っていた亀井刑事が、それと察した様子で、

「やはり、いけませんでしたか？」

と、声をかけてきた。

「今のままなら、明日から、世田谷の事件を担当しろといわれたよ」

「例の一家皆殺し事件ですか」

「ああ、そうだ。北海道警も、捜査陣の人員が、大幅に縮小されると聞いた。われわれが危惧したとおり、今のままでは、他の蒸発事件と同じ扱いになってしまうわけさ」

「一つでもいいから、三組のカップルの死体が見つかればいいんですが」

「私には、犯人の目的がわからん。課長は、二、三十万円の所持金目当てに、三組の新婚カップルを、あんな面倒な形で、襲ったりはしないだろうというんだ。その疑問にも、一理あると思う。前にもいったことがあるが、所持金目当てなら、観光地で、新婚カップルを見つけ、人気のないところで襲えばいいんだからね」

「しかし、所持金を奪う以外に、犯人に、どんな目的が考えられるでしょうか？」

と、亀井が首をひねった。

結局、堂々めぐりなのだ。今の状態では、結論は、出てこないだろうし、上司へ反論は出来ない。

十津川は、時計に眼をやってから、

「君も、もう帰って、休みたまえ。明日から、新しい事件を扱わなきゃならんからね」

と、亀井にいった。

「本当に、北海道の事件を諦《あきら》めるおつもりですか？」

「仕方がないじゃないか」

十津川は、笑って、亀井を先に帰すと、自分も、帰り支度を始めた。

直子と結婚して、新しいマンションを借りた。いつだったか、亀井にいったように、部屋の飾りつけは、全て直子まかせだった。

亀井には、寝室をピンク系統に飾られて閉口しているといったが、毎日のように、部屋が美しく飾られていくのは、見ていて楽しいものだった。

2LDKの新築マンションである。

十津川は、居間に入ると、疲れた身体を、ソファに沈めた。直子が、背後から、肩を軽くもんでくれながら、

「ひどく、疲れていらっしゃるわ」

「そうかね」

十津川は、眼を閉じて、直子の指先に、身体を委せた。

「ずいぶん、張《は》っているわ」

「気疲れだろう」

「事件の捜査が、上手くいっていないの？」

「そんなことはないがね」

昔気質《かたぎ》のところのある十津川は、明日から、別の事件を担当することになることを、直子にいう気はなかった。

だから、わざと、話題を変えて、

「今日は、どんな調度品を買って来たんだい？」

と、眼をつぶったまま、直子にきいた。

「今日は何もなし。ちょっと忙しかったから」

「ほう。何をしていたんだね？　インテリアの仕事かい？」

「いいえ。もっと大事なこと」

「大事なことねえ」

「私たち、まだ、籍を入れてなかったでしょう。だから、今日、私の籍を入れて、住居も、ここへ移してきたの。戸籍に、結婚のため除籍と書かれるのって、ちょっと妙な気分ね。これで、本当に、あなたと一緒になったって気持ちもしたわ」

「戸籍か」

「でも、結婚のために除籍というのは、楽しいわ。西山家の戸籍からは除籍されるけど、十津川家の籍に入るんですものね。これが殺されたんだったら、死亡のために除籍ということで、私の名前は、この世から消えてしまうんだから」

「今、何っていった？」

十津川は、急に眼をあけて、直子を、振り返った。

直子は、びっくりした顔で、

「え？」

「今、何っていったか、きいているんだ？」

「怒ったの？」

「別に怒ってやしないよ。君が、戸籍のことで、今、何をいったか、正確に繰り返して欲しいんだ」

「それが、大事なことなの？」

「いいから、今いったことを、正確に繰り返して」

「結婚したから、私の戸籍を移したの。あなたの籍にね。これで、法律的にも、結婚したことになったわ」

「他にも、何かいったはずだよ」

「私の戸籍は、西山家から除籍されて、十津川の戸籍に入ったわ」

「もう一つ、いったね。殺されたら――」

「殺されたんだったら、死亡のために除籍ということで、私の名前は戸籍から消えてしまうといったけど。当たり前のことでしょう？」

「それだ！」

と、十津川が叫んで、ソファから立ち上がった。

直子は、呆気《あつけ》にとられて、夫の顔を見守っている。

十津川は、電話機のところへ突進して、受話器を取り、亀井刑事の自宅のダイヤルを回した。

何秒か待ってから、亀井の声が、電話口に出た。

「ちょうど、風呂へ入っていたもんですから、申しわけありません」

「明日のことなんだが」

「はい」

「十時に、目黒《めぐろ》区役所の前へ来てくれ」

「世田谷署へ行くんじゃないんですか？」

「いや、目黒区役所だ」

「課長に怒鳴られますよ」

「構わんさ」

十津川は強い声でいった。

「目黒区役所に、何があるんですか？」

「何があるか、私も楽しみにしているんだ」

亀井が、きいた。

「意味が、よくわかりませんが――」

「明日、向こうで話すよ」

それだけいって、十津川は、電話を切った。

十津川は、自分の推理に賭けることにしたのだが、その推理が正しいという保証は、どこにもなかった。もし、間違いとなれば、本多課長から怒鳴られるのは、眼に見えていた。

第七章　筆跡鑑定

1

午前十時になると、もう、気温は、三十度を越していた。今日も一日、暑い日になりそうだった。

十津川は、彼には珍しく、サングラスをかけて、目黒区役所へ出かけた。直子に、あなたは、サングラスが似合うといわれたのである。

それまで、十津川は、自分はサングラスが似合わないと、頭から信じていた。なぜなのか、はっきりしないのだが、多分、最初にかけたサングラスのせいだろう。

まだ、二十五歳前後だったが、よく似合うつもりで買ったサングラスが、まるで、チンピラみたいに見えると、みんなにいわれたのだった。それ以来、サングラスを買ったことがなかった。刑事がチンピラに見えては、困るからである。

ところが、直子にいわせると、それは、十津川の顔が悪いのではなく、チンピラみたいに見えるサングラスが悪いらしい。

直子は、昨日、サングラスを買って来て、それを、かけるようにすすめてくれたのである。

目黒区役所の前には、亀井が、先に来て待っていた。

十津川は、やはり、サングラスが気になって、自分のほうから、

「これは、家内が買って来てくれてねえ」

と、亀井にいった。

「よくお似合いですよ」

「そうかねえ。家内にいわせると、最近は、レイバンがすたれて、ドイツやイタリア製のものが幅をきかせているそうだ。これは、イタリア製なんだが」

「そうですか。私はサングラスには、あまり関心がないもんですから」

亀井は、張り合いのないことをいった。そういえば、亀井が、サングラスをかけているのを見たことがなかった。

「君は、サングラスが似合うと思うんだがね。顔立ちが細長いから」

「私は必要ありません」

亀井は、そっけないいい方をして、十津川を、くさらせた。

「それより、なぜ、ここに来たのか、話していただけませんか」

と、亀井がいう。

十津川は、サングラスを外して、ポケットに入れてから、

「とにかく、中に入ろうじゃないか。ここは暑くてかなわん」

と、先に立って、区役所の中に入った。

省エネルギー月間とかで、クーラーを控え目にしてあるが、それでも、外で、直射日光にさらされているよりは、はるかに涼しかった。

「昨日、例によって、北海道で、死体が見つからないのは、なぜだろうかと考えていたんだ」

と、十津川は、亀井にいった。

「それで、おわかりになったんですか？」

「まあ、順序だって話すよ。この疑問は、いい換えれば、死体が見つかった場合と、今のように、死体が見つからない場合と、どう違うかということになってくる」

「犯人には、有利ですね。現に、この事件は、単なる蒸発事件として、片付けられようとしています」

「そのとおりだ。その他には、何があるかね？」

「死体が見つかれば、これは、完全に殺人です。しかし、今の状態では、まだ、三組のカップルが、生きている可能性もあります」

「なかなか、よくなってきたよ」と、十津川はいった。

「決定的な違いが一つある。死体が見つかれば、死亡が確認されて、名前が戸籍から抹消《まつしよう》されるんだ。ところが、三組のカップルの場合は、死亡が確認されないから、戸籍は、そのままになっている」

「なるほど」

と、亀井は、眼を輝かせた。が、すぐ、当惑した表情になって、

「しかし、警部。それは、当たり前のことで、事件解決のカギになるとは思えませんが――」

「果たして、そうだろうか？」

「と、いいますと？」

「今まで、今度の事件の犯人の目的が、よくわからなかった。われわれは、新婚カップルの所持金強奪が目的だと考えたが、それにしては、犯人の仕掛けが大げさだ。車に乗ったカップルを、人気《ひとけ》のない海岸に誘い出し、砂浜に足跡を残して、姿を消させるというようなだ。ところが、所持金強奪が狙いじゃないとすると、わけがわからなくなる。それが、今度の事件の壁になっていたが、戸籍というものがあったんだよ。北海道の三つの事件を、われわれは、殺人と考えた。冷静に考えてみれば、これは、いかにも警察的な推理じゃないかな。普通なら、蒸発と考える。少なくとも、犯人は、新婚カップルが、何か事情があって蒸発した

と思われるに違いないと考えているんじゃないだろうか。そう考えれば、ある意味では、金銭以上に、価値のあるものがあることに気がつくんじゃないかね」

「それが、つまり、戸籍ということですか？」

「そうだよ。世の中には、戸籍を欲しがっている人間がいくらでもいる。前科のある人間は、きれいな新しい戸籍が欲しいだろうし、海外の亡命者が日本で生活するとなれば、日本は、亡命者の受け入れに厳しいから、日本の戸籍が必要になる。しかも、新婚カップルが一組消えれば、二人の戸籍があくんだ」

「そういえば、この目黒区役所は、矢代夫婦の住民登録がしてあるところでしたね」

「そうだ。だから、君にも、来てもらったんだ。さて、矢代夫婦の戸籍がどうなっているか、調べてみようじゃないか」

十津川は、亀井を促《うなが》して、戸籍係の窓口へ足を運んだ。

「矢代夫婦は、ハネムーンに行く前に、戸籍は、入れてあったんですか？」

亀井が、小声できいた。

十津川は、何となく照れくさそうに、顔をなぜてから、

「ちゃんと、戸籍は入れてから、ハネムーンに出かけたようだ」

十津川は、三十五、六歳の戸籍係に向かって、警察手帳を示した。

相手の顔が、自然に緊張した表情になる。

「矢代昌也の戸籍を調べてもらいたいのですがね」

と、十津川は、矢代の住所を、相手に告げた。

戸籍係は、ワイシャツの袖をまくりあげて、戸籍台帳を繰っていたが、

「七月十五日に、妻、冴子を入籍していますね」

「その他、矢代昌也の戸籍に、変化はありませんか？　いや、矢代昌也、冴子夫婦の戸籍にですが」

「ええと、仙台に住所を移していますね」

「移転している？」

十津川は、思わず、亀井と顔を見合わせた。

「ええ。仙台市内です」

「それは、いつですか？」

「ここに届け出たのは、七月二十四日の日付になっています」

七月二十四日なら、小樽の海岸で矢代夫婦が消えた翌々日ではないか。

「届けに来たのは、夫婦で揃ってですか？」

「いや。男の方一人で、お見えになりました。結婚早々なんだが、急に仙台へ転勤になったとかおっしゃってましたね。奥さんは、もう、一足先に仙台へ行っているということでした」

「来たのは、間違いなく、矢代昌也本人でしたか?」

十津川がきくと、戸籍係は、びっくりした顔で、

「どういうことですか？　それは」

「別の人が、本人に頼まれて、届けに来たのではなかったのかということですがね」

「他人が、本人に頼まれて、届けに来たということですか？」

戸籍係は、十津川の質問の意味が、よく呑み込めないらしく、そんなきき返しの仕方をした。

「いや、そうじゃありません」と、十津川はいった。

「北海道の事件は、ご存知ないんですか？」

「北海道のって、何のことですか？」

相変わらず、戸籍係は、首をかしげっ放しである。

「北海道で、三組の新婚カップルが、行方不明になりました。ご存知ありませんか」

「そんなニュースを、新聞で見たのは覚えていますが、それがどうかしました？」

「その中の一組が、矢代夫婦です」

「本当ですか？」

「ええ。事実です。新聞のニュースで見た時、気がつきませんでしたか？」

「それは、無理ですよ」

と、戸籍係は、大げさに肩をすくめた。

「目黒区に何人の人間がいるか、ご存知ですか。二十六万六千ですよ。目黒区の人間だとは思っても、特別に、自分の知っている人でなければ、覚えていませんよ。そんなものじゃありませんか」

と、いった。

確かに、そのとおりだと、十津川は、思った。

北海道の事件に、東京は、無関心だ。そのことは、君島とも、話し合った。それが、こんなところにも出ているのだ。

十津川は、内心、肯きながら、矢代昌也の写真を取り出して、戸籍係の前に置いた。

「七月二十四日に届けに来たのは、この人ですか？」

「これが、本人ですか？」

「そうです。矢代昌也さん本人です」

「どうだったかなあ」

戸籍係は、当惑した顔で、考え込んだ。

「よく思い出してください」

「何しろ、サングラスをかけていましてね。年齢も合っているようだったし、こちらは、別の人が、届けを出すなんてことは、全く考えていませんからね。これまでに、そんなことは、一度もなかったし——」

「届けの書類は、当然、出ていますね」

「ええ」

「その書類を、二、三日、貸していただけませんか。こちらで、筆跡を調べたいのです」

「上司に聞いてきますから、ちょっと待ってください」

戸籍係は、あたふたと、立ちあがり、上司に報告してから戻って来て、問題の届け書類を、綴《つづ》りの中から外して、十津川に渡してくれた。

そこには、間違いなく矢代昌也と、冴子の名前が書かれていた。

仙台の新しい住所は、次の場所となっている。

仙台市若林一丁目××番地

「この住所に、すぐ、当たってみてくれ」

と、十津川は、亀井にいった。

2

警視庁には、筆跡鑑定の専門家として、石野技官がいる。

すでに、六十歳近いが、眼は確かだった。

十津川は、目黒区役所への届け書類と、矢代昌也が書いた手紙や、会社へ提出した履歴書などを、石野技官に見せた。

石野は、それらを机の上に並べ、まず、ゆっくりと眺めていった。

十津川が、横から、

「一見すると、よく似た筆跡のように見えますが、違うはずなのです」

と、いった。

石野が、眼鏡越しに、じろりと十津川を見た。

「なぜ、違うと思うんだね？」

「矢代昌也という男は、この届け書類を書いた時、すでに死亡しているはずだからですよ」

「死者の書いた手紙という推理小説があったんじゃないかな」

「茶化《ちゃか》さないでください」

「別に茶化してなんぞおらんよ」

石野は、今度は、両方の書類から、同じ字をいくつか拾いあげ、それを、拡大鏡で見ていった。

「君は、この届け書類を書いた時、当人は、すでに死亡しているといったねえ」

石野は、拡大鏡を机に置いて、十津川を見た。

「そうです。この届け書類が書かれたのは、七月二十三日です。しかし、本人の矢代昌也は、その前日、北海道で殺されているはずなのです」

「すると、いよいよ、死者が書いた書類ということになるねえ」

「本当ですか？」

十津川は、首をかしげたが、石野技官が、でたらめなことをいうはずもない。

「両方の文字を、よくみたまえ」

石野は、届け書類と、矢代が、就職の時、会社に提出した履歴書を並べてから、

「この中に、両方に共通した文字として、『町』がある。この文字に、書き方の特徴がよく現われている。扁《へん》の『田』を書く時、左肩の部分が、開いてしまう。両方の『田』に、それが出ている。また、旁《つくり》の『丁』の縦の棒が、弓なりになっていて、しかも、はねていない。他にも、共通したいくつかの字に、全く同じ特徴が現われているよ。つまり、九十九パーセント、同一人の筆跡だねえ」

「間違いありませんか？」

「間違いないよ。同一人だな」

「誰かが、似せて書いたということは、全く考えられませんか？」

十津川は、食い下がった。同一人の筆跡では、辻褄《つじつま》が合わなくなるからである。

石野は、簡単に、首を横に振って、

「一生懸命に似せて書こうとすればするほど、字自体に、勢いがなくなってくるものだよ。どうしても、なぞるようになってしまうからだ。ところが、この届け書類の文字には、そうした欠点が見られんのだ。自由に書いていて、しかも一つ一つの字は、全く同じ特徴が出ている。今、九十九パーセント同一人といったが、百パーセントといってもいいよ」

「そうですか――」

「元気がないが、同一人じゃ、まずいのかね？」

と、石野にきかれて、十津川は、当惑した表情で、

「さっきもいいましたように、この届け出の書類が書かれた時、当人は、すでに死亡していたはずなのです」

「死ぬ前に書いておいたということは考えられないのかね？」

「考えられるのは、それだけですが、区役所に、届けに現われている男がいるのです。戸籍係には、矢代本人だといってです」

「君は、その男も、ニセモノだと考えているわけだね？」

「そのとおりです。恐らく、矢代昌也を殺した犯人か、共犯者だと思っています」

「しかし、私の鑑定に間違いないよ。ここにある三つの手紙や書類は、同一人の筆跡だよ」

「わかりました」

と、十津川は、いった。

（筆跡が同一人のものという結果は、意外だったが、仙台に行った亀井刑事が、矢代夫婦が生きているかどうか、調べてくれるだろう）

3

同じ頃、亀井刑事は、東北線のL特急「ひばり9号」から、終点仙台駅のホームにおりていた。

午後三時を回ったところだった。

久しぶりに来た国鉄仙台駅は、すっかり、変わってしまっていた。

東北新幹線の開通に備えて、新しく、新幹線ホームが作られ、仙台駅全体が、巨大なビルの中に納められてしまっている。全てが、真新しい感じだった。

駅ビルには、さまざまな名店街や、デパートなどが入っているが、まだ、テナントの入っていない階もある。東北新幹線が開通すれば、そこも、すぐ埋まるだろう。

亀井は、中央口から外へ出ると、タクシーを拾って、手帳にメモしてきた「若林一丁目××番地」の住所をいった。

タクシーが、走り出したところで、

「若林一丁目というのは、どの辺りかね？」

と、運転手にきいた。

一度、仙台に来ているといっても、亀井が知っているのは、広瀬川と、青葉城跡ぐらいのものだった。

「宮城刑務所の傍だよ」

と、運転手がいった。

「ほう。そうすると、かなり郊外かな？」

「昔は、あの辺りは、郊外だったがね。今では、完全な町中だよ。だもんで、最近、刑務所を、もっと郊外に移転させろという運動が起きてるんだ。町の真ん中に、刑務所があるなんて、仙台の恥だからねえ」

「恥かねえ」

「それに、危なっかしくて仕方がないよ。この間の地震の時は、刑務所のコンクリート塀《べい》が倒れて、囚人が脱走するところだったんだ」

十二、三分走ったところで、タクシーは、踏切で停まった。東北線の踏切である。在来線の線路に平行して、東北新幹線の高架のブロックが、点々と、姿を見せている。

「この踏切を渡ってすぐだよ」

と、運転手がいった。

上りの「ひばり」が通過してから、タクシーは、踏切を渡り、「若林一丁目」と書かれた標示板の前でとまった。

「この辺りと思うんだがね」

「あとは、私が探すよ」

亀井は、タクシーを降りると、近くにあった煙草屋で、セブンスターを買い、問題の番地をきいてみた。

百メートルほど先に行ったところだという。

教えられた道を歩いて行くと、同じような小ぢんまりした家が、いくつも並んでいるのが見えた。
十五、六坪の土地の上に、二階建ての家が建っている。
亀井は、二十軒近く並んだ同じ形の家を、端から一軒ずつ、表札を見ていった。

一番端の家に「矢代昌也」の表札が、かかっていた。

(あった)

と、思う一方、亀井は、意外な気もした。

矢代夫婦は、北海道で消されたという気持ちがある。その犯人が、矢代夫婦の戸籍を奪ったとじたら、玄関に、麗々しく、矢代昌也の表札など、出さないのでは、ないだろうか？

亀井は、玄関についている呼鈴《ベル》を押してみた。

家の中で、ベルの鳴っているのが聞こえてくるのだが、いくら待っても返事がなかった。

玄関のドアのノブに手をかけてみたが、錠がおりているとみえて、開かなかった。

亀井は、隣りの家のベルを押した。こちらは、すぐ返事がして、三十七、八歳の女が、ドアを開けて、顔をのぞかせた。とたんに、焼魚の匂いも漂ってきた。ちょうど、夕食時なのだ。

亀井が、隣りを指さして、

「矢代さんは、お留守ですか？」

と、きくと、その女は、

「いらっしゃいません？」

「ええ。いくらベルを鳴らしても、返事がないんですがね」

「じゃあ、旅行にいらっしゃったんじゃないかしら」

「旅行ですか？」

「ええ。こちらには、七月二十五日に、ご夫婦で越していらっしゃったんですけどね。その時、お二人とも旅行好きと、おっしゃってたから」

「矢代さん夫婦というのは、この人たちですか？」

亀井は、矢代夫婦の写真を、相手に見せた。

ジーパンに、夏物のセーターといった恰好の女は、その写真を、じっと眺めていたが、

「ええ。この方たちですよ」

と、ニッコリした。

亀井は、戸惑った。相手の返事は、彼の予期したものとは違っていたからである。

「本当に、この写真の人ですか？」

と、強く念を押したところに、その戸惑いの気持ちが現われていた。

「このお二人ですよ。それが、どうかしまして？」

「矢代さん夫婦と、話し合われたことがありますか？」

「二、三回はね」

と、女はいってから、急に、警戒する眼の色になって、

「失礼ですけど、あなたは？」

と、亀井の顔を見直した。

「親戚の者ですが」

亀井が、そう答えると、

「じゃあ、ご両親に頼まれて、あのご夫婦を連れ戻しにいらっしゃったのね？」

女は、探るような眼をした。

「なぜです？」

「話を聞いてるんですよ」

「どんな話ですか？」

「誰にも話せない理由があって、あのご夫婦は、ハネムーンの途中で、蒸発して、ここへ来たんですって。だから、本当は、偽名にしておきたかったんですけど、それだと、ちゃんとしたところに、就職できないでしょう」

「なるほど」

「それで、見つかる心配はあるけど、本名の表札も出しているそうですよ」

「どんな理由で蒸発したか、いっていましたか？」

「いいえ。親にもいえないものを、赤の他人の私に話すはずがないじゃありませんか」

「それはそうですね」

「本当に、ご両親に頼まれて、連れ戻しに見えたんじゃありませんの？」

「違いますよ。しかし、もしそうだったら、何ですか？」

「矢代さん夫婦がいってましたけどね。一年間、そっとしておいて欲しいんですって。一年たてば、何もかも解決して、東京へ帰れるし、家族とも会えるといっていましたよ。それまでに探されたり、連れ戻されたりしたら、二人で死ぬより仕方がないんですって。だから、今は、そっとしてあげて欲しいんですよ」

女の声には、真剣なひびきがあった。本当に、隣りの若夫婦を心配している顔だった。

だが、彼女が、真剣であればあるほど、亀井の戸惑いは深くなった。

隣りに引っ越して来たのは、本当に、矢代夫婦なのだろうか？　もし、そうなら、北海道の三つの事件は、どうなるのか。

「隣りの家を拝見できますか？」

と、亀井はきいた。

「でも、矢代さんは、お留守なんでしょう？」

女は、当然の質問を投げてきた。

亀井は、仕方なく、警察手帳を示した。

女の顔色が、蒼《あお》ざめたようだった。

「あのご夫婦が、何か悪いことをしたんですか？　とても、そんなふうには見えませんけど」

「いや、そうじゃありません。ある事件の参考人として、お話を伺いたかったのですよ。それに、多少、危険も考えられますので、至急、お会いしたいのですがね」

「どう危険ですの？」

「ある事件で、すでに東京で二人の人間が殺されています」

「じゃあ、矢代さん夫婦が、狙われるかもしれないんですか？　行く先がわかるかもしれませんから」

「ええ。ですから、家の中を拝見したいのですよ。行く先がわかるかもしれませんから」

「ご両親には、あと一年間、待ってくださいます？」

「両親に知らせたりするのは、警察の仕事じゃありませんよ」

「それなら、結構ですわ。ちょっと待ってくださいな」

女は、いったん、家に入ると、鍵を持って戻って来た。

「矢代さんが、お宅に鍵を預けて行ったんですか？」

亀井がきくと、女は、

「実は、隣りは、私どもの持ち家なんです」

「ほう」

「この建売住宅二十軒が売り出された時、二軒買ったんですよ。もちろん、ローンでね。その一軒に住んで、お隣りのほうを貸しているんです。利殖の方法として、不動産屋さんにすすめられたんですよ」

女は、そんな話をしながら、隣りの玄関のドアを開けてくれた。

一階が、八畳の洋間とダイニングキッチン。そして、二階に、和室二部屋という造りだった。

ほとんど、調度品がないところは、いかにも、新婚夫婦の隠れ家という感じに見えた。

ダイニングキッチンに置かれたテーブルの上には、二人で撮《と》った写真が、飾ってあった。矢代夫婦の写真だった。白色の車の前で撮った写真である。その車のナンバープレートは、札幌ナンバーになっている。明らかに、北海道で撮った写真なのだ。

テーブルの上には、他に、湯呑み茶碗が二つ置いてあった。埃《ほこり》がついていないところをみると、ここに置かれてから、あまり時間がたっていないのだろう。

亀井は、女が、先に、二階にあがった隙に、男物の湯呑みのほうを、ハンカチに包んで、ポケットに納めた。

それから、ゆっくり二階にあがる。

そこの壁にも、大きく引き伸ばした矢代夫婦の写真が、貼りつけてあった。ホテルのロビーで、並んで写っている。誰かに撮ってもらったのか、それとも、セルフタイマーで撮ったのか。いずれにしろ、幸福そうな笑顔がそこにある。

「何もない部屋でしょう」と、女がいった。

「でも仕方がありませんわね。いわば、駈落《かけお》ち同然なんだから」

「一年間といいましたね」

「え？」

「一年間、探さないで欲しいと、矢代夫婦は、いっていたわけでしょう？」

「ええ。そうですわ」

「一年たつと、どうなるというんだろう?」

亀井は、呟いた。

それは、二つのことを意味していた。

誰かが、矢代夫婦になりすましているとして、一年間で、何をしようとしているのかという疑問と、本物の矢代夫婦がここに来ていて、一年間が、何を意味しているのかという疑問の二つだった。ただ後者の疑問は、警察の関与することではない。

本当に、何もない部屋だった。ここの矢代夫婦が、本物かどうかを示す手紙の類なども、何一つなかった。

亀井は、礼をいって、家を出た。

「あなたの名前を教えていただけませんか」

と、最後に、亀井がいった。

「岩井年志子《としこ》ですけど、何か——?」

「あとで、連絡することがあるかもしれませんので」

と、亀井はいった。

4

亀井は、仙台一七時五八分発の「ひばり28号」に乗り、その日のうちに、東京に帰った。

警視庁に戻ったのは、夜の十一時を過ぎていた。

十津川は、部屋にひとり、ぽつんと起きて、亀井を待っていてくれた。

「遅くなって、申しわけありません」

と、亀井が頭を下げると、十津川は、微笑して、

「構わんさ」

「上のほうはどうですか？　勝手な行動をとったと、かんかんじゃありませんか？」

「そのほうは、了解してくれたよ。矢代夫婦だけじゃなく、留萌で消えた田口夫婦の戸籍にも、同じようなことが起きていたからね」

「本当ですか？」

「世田谷区役所の戸籍係に当たってみたんだが、こちらも、北海道で消えた翌々日の七月二十日の午後、田口政彦が、ひとりで現われて、名古屋へ移動の手続きをとっている。いや、彼と思われる男がだ」

「今度は、名古屋ですか」

「新しい住所は、そこに書いてある」

十津川は、黒板を指さした。

名古屋市中川区清川町××番地
　　坪井保夫方　　田口政彦
　　　　　　　　　　浩子

「三組目の佐藤夫婦は、どうなっています？」

「住所が横浜なので、電話で、横浜市の旭区役所に、問い合わせたんだが、やはり、移動手続きがとられているようだ。くわしいことは、明日、神奈川県警が、調べて報告してくれるはずだよ」

「こうなると、警部のいわれたとおり、犯人の目的は、消えた三組の戸籍ということになりそうですね」

亀井が、眼を光らせていった。

「だと思うんだがね」

と、十津川は、肯いてから、急に、溜息をついて、

「ところが、矢代夫婦が、目黒区役所に提出した書類の筆跡だがね。石野のおやじさんに鑑

定してもらったら、矢代昌也のものに間違いないというんだ」

「あのおやじさん、もうろくしたんじゃありませんか？」

「いや、年齢《とし》はとっても、腕は確かさ」

「田口夫婦の書類のほうは、いかがでした？」

「現在、おやじさんに、鑑定を依頼中だ。明日、返事をしてくれるといっているが、目下の状態では、恐らく、田口政彦本人の筆跡だろうね。君のほうは、どうだったね？」

「私のほうも、あまり芳しくありません」

亀井は、仙台市若林一丁目で見た二階建て住居のことや、隣家の女の証言などを、十津川に報告した。

「家の中には、二枚の写真がありました。どちらも、本物の矢代夫婦で、北海道のハネムーンの時に撮ったものだと思われます。もっとも、小樽の海岸で撮ったものじゃありませんが」

「隣りの女も、君の見せた写真で、矢代夫婦と確認したんだね？」

「そうです。七月二十五日に引っ越して来た矢代夫婦と、二、三回話をしたが、写真の矢代夫婦に間違いないと、証言してくれましたよ」

「その隣りの家の女というのは、信頼できるのかね？　金を貰って、嘘をついているようには、見えなかったかね？」

「岩井年志子という三十七、八の女ですが、しっかりしていて、金で買収されるような女には見えませんでした」

「となると、残るのは、指紋だな」

「それで、これを失敬してきたんですが」

亀井は、ポケットに忍ばせてきた、男物の湯呑み茶碗を、取り出して、机の上に置いた。

「これに、矢代昌也の指紋がついていたら、お手上げですが、他の人間のものだったら、ニセモノくさくなります」

「よし。さっそく、指紋の照合をしてみよう」

と、十津川は、勢いこんでいってから、

「ところで、岩井年志子という女の話だと、仙台へ移転した矢代夫婦は、一年間、探さないでくれといっているというんだな？」

「そういっていました。一年たてば、問題が解決するからといっているそうです」

「一年間という時間に、何の意味があるんだろう？」

十津川は、難しい顔になって、煙草に火をつけた。

「矢代夫婦の両親には、知らせますか？」

「まず、仙台の夫婦が、本物かどうかの確認が先だよ。両親に知らせて、ニセモノだったら、悲しみを倍加させるだけのことだからね」

「そうですね」

「表札には、ちゃんと、矢代昌也の名前が出ていたんだね？」

「あれは、ちょっと意外でした。こちらは、てっきり、ニセモノだと思っていましたから」

「本物でもおかしいさ。誰からも、姿を隠そうとしている二人なんだからね」

「それについて、隣家の女は、ちゃんとした仕事につきたいので、本名を名乗っているんでしょうといっていましたが」

「ちゃんとした仕事か」

「矢代昌也は、大学を出て、有名商社に就職していましたからね。肉体労働なんかは、無理だったのかもしれません」

「しかしねえ。その一方で、旅行好きだから、旅行に行ったかもしれないと、隣りの女はいったんだろう」

「そうです。鍵がかかっていましたから」

「ちょっと、矛盾しているな。仙台の矢代夫婦が、本物だとしよう。何か理由があって、小樽近くの海岸で、蒸発し、仙台にかくれ住んだ。二、三十万の小遣いを持ってハネムーンに出たとしても、旅費や、新しく家を借りたりして、所持金は乏しくなっているだろう。CDカードを使った形跡なしだ。それなのに、呑気に旅行とはね」

「それに、本物なら、わざわざ、目黒区役所へ来て、移転の書類を出したりしないんじゃないでしょうか。いざとなれば、本人だと名乗れば、別に、それが罪になるわけじゃありませんから」

「私も、そう思うよ」

と、十津川もいった。

だが、ニセモノだとして、矢代夫婦の戸籍を手に入れて、彼等は、いったい、何をしようとしているのだろうか？

5

翌日、亀井の持って来た湯呑み茶碗は、さっそく、鑑識に回された。

矢代昌也本人の指紋は、彼が、妻の冴子と居を構えたマンションの室内や、会社のデスク周辺から、いくらでも採取できた。

照合の結果が出たのは、昼近くだった。

「どうも、君の期待には、沿《そ》えない結果が出たよ」

と、鑑識の立花技官が、電話でいった。

「というと、一致したのか？」

「そうだ。君の持って来た湯呑み茶碗についている指紋は、矢代昌也本人のものと一致したよ」

「間違いなしだろうね」

「ああ」

「指紋のつき方に、不自然なところはなかったかね？」

「誰かが、無理やり、茶碗を持たせたんじゃないかということかい？」

「あるいは、死体に持たせたか」

「指紋のつき方は、全く自然だよ。残念ながらね」

「ありがとう」

十津川が、電話を切ると、亀井が、

「駄目でしたか」

「ああ、指紋は、矢代昌也本人のものだそうだ」

と、いってから、十津川は、急にクスクス笑い出した。

「どうされたんですか？」

亀井が、驚いてきく。

「妙なものだと思ったのさ。本来なら、矢代夫婦が無事らしいということで、喜ぶべきなのに、二人で、残念だといい合っているんだからね」

「そういえば、そうですね」

と、亀井も、苦笑した。

しかし、事態は、ただ笑ってばかりはいられなかった。

「君には、また、名古屋へ飛んでもらわなければならない」

「すぐ、行って来ます」

亀井は、気軽く立ち上がった。

亀井が出かけてすぐ、本多捜査一課長が、部屋に入って来た。

「今、神奈川県警から、私のところへ連絡が入ったよ」

と、本多は、空いている椅子に、どっかり腰を下ろして、いった。

「横浜の佐藤夫婦のことですね」

「どうやら、君の予想どおりだ。佐藤夫婦が登別で姿を消した翌々日、つまり、七月三十日に、市役所に、佐藤俊作らしき男が現われて、住所を、福岡へ移していったそうだ」

「今度は、福岡ですか」

「今、県警では、提出された書類の筆跡鑑定を急いでいるそうだ」

「多分、佐藤俊作本人のものと一致しますよ」

「矢代昌也のほうは、指紋も一致したそうだな？」

「そうです」

「どうも、妙な具合だねえ。北海道で消えた新婚カップルが、今度は、仙台、名古屋、福岡へと、移転していく。どうなっているのかね？」

「私にも、わかりません」

「まあ、おかげで、部長は、君たちを、他の事件に回せとはいわなくなったが、指紋や、筆跡が一致したとなると、三組のカップルは、事情があって、姿を消したということになるのかね？　もし、そうなら、警察がタッチすることではなくなってしまうが――」

「形の上では、そうなっています」

「というと？」

「本人たちなら、戸籍にこだわって、わざわざ、見つかる危険をおかして、区役所や、市役所に移転の届けを出しには来ないでしょう。戸籍が逃げることはないんですから」

「なるほどね。とすると、誰かが、彼等の戸籍を手に入れて、それで、何をしようとしているのかね？　ただ、単に、別の人間の戸籍が欲しいのだろうか？」

「わかりません」

と、十津川は、首を振ってから、

「佐藤夫婦が転居したという福岡の住所は、わかりますか？」

「ああ、そこに書いてある」

本多は、メモを渡してくれた。十津川は、その住所を、黒板に書き写した。

福岡市東区大字松崎×××番地

村田拓二方　佐藤俊作

みどり

本多は、十津川が、書き終わるのを見てから、腰をあげて、

「今度の事件では、すでに二人の人間が死んでいたねえ」

「そうです。青田了介という自転車店の主人と、全日航のスチュワーデスです」

「まだ、犠牲者が出ると思うかね？」

「その可能性は、あると思っています」

「じゃあ、一刻も早く、解決したまえ」

と、本多は、厳しい声でいった。

6

東京にいても、事態は、進展しそうにない。

十津川は、福岡に行ってみることにした。

羽田に行き、午後三時二十分発福岡行きの全日航二五五便に乗った。

トライスターである。

座席に腰を下ろすと、いやでも、千歳行きの夜間飛行便《ムーンライト》に乗った時のことが、思い出された。

事件は、あのムーンライト便から始まっている。だが、それが何を意味しているのか、今のところわかっていない。

飛行機が水平飛行に移って、おしぼりを運んで来たスチュワーデスが、

「あらッ」

と、声をあげた。

その顔に、十津川は、見覚えがあった。スチュワーデス菅原君子が、自分のマンションで墜死した時、事情をきいた仲間のスチュワーデスの一人だった。

「あの時は、協力してくれて、ありがとう」

と、十津川は、笑顔になって、

「名前を忘れてしまったんだが――」

「竹井ルミ子です」

「ああ、思い出したよ。こちらの線に勤務することもあるの？」

「ええ。たまにですけど。それで、あとで、お話ししたいことがあります」

竹井ルミ子は、小声でいってから、おしぼりの配布を続けていった。

飛行機が、小牧上空を通過した頃、竹井ルミ子が、十津川の傍へ戻って来て、あいているシートに腰を下ろして、

「亡くなった菅原君子さんのことなんですけど」

と、いった。

「何かわかったの？」

「そうじゃないんですが、妙なことがあったんです」

「というと？」

「ご両親が、お見えになって、告別式もやりました。沢山の方が、来てくださったんですけど、そのあとで、お香典の袋を整理してみたら、名前の書いてない袋があったんです」

「ほう」

「中には、十万円も入っていました。ご両親も、私たちも、そのお香典を下さった方に、全く心当たりがないんです。これはという方は、みんな、名前を書いたお香典を下さっていますし――」

「確かに、妙な事件ですね」

「何となく、気味が悪くて」

「その香典は、どうしました？」

「一応、ご両親にお渡ししておきました」

これだけでは、その無名の香典が、事件に関係があるのかどうか、十津川には、見当がつかなかった。

十津川は、菅原君子というスチュワーデスは、自殺や事故死ではなく、突き落とされて殺されたのだと思っている。となると、十万円の香典は、犯人が、彼女の死を悼んで持参したのだろうか？　そんな、心優しき犯人だということか？

「告別式の時、挙動のおかしい人間が来たということは、なかったですか？」

「それを、みんなで考えてみたんですけど」

「みんなというと？」

「私たち非番のスチュワーデスが、交代で受付をやっていましたから。みんなで、話し合ったんですけど、そんな人は、見ていないということになって、ますます、気味が悪くなってしまったんです」

本当に、気味悪そうに、竹井ルミ子が、声をひそめていった。

7

午後五時ジャスト。

まだ、強烈な西陽の当たっている福岡空港に、十津川の乗ったトライスターは、轟音を立てて着陸した。

十津川は、竹井ルミ子に名刺を渡し、何かあったら知らせてくれるように頼んでから、飛行機をおりた。

空港ロビーで、東京の直子に電話を入れた。彼女に黙って、こちらへ来てしまったのを思い出したからである。簡単に、「今、仕事で福岡に来ている」といっただけだが、連絡すべき相手が出来たことが、実感として伝わってきて、それが、嬉しいようでもあり、面倒なようでもあった。

十津川は、何となく照れて、この男にしては、珍しく、仏頂面でタクシーに乗り込み、

「福岡の東区へやってくれ」

と、運転手にいった。

車の中は、クーラーが利いているのだが、西陽が強く顔に当たって、顔だけが熱くなった。福岡市内に入る。去年、福岡は、異常渇水で大変だったが、今年は、雨が多く、「水不足のため臨時休業」のような貼《は》り紙はなくなった。しかし暑さは相変わらずである。

メモしてきた住所の近くで、タクシーを降りた。

村田拓二という家は、すぐわかった。この辺りでは、旧家とでもいうのだろうか、門構えのがっしりした家で、低い木の塀がめぐらしてある。

十津川は、その家を訪ねる前に、通りをへだてたところに店を構えている煙草屋で、セブ

ンスターを買い、店番をしている中年の女に、村田家のことを聞いてみることにした。

「村田さんは、どんなご夫婦ですか？」

「そりゃあ、立派なご夫婦ですよ。何しろ、ご主人は、F大の偉い先生ですから」

「大学の先生ですか」

「奥さんも、しっかりした、立派な方ですよ」

別に、お世辞をいっているような口振りではなかった。

大学の教師なら、今、ちょうど、夏休みの最中であろう。

予想したとおり、村田夫婦は、在宅していた。

十津川は、応接室に通された。

村田は四十五、六歳ぐらいの少壮助教授といった感じの男で、大学では、国際政治を教えているといった。

「東京警視庁の方が、なぜ、わざわざ、福岡まで来られたんですか？」

村田は、妻の運んで来たアイスティーを、十津川にすすめてから、柔らかい口調できいた。

十津川は、奥の気配に神経をやりながら、

「ここに、佐藤夫婦がお世話になっていると聞きましたので」

「ああ、あの夫婦ですか。離れがあいているので、お貸ししたのですよ。仲のいい新婚夫婦ですが、あの夫婦がどうかしましたか？」

「いつ、こちらに来たんですか？」

「確か、七月三十日か三十一日じゃなかったかな。とにかく先月の末でしたよ」

「誰の紹介ですか？　立ち入ったことをお伺いして、申しわけないんですが」

「あの夫婦が、何か犯罪をおかしたんですか？」

村田が、眉をひそめてきいた。

「いや。むしろ、ある事件に巻き込まれた被害者だと考えています。それで、われわれとしては、会って、事情を聞きたいと思っているのです」

「それを聞いて安心しましたよ。あの夫婦は、親戚の娘が、連れて来たんです。なんでも、事情があって、駈落ちしたいという、それに、若い娘が同情したんでしょうな。ぜひ、うちの離れに置いてやってくれと頼まれましてねえ」

「そのお嬢さんは？」

「学校が夏休みになったので、この際、外国を見て来たいと、旅行に出ています。旅費はアルバイトで作ったとかで、今の若い人は、なかなか、しっかりしていますね」

「佐藤夫婦に、会いたいんですが、呼んでいただけますか？」

「構いませんが、昨日から、外出しているようですね。いろいろと、しなければならんことがあるんじゃありませんか」

「念のために、おききしますが、ここにご厄介になっている佐藤夫婦は、この二人ですか？」

十津川は、東京から持参した二人の写真を、村田に見せた。

結婚式の時に、写したものだった。

村田は、簡単に見て、

「ああ、この夫婦ですよ」

「間違いありませんか？」

「ええ。間違いないですね。なぜです？」

「実は、別の人間が、この夫婦になりすましているんじゃないかという噂《うわさ》が立っているものですから、念には念を入れているわけです」

「それは、面白い」と、村田は、笑った。

「しかし、うちにいる二人は、この写真の主に間違いありませんよ。おい。ちょっと来てくれ」

と、村田は、妻の美子《よしこ》を呼んで、

「佐藤さんたちと撮った写真は、もう出来てるんじゃないのか？」

「ええ。昨日、出来ていて、とって来ましたけど」

「持って来てくれ」

と、村田はいい、美子が、奥に消えると、

「フィルムが残っていたんで、離れの二人と一緒に福岡で撮ったんですよ」

と、十津川にいった。

美子は、二枚の写真を持って、戻って来た。

カラーで、村田夫婦と、佐藤夫婦が、車の前で並んで写っている写真だった。

確かに、そこに写っているのは、横浜の佐藤夫婦に間違いなかった。村田夫婦が両側に、その真ん中で、若い佐藤夫婦が、ニコニコ笑っている。ぎこちなさは感じられない写真である。

背後《バック》には、大型のグレイの国産車がとまっていて、二枚目は、佐藤夫婦が、それに寄りかかっていた。

「この車は？」

「私の車です。東京へお帰りの時は、空港まで、お送りしますよ」

「離れを見せていただけませんか？」

十津川がいうと、村田は、妻の美子と、ちょっと顔を見合わせてから、

「必要ですか？」

「ええ。必要です。村田さんが、立ち会われて結構ですから、見せていただけませんか」

「いいでしょう。ただ、お願いがあります」

「何ですか？」

「佐藤夫婦に聞いたんですが、ある事情があって、身をかくしたので、しばらくは、両親にも知られたくないといっています。ですから、あの二人が、ここにいることは、内緒にしてやってくれませんか。知られると、また、他のところへ、身をかくさなければならないそうですから」

「しばらくというのは、一年間ぐらい、ということですか？」

「ええ。一年間あれば、何とかなるといっていましたね」

「いいでしょう。両親には、黙っていますよ」

十津川は、肯きながら、仙台でも、亀井刑事が、一年間という言葉を聞いたことを、改めて考えていた。もちろん、それがあったからこそ、十津川のほうから、一年間ということをいったのだが、ここでも、同じように、一年間で何とかなるといっているという。これは、いったい、何を意味しているのだろうか？

村田が、離れへ案内してくれながら、

「何しろ、事情が事情なので、家具なんかは、私の家のものを、取りあえず、お貸ししています」

と、いった。

離れへは、渡り廊下が続いていて、八畳の部屋だった。簡単な台所がついているのは、部屋を貸すことになって、新しく作ったものらしい。

村田がいったように、新婚らしい新しい家具はなく、部屋の真ん中に置かれたテーブルも、古びたものだった。そのテーブルの上に、夫婦の写真が飾ってあった。

佐藤夫婦の写真である。新妻のみどりが、夫に身体をもたせかけ、佐藤のほうは、腕を、彼女の腰に回している。よく見ると、二人の背後に、「登別温泉」の文字が読めた。ハネムーンに、登別に行った時に写したものだろう。

写真の他に、テーブルの上には、何ものっていなかった。

部屋の隅には、これも古びた水屋があり、そこに、茶碗などが並んでいたが、指紋をとるので、持ち帰りたいとは、いえなかった。第一、洗ってしまってあるとすると、指紋は検出できまい。

七月末から、この部屋を使っているのは、本物の佐藤夫婦なのだろうか。それとも、ニセモノなのだろうか。

十津川は、部屋の入口でこちらを見ている村田に眼をやった。

大学の助教授が、全て、聖人君子とは思わないが、何の得にもならないことで、嘘をつくとも思えなかった。

「さっきの写真をお借り出来ますか？」

と、十津川がきいた。

「さっきの？　ああ、いいですよ。ネガも要《い》りますか？」

「出来れば、そう願いたいですね」

と、十津川はいい、村田が写真を取りに行っている間、もう一度、八畳の部屋を見回した。

8

十津川は、その日の最終便で、福岡から羽田に帰った。福岡二十時三十分発の全日航三七七便で、羽田着は、二十二時十分である。

良く晴れた夜空を、一時間四十分の飛行だった。

この便では、また、竹井ルミ子と一緒になった。

「これで東京へ帰ったら、二日間、休みがとれます」

と、彼女は、嬉しそうにいった。

「その休みの間でいいんだが、菅原君子さんの告別式に見えた人たちの名簿が作れたら、送ってもらえませんか」

「名簿は、彼女のご両親のところにあると思いますから、写して来ます」

と、竹井ルミ子はいった。

十津川が、警視庁に戻ったのは、夜半近い。時を同じくして、亀井刑事も、名古屋から戻って来た。

「だんだん、わからなくなってきました」

と、亀井は、十津川の顔を見るなり、首を振って見せた。

「坪井保夫という男には、会えたのかね？」

「会えました。フリーのカメラマンです。奥さんと、工房を作って、仕事をしているんですが、田口夫婦は、その工房に一緒に住んでいるということでした」

「ことでしたというと、田口夫婦には会えずか？」

「そうです。旅行に出かけているということでした」

「また、旅行か」

「そうです。また、また旅行中です」

「坪井夫婦とは、どんな関係なんだね？　田口夫婦は」

「坪井夫婦の話だと、ちょうど、七月半ば頃、北海道へ写真を撮りに行っていて、留萌で、田口夫婦と知り合ったといっていました。ある事情で、しばらく蒸発したいということを聞いて、よかったら、名古屋へ来いといったのだそうです」

「田口夫婦の写真を見せたら、イエスといったんだね？」

「そうです。ニセモノだという証拠は、見つかりませんでした。福岡のほうは、どうでした？」

「同じようなものさ」

十津川は、借りて来た二枚の写真を、亀井に見せた。

「佐藤夫婦と一緒に写っているのは、彼等に離れを貸している村田夫婦だ。村田は、Ｆ大の助教授だよ」

「大学の先生ですか」

「その写真のとおり、佐藤夫婦は、離れを借りているそうだ。ただし、こちらも同じように、佐藤夫婦は、旅行中ということで、会えなかったよ」

「この写真が、合成などということはありませんか？」

「ネガも貸してくれたんで調べてみたが、本物だよ。もう一つ、その写真に写っているトヨタのクラウン二〇〇〇ccは、村田の車で、帰りに、それで空港まで送ってくれたよ」

「すると、福岡にいるのは、本物の佐藤夫婦ということになりますか？」

「君がいったように、そうじゃないという証拠は、一つも見つからないんだ」

「しかし、仙台でも、名古屋でも、肝心の本人たちに会えませんでした。ニセモノだから、姿をかくしているんじゃないでしょうか？」

「そうかもしれないし、本物だが、見つけ出されるのが嫌で、姿をかくしているのかもしれんよ。ニセモノだったら、なぜ、彼等に部屋を貸した人たちが、写真を見て、違うといわないんだろう」

「金をつかまされているんじゃありませんか？」

「村田というF大の助教授は、金で動く人間のようには見えなかったがね。それに、この二枚の写真は、インチキじゃないよ」

「もし、仙台、名古屋、福岡にいるカップルが、本物だとすると、われわれは、事件にならないものを追いかけていたことになりますが――」

亀井は、小さく溜息をついた。

「君が、前にいったことがあったじゃないか。北海道の三つの事件は、ひょっとすると、全て、蒸発じゃないんだろうかと」

「可能性もあると思っただけのことです」と、亀井は、いった。

「もし、蒸発なら、青田了介や、菅原君子が殺されたりはしないんじゃありませんか？」

「全く関係なく殺されたのかもしれん。関係ありという証拠は、まだ、何一つ見つかっていないんだ」

「これで、八方ふさがりですか？」

「解決の方法は、ただ一つだよ。仙台、名古屋、福岡にいるはずの三つのカップルを見つけ出すんだ。つかまえて、本物かニセモノか調べるんだ。もし、本物となったら、今、君がいったように、われわれは、事件にならないことを、必死になって追いかけていたことになる。ニセモノだったら、戸籍を手に入れた理由がわかるだろう。各県警に、張り込みを頼んで、三組のカップルが旅行から帰って来たら、報告してもらおう」

第八章　追跡

1

十津川は、煙草をくわえて、火をつけた。

「冷静に考えてみよう。われわれは、三つのカップルを追跡した。というより、正確にいえば、彼等の戸籍を追跡して、仙台、名古屋、福岡と彼等を、つまり彼等の戸籍を探した。戸籍は、そこにあった。矢代夫婦、田口夫婦、佐藤夫婦の戸籍は、それぞれ、仙台、名古屋、福岡に移されていた。部屋を貸している連中は、そこにいるのが、本物の矢代夫婦たちに間違いないと証言している。写真もあった」

「湯吞み茶碗から、指紋も検出されました」

亀井がつけ加えた。

「そうだった。ところが、不自然なところもある」

「三組とも、姿をかくしています」

「姿をかくしたくせに、矢代夫婦など、表札に名前を出している。絶対に探してくれるなといっているくせにだ。その理由については、いいところに就職するには、戸籍が必要だからといっているわけだろう?」

「そうです」

「そのくせ、旅行に出ている」

「そうなんです。三組とも、もし本物なら、お金に困っているに違いありません。それなのに、旅行に出ているという。奇妙といえば奇妙です」

「三組とも、揃って旅行というのは、いかにも不自然だよ。もし、旅行するのなら、戸籍にこだわる必要はないんだ。なぜなら、もともと、本物なら、ちゃんと戸籍があるんだからね。偽名で生活していて、困ったら、本当の戸籍に戻ればいいだけのことだ」

「それでは、仙台、名古屋、福岡にいるのは、ニセモノとお考えですか?」

「もし、本物なら、われわれは、これ以上、何もする必要もない。家族と、彼等の間の問題になってしまうからだ。ニセモノなら、われわれは、あくまで追跡しなければならない。だから、この際、独断かもしれないが、彼等をニセモノと考えて、捜査を続けてみようと思っている」

「もし、本物だったら、どうなさいますか?」

「その時は、私が、責任をとるさ」

十津川は、無造作にいった。

「もし、ニセモノだとすると、彼等の目的は、いったい何なんでしょうか？」

亀井が、首をかしげながらきいた。

「三組、六人の男女が、新しい戸籍を手に入れたということだな」

「金で買ったんでしょうか？」

「多分な」

「しかも、二人の人間が殺されています。そんなにまでして、新しい戸籍が必要だというのは、どういうことでしょうか？」

「殺人犯として追われている人間なら、どんなことをしてでも、きれいな戸籍を欲しがるだろうね。女と一緒に逃げているとしたら、新婚カップルの戸籍を手に入れて、入れかわるのが、一番いいと思うだろうね」

「そんな人間が、三組、六人いたというわけですか？」

「うーん」

と、十津川は、唸《うな》った。多少不自然だとは、彼も思う。しかし、他にどんな人間が、戸籍を欲しがるだろう？

「ニセモノとすると、彼等に部屋を貸した連中は、全員、嘘をついていることになりますが、私の会った人々は、金のために嘘をつくようには見えませんでした」

「福岡で会った助教授夫婦もだよ。金に困っているようにも見えなかった。近所の評判もいい」

「それに、一年間だけ、黙っていてくれともいっていました。もちろん、伝言としていわれたんですが」

「福岡でも、一年間という期限が出たよ。助教授夫婦にいわせると、彼等の離れに越して来た佐藤夫婦は、一年間、内緒にしてくれたら、何とかなるといっていたそうだ」

「なぜ、一年間なんでしょうか？」

「そうだな。例えば、一年間で時効になるような犯罪をおかした人間がいるとする。そんな人間なら、一年間だけ、別の人間になっていたいと思うんじゃないかね？」

「なるほど」

「しかし、これは違うな」

と、十津川は、自分で、自分の考えを否定して見せた。

「なぜですか？」

「そんな軽い罪を犯した人間が、他人の戸籍を欲しいために、殺人までは犯さないと思うからだよ。一年間、逃げ回るために、殺人事件を犯してしまっては、何にもならないと思うからだ。それに、一年間で時効の人間が、都合よく三組もいて、一様に、他人の戸籍を欲しがったというのも、奇妙だからね」

「すると、一年間というのは、何の意味でしょうか？」

「わからんな。これは、一応、棚上げして、なぜ、これほどまでにして、他人の戸籍を欲しがるのか、それだけを考えてみようじゃないか。逆に考えると、戸籍があると、どんな便利なことがあるだろうか？」

「子供が生まれた時以来、自分の戸籍について、意識したことはありませんね」

と、亀井は、笑った。

「子供か。子供が生まれた時に、戸籍が必要だが、今、問題になっているのは、新婚夫婦の戸籍だからね。子供を入籍させるのに必要で、他人の戸籍を手に入れたとは思えないね」

「他に、戸籍が必要な時というと、結婚、就職ということになりますが」

「どちらも違うな。男と女が一緒に住むなら、別に結婚の形式をとらなくてもいいはずだし、就職するために、他人の戸籍を手に入れたのなら、旅行に出かけてしまっているのも、妙な話だよ」

「あとはと――」と、亀井は、考え込んだ。

「選挙に立候補するには、日本の戸籍が必要ですね」

「それも違うね。それなら、もっと年輩の戸籍が必要だろうし、立候補すれば、本人でないことがわかってしまう危険がある。蒸発したカップルの家族が、気がつくに違いないからだ」

「不動産を登記するのに必要ではありませんか。しかし、逃げ回る人間なら、不動産なんか買わずに現金で持っているでしょうね。それに、他人名義で持っていてもいいわけだから」

「何かをするために、どうしても、戸籍が必要だということだと思う。それも、きれいな戸籍が必要だね」

「今いったことの他に、何かありますか？　結婚、出産、選挙、不動産取得――」

「三組とも、旅行中とかで、いなかったわけだね？」

「そうです」

「それかもしれないな」

「何がですか？」

「旅行だよ。旅行するのに、戸籍が必要なんだ」

「え？」

「外国旅行さ。旅券《パスポート》を貰うのに、何が、必要かわかるかい？」

十津川は、黒板に、必要なものを書き出していった。

①申請書類正副各一通

②戸籍抄本（六カ月以内のもの）一通

③写真二枚
④住民票
⑤本人の氏名と住所を宛名とした未使用の郵便はがき
⑥身元を証明する証書（例えば、健康保険証、運転免許証、年金手帳、印鑑証明書など、
　但し、会社、学校などの私的機関の発行する身分証明書は認められない）

「この中で、特に興味があるのは、⑤の郵便はがきだよ」と、十津川は、いった。

「これは、申請の時、提出しておくと、発行された時、そのはがきが送られてくる。それを持って、パスポートを貰いに行くわけだ。つまり、そのはがきは、当人が、そこに住んでいるという証拠になるわけだよ。矢代夫婦の代わりに、仙台に家を借りたカップルが、見つかる危険を承知で、『矢代』の表札を出していたのは、このはがきが、配送されてくるからじゃなかったろうか」

「なるほど」

と、亀井は、肯いてから、

「しかし、⑥の身元を証明する証書は、どうやって、本物を、手に入れたんでしょう？　戸籍は手に入っても、こちらは、難しいんじゃないでしょうか？　一番簡単に見えるのは、運転免許証で、三組の新婚カップルが、ハネムーンに、レンタカーを借りるので、運転免許証

を持参した可能性がありますが、それには、写真が貼ってありますから、ごまかしが利かないんじゃありませんか？」

「いや、運転免許証じゃないと思うね。今の若者は、たいてい運転免許証を持っているが、中には、持っていない者もいる。問題は健康保険証のほうだよ。ハネムーン先で、病気になったら困るので、たいてい、健康保険証を持参するものだよ。私だって、北海道へ持って行った。これには、写真が貼ってないから、別人でも利用できる」

「すると、ニセモノの目的は、戸籍を手に入れて、海外旅行のために、パスポートを取得することだとお考えですか？」

「それが、目的の全てかどうかはわからないが、矢代夫婦たち三組の戸籍を手に入れたあと、最初にやったのは、パスポートを手に入れることじゃなかったかと思うね。そして、すでに、海外へ出てしまったんじゃないだろうか？」

「ということは、自分の戸籍では、パスポートを貰えない人間ということになりますか？」

「われわれの推理が、当たっているとしての話だがね。とにかく、それを確かめてみようじゃないか。三組の夫婦の名前で、パスポートが出されているかどうかだ。もし、以前に、パスポートが出ている場合は、再交付の申請が出されているだろう」

2

翌八月六日、十津川と亀井は、宮城、愛知、福岡の各県庁に、それぞれ、電話連絡をとって、矢代夫婦、田口夫婦、佐藤夫婦の名前で、パスポートが出されているかどうかを問い合わせた。

すぐには、回答がなく、三十分ほどしてから、宮城県庁から、最初の返事があった。

「矢代昌也、冴子さんに、八月四日付で、旅券《パスポート》が、交付されています。申請書類には、別に問題はありません」

係の職員は、事務的にいった。

「本人が、やって来たわけですね？」

十津川が、きく。

「当然、本人に交付されますから」

「何かおかしいところはありませんでしたか？　その矢代夫婦に」

「別に。この宮城県でも、毎日、百人近い申請者が来ますからね。いちいち、気に止めてはいられません。こういっては、無責任に聞こえるかもしれませんが、ベルトコンベアー式で、書類が整っているかどうかを調べるだけで、精一杯なんですよ」

恐らく、電話の向こうで、若い職員が、口をとがらせているのだろうと思い、十津川は、おかしくなった。

続いて、愛知県庁と、福岡県庁からも返事が来た。

いずれも、十津川が予期したとおりのものだった。

田口夫婦、佐藤夫婦の名前で、パスポートが出されているという。このうち、田口政彦は、結婚前に、すでに東京でパスポートが発行されており、紛失による再交付ということだった。

「新婚旅行に出かけるというので、こちらとしても、特別に、手続きを急ぎました」

と、いったのは、福岡県庁の職員だった。そのくらいの融通はきくということだろう。

「もう一度、カメさんに、名古屋へ行ってもらわなきゃならないな」と、十津川は、亀井にいった。

「県庁には、提出された写真があるはずだ。本物の田口夫婦かどうか、調べて来てもらいたい。もし、違っていれば、仙台と福岡でも、別人が、矢代夫婦、佐藤夫婦の名前で、パスポートを申請しているはずだ」

「もし、本物の夫婦の写真だったら、どうしますか？」

「その時は、いさぎよく、この事件から手を引くさ。われわれは、事件にならない事件を追いかけていたことになるからね。だが、ニセモノだと確信しているよ。三組のカップルとも、わざわざ、東京や横浜から地方へ住居を移し、そこの県庁に申請している。これは、東京、横浜で申請したら、ひょっとして、係員の中に、知人がいて、ニセモノとわかったら困ると思ったからだろう。それに、三組とも本物だとしたら、北海道で、あんな形で蒸発しなくとも、パスポートを貰って、大っぴらに海外へ出かけて行けばいいことだ。違うかね」

亀井は、すぐ、新幹線で、名古屋に出かけて行った。

彼からの報告が来るまでの間、十津川は、福岡の村田家から借りて来た写真二枚を、改めて見直してみた。

もし、あの助教授宅にいる佐藤夫婦がニセモノだとすると、この写真は、どういうことになるのだろうか？

ここには、佐藤夫婦と、村田夫婦が並んで写っている。合成写真ではないし、写真の中の佐藤夫婦の笑顔は、本物で、自然だ。

村田夫婦の離れに引っ越したのが、ニセモノなら、この写真は、どうなるのだろうか？

十津川は、ネガを鑑識の倉石技官のところへ持っていった。倉石は、写真の専門家であった。

「このネガを、可能な限り大きく引き伸ばして欲しいんだ」

と、十津川は、頼んだ。

「幽霊でも写っているのかい？」

倉石が、ネガをすかすように見てきいた。

「ああ、似たようなものだ」

「別におかしいところはないネガだがねえ」

「だから問題なのさ」

と、十津川は、いった。

「これは、素人が撮ったものだねえ。ピントが、少しずれているから、四ツ切りぐらいが精一杯だな」

「すぐやってくれるかい？」

「ああ、いいとも」

倉石は、すぐ、ネガを四ツ切りサイズまで引き伸ばしてくれた。彼のいったように、大きくすると、ピントのずれが拡大されてくる。

「この写真の右肩に、ぼんやりと山が見えているだろう。かなり特徴のある山の形なんだが、これを、もっと濃く焼きつけられないかね？」

「シルエットみたいになっても構わないかね？」

「ああ、山の形さえよくわかればいいんだ」

と、十津川はいい、倉石は、もう一度、四ツ切りサイズに焼いてくれた。今度は、山の部分だけを大きくしてある。全体に、黒っぽかったが、右肩の山の形は、よくわかるようになった。

村田は、この写真を、家の近くで撮ったといった。だが、あの周辺に、山はなかったような気がする。

問題は、どこで撮った写真かということだが、十津川には、一つだけ心当たりがあった。

十津川は、自分の部屋に戻ると、道警の君島に電話をかけたが、彼は、登別へ行っているということだった。

そこで、問題の写真を封筒に入れ、君島宛に手紙を書いた。

〈同封の写真は、北海道の登別周辺で撮られた可能性がある。
背景《バック》の山は特徴があるので、どこの山かわかるのではないだろうか。この写真が、北海道のどこで撮られたかわかれば、事件の解決に役立つと思う。ぜひ、調べてみてほしい。
十津川〉

封をして「速達」と朱書し、若い刑事に投函を頼んだ。

亀井から、電話が入ったのは、午後四時を回ってからだった。

「予想どおりでした」

と、亀井は、弾んだ声でいった。

十津川も、思わず、ニヤッとした。

「別の人間か？」

「申請の時に出された田口政彦と田口浩子の写真を見せてもらいましたが、明らかに別人です。年齢は、ほぼ同じくらいですが」

「やっぱりな」

「これから、坪井保夫に会って来ます」

「田口夫婦に、部屋を貸したというカメラマンだな」

「そうです。坪井と、彼の奥さんの二人とも、嘘をついたわけですから、なぜ、嘘をついたのか、問い詰めてみます」

「こうなると、仙台と福岡も、ニセモノだな。そして、そのニセモノに部屋を貸した連中は、明らかに嘘をついていることになる」

「全員が、共犯者ということでしょうかね？」

「なんらかの形で、事件に関係しているんだろうね。だから、坪井というカメラマンには、油断するな」

「わかりました」

亀井の声が、いやに張り切っている。

電話が切れると、十津川は、宮城県警と、福岡県警に連絡をとることにした。

仙台市内で、ニセモノの矢代夫婦に家を貸している岩井年志子と、福岡市内で、同じくニセの佐藤夫婦に離れを貸した村田夫婦を、訊問してもらうためだった。

「逃亡しようとしたら、逮捕してください」と、十津川は、両県警に、電話でいった。

「北海道で消えた三つの新婚カップルが、殺されてしまったか、それとも、まだ生きているかわかりませんが、誘拐されたことだけは確かです。その事件に、岩井年志子と、村田夫婦が関係していることだけは確かです」

両県警とも、すぐ手配しましょうと、約束してくれた。

彼等の口から、果たして、事件の真相が明らかになるだろうか。明らかになってくれなければ困ると、十津川は、思った。


犯人は、どういうグループなのか。

三組の新婚カップルの戸籍を手に入れたのは、どんな種類の人間なのか。

パスポートを入手した目的は、何なのか。

北海道で消えた三組のカップルは、すでに殺されているのか。それとも、まだ生きているのか。

羽田発千歳行きの全日航最終便「ムーンライト」に乗った新婚カップルばかりが狙われたのはなぜだろうか。

自転車店主青田了介と、スチュワーデス菅原君子は、事件とどう関係して殺されたのか。

こうした疑問に、全て、答えが見つかってくれればと、十津川は、思った。

出来れば、自分が、仙台、名古屋、福岡に飛んで、訊問したかったが、そのためには、時間がかかり過ぎる。

最初に、名古屋に行った亀井刑事から、電話連絡が入った。

「逃げられました」

と、亀井は、あわてた声でいった。

「逃げたって？」

「そうです。坪井は、夫婦とも、昨日から家を留守にしています。行く先はわかりません。逃げたとしか思えないんですが」

「多分、そうだろう。行く先はわからないか？」

「こちらの県警に協力してもらって、坪井のスタジオを調べたんですが、行く先を示すようなものは、何も見つかりませんでした。ただ、坪井夫婦は、夫婦でよく外国へ出かけていますから、今度も、日本を脱出した可能性が強いと思われます。外国の写真が沢山ありました」

「先日、君と会ったあと、すぐ、日本を出たのかもしれんな」

「と思います。あの時、何の訊問もせずにすませてしまったのは間違いでした。残念です」

「仕方がないさ。部屋を借りた人間が、本物の田口夫婦としか思えない状況だったからね」

「仙台と、福岡のほうは、どうでしょうか？」

「各県警に電話して、逮捕してくれるように頼んだがね。名古屋の坪井夫婦が、すでに逃亡してしまったとすると、仙台、福岡も、危ないな」

と、十津川はいった。

十津川の不安は的中して、次に、宮城県警から掛かってきた電話も、岩井年志子が、姿を消してしまったと告げた。

「夫の岩井耕作も、姿を消しています。行く先は、二人とも不明です」

と、いった。

一歩、遅かったのだ。やはり、亀井が訪ねて行った直後に、姿をかくしてしまったのだろう。

最後に、福岡県警から、電話が入った。

「照会のあった村田助教授ですが――」

「姿を消していましたか？」

と、十津川が、先回りしていうと、

「いや、見つかりましたので、県警本部へ連行しました」

「どこにいたんですか？　家にいたんですか？」

「いや。市内の救急病院です。一昨日、タクシーが衝突事故を起こしまして、運転手は即死、リアシートに乗っていた中年夫婦は、奥さんが二カ月の重傷、夫のほうは、軽傷でした」

「それが、村田夫婦だったわけですか？」

「そうです。村田助教授のほうは、たいした傷ではないので、県警本部に来てもらいました。あの事故がなければ、姿を消されて、逮捕できずにいたと思います。死んだタクシーの運転手には気の毒ですが、幸運でした」

「それで、村田は、何か喋《しゃべ》りましたか？」

「いや、何をきいても、口をつぐんだままです」

「黙秘権の行使ですか？」

「そうです。しかし、所持品の中に、夫婦のパスポートと、香港経由シンガポールへの航空券がありましたから、シンガポール方面へ逃亡しようとしていたのだと思います」

「村田は、それを認めましたか？」

「いや、それについても黙秘です。明日、東京へ連れて行きますので、そちらで、訊問してみてください」

「わかりました」

と、十津川は、いった。

あの村田助教授が、交通事故のおかげで、逮捕できたのは、幸運だった。

しかし、F大の助教授が、なぜ、奇妙な事件に関係したのだろうか？

その日の夜おそく、亀井が、名古屋から帰って来た。

3

翌七日、亀井が、若い刑事と二人で、福岡から護送されて来る村田拓二を、羽田空港に引き取りに出かけた。

十津川が、それを待っている間に、北海道警の君島から電話が入った。

「ついさっき、君からの速達を受け取ったよ」

「写真は見てくれたか？」

「ああ、見たよ」

「じゃあ、あの背景《バック》に写っている山が、北海道のどこの山か調べてみてくれ」

「調べるまでもないさ」

と、電話口で、君島が笑った。

「というと？」

「昨日、登別へ行った時、見てきた山だ。標高千メートル余りのS山だ。そして、この角度に見えるのは、国鉄登別駅から、登別温泉へ行く途中だよ」

「やっぱりな」

「それでいいのか？」

「オーケイだ。これで、仙台、名古屋、福岡にいるのは、全部ニセモノだと決まったよ」

「しかし、仙台の場合、矢代昌也の指紋が、湯呑み茶碗から検出されたんじゃなかったのかい？」

「それで、まんまと誤魔化されたのさ。湯呑み茶碗みたいな小さなものは、北海道からだって、簡単に運べることを、うっかり忘れていたんだ」

「書類もそうだな」

「そのとおり。現住所を、仙台、名古屋、福岡に移す場合、区役所に出された書類の筆跡が当人のものだからといって、書類を出しに来たのが、本人だとは限らないんだ。書類は、北海道から楽に運べるし、送れるからね」

「ということは、三組のカップルは、北海道のどこかで、まだ生きている可能性があるということだな？」

「可能性はあるね。北海道のどこかに監禁されていて、あらかじめ用意した書類を書かされたんだろう。また、そこで矢代昌也が使った湯呑み茶碗が、仙台に運ばれたんだ。誰かが調べに来た時に備えてね」

「生存している可能性ありか」

「だから、探してみてくれ」と、十津川は、いった。

「北海道は、広くて大変だろうがね」

「やってみよう。これで、うちの捜査本部も、人員を増やしてもらえそうだ」

君島は、嬉しそうにいった。

北海道の捜査は、彼に任しておいていいだろう。

二時間ほどたって、亀井が、村田拓二を連れて帰って来た。

村田は、頭に包帯を巻いて、いくらか蒼ざめた顔をしていた。

村田は、十津川を見て微笑した。それを、最初、虚勢を張っているのではないかと思ったが、その微笑は、なかなか消えなかった。

十津川が、煙草をすすめると、村田は、自分のポケットから、ケントを取り出して、火をつけた。

「村田さん」と、十津川は、相手の顔を、まっ直ぐに見つめた。

「なぜ、ここへ連れて来られたか、もちろん、おわかりでしょうね？」

すぐには、返事はなかった。十津川は、焦らずに、じっと待った。

「別に悪いことは、していないつもりですがね」

と、村田がいった。いぜんとして、その態度は、落ち着いていた。

「それなら、なぜ、嘘をつかれたんですか？」と、十津川が、いった。

「あなたの家の離れを借りたのは、佐藤夫婦じゃない。ニセモノだ。それは、福岡県庁に二人が出したパスポートの申請書類に貼付《ちょうふ》された写真を見ればわかる。別人です。もう一つ、あなた方夫婦と、佐藤夫婦が一緒に写っている写真だ。それを、あなたは、福岡で撮ったといったが、あの写真の背景に写っている山は、北海道の登別の山だとわかりましたよ。それなのに、あなたは、私の持って行った佐藤夫婦の写真を見て、離れを借りたのは、この二人だと嘘をついた。なぜです？」

「さあ、なぜだろう？」

「呆《とぼ》けるな！」

亀井が、むッとして、怒鳴った。

十津川は、亀井をなだめるように、手で制してから、

「海外へ高飛びする気だったんですか？」

「パスポートと航空券のことですか？　あれは、夏休みなので、久しぶりに家内と東南アジアを、旅行しようと考えただけのことですよ。別に、東南アジアの旅行計画を立てても、罪にはならんでしょう？」

「しかし、誘拐、殺人は、立派に罪ですよ」

「誘拐？」

「全日航の千歳行き最終便ムーンライトに乗っていた三組の新婚カップルが、北海道で消え

た。あなた方が、どこかへ連れ去ったのだ。すでに殺されている可能性もある。さらに、同じムーンライト便の乗客だった自転車店主の青田了介と、スチュワーデスの菅原君子が殺された。菅原君子は、墜死ですが、頭から落ちています。事故死や自殺の場合は、足から落ちるのにです」

「そんな人間に記憶はありませんね。知人にも、友人にもいないはずだ。嘘だと思うのなら調べてごらんなさい」

「そのとおりですよ」

と、十津川は、笑った。

「青田了介が殺された時、われわれは、この男も犯人の一人で、仲間割れから殺されたと考えました。彼の部屋が荒らされ、手紙類がいっさい失くなっているのがわかって、いっそう、そう考えましたよ。犯人が、自分の名前の手紙を持ち去ったのだと考えましてね。ところが、あれは、真犯人のわれわれに仕掛けた罠《わな》だったんです。さらに、真犯人は、青田が撮った写真の中から、登別のものを盗み出し、代わりに、小樽の写真を置いて行きました。それで、われわれは、てっきり、青田が、小樽で矢代夫婦を殺した犯人の一人であり、仲間割れから殺されたと考えたのです」

十津川は、話しながら、村田の反応を見ていた。

が、村田の表情に変化はなかった。

十津川は、さらに続けた。

「それで、青田了介の知人や友人を洗いました。しかし、何も出てこない。もちろん、あなたの名前もです。それが当然だったのです。青田は、北海道では、登別に行き、小樽に行ってはいないからです。犯行とは無関係だったのですよ。スチュワーデスの菅原君子も同様です。しかし、殺された。なぜでしょうか？」

「私にきいているんですか？」

「そうです」

「私が知るわけがない」

「二人は、ムーンライト便の機内で、何かを見た。そのために殺されたんですよ。他には、考えられませんね」

「私が、その犯人だというんですか？」

「あなた一人だとは思っていませんよ。少なくとも、五人の共犯者がいると思っています。あなたと奥さん。名古屋の坪井夫婦、仙台市内の岩井年志子と、その夫、岩井耕作。この六人です」

「私が、そんな人たちは知らないといったらどうします？　仙台、名古屋、福岡と、離れ過ぎてやしませんか？　第一、私には、カメラマンの知人なんかいない」

「一見、無関係に見えますが、何かで、つながっているはずだし、われわれは、それを見つけ出しますよ」

「――」

「ところで、教えてくれませんか」

「何をです？」

「北海道で消えた三組の新婚カップルは、今、どこにいるんですか？　すでに殺されてしまっているんですか？　それとも、どこかに監禁されているんですか？　少なくとも、あなたは、佐藤夫婦の行方については知っているはずだ。登別で一緒に写真を撮っているんですからね。あの写真は、われわれを誤魔化すために撮っておいたんでしょうが、今は、逆に、誘拐の証拠になっているんですよ」

「――」

村田の顔が、ゆがんだ。微笑も消えてしまっている。

「もう一つ、彼等の戸籍を使って、パスポートを手に入れた人たちは、何者なんですか？警察に追われている犯罪者ですか？」

「答えたくないといったら？」

「入院している奥さんに、おききするより仕方がありませんね」

「彼女は、重傷なんだ」

「しかし、誘拐と殺人の重なり合った事件ですからね。ベッドから引きずり出してでも、訊問しますよ」

と、十津川は、脅した。

村田は、じっと、考え込んでいたが、

「一年間、答えを保留させていただきたい」

「一年間？」

と、十津川は、おうむ返しにいって、

「一年間というのは、いったい何なんですか？」

「それは、今は、申しあげられませんね。とにかく、一年間、待っていただけませんか」

「あなたは、おいくつですか？」

急に、十津川が、質問を変えた。村田は、妙な表情をしながら、

「四十五歳ですが、それがどうかしましたか？」

「それなら、常識はお持ちでしょう。三組のカップルの家族が、どんなに心配しているか、どんなに消息を知りたがっているか、よくおわかりのはずだ。もし、殺されているとしたら、遺体を家族に返してやるのが、人間として当然の行為じゃありませんか？」

「それについても、あと一年間、待っていただきたいのですよ。一年間たてば、何もかも明らかに出来ると思います。それまで、真相を明らかにするのを待っていただきたいのです」

「事件の真相がはっきりしなければ、自分が逮捕されないと、たかをくっているんじゃな

いのか？」

横から、亀井が睨《にら》んだ。

「いや。そんなことはない。ところで、十津川警部」

「何です？」

「あなたは、話のわかる方だと思う。だから、私と取引しませんか」

「何のことです？」

「北海道で消えた三組の新婚カップルは無事です。騒ぎ出さなければです」

「本当ですか？　それは」

「本当です」

「しかし、彼等の無事な顔を見なければ信用できませんね」

「私が保証します」と、村田は、きっぱりといった。

「ただし、今は、無事といえますが、警察が、私の希望を入れてくださらなければ、彼等の無事は、保証できません」

「脅迫ですか？」

十津川の声が強くなった。が、村田は、首を横に振って、

「私は、お願いしているんです。警察は、事態をしばらく、静観していていただきたいのですよ。その間、私を拘留《こうりゆう》しておけばよろしいでしょう。東京で起きた二つの事件は、それ

それの所轄署で捜査されているんですから、関係はない。いかがですか。しばらく、静観していてくださいませんか？」

「ノーといったら、三組の新婚カップルの命はないということですか？　それを警告するために、あなたは、他の三人のように飛び出さず、ここへ連行されて来たということですか？」

十津川の声が嶮《けわ》しくなった。事件解決の手掛かりをつかんだと思ったのに、事態は、妙な方向に動こうとしている。

「今もいったように、私は、お願いしているのです」

「今、あなたが相手にしているのは、警察ですよ」

「わかっています」

「いや、わかっていない。われわれは、事件を解決するのが仕事です。取引は出来ません」

「三組の新婚カップルが死にますよ」

村田の語調は静かだったが、単なる脅しでないことは、十津川にも、よくわかった。この男は本気だ。

4

村田の相手を亀井にさせておいて、十津川は、急いで、本多捜査一課長に会った。

本多は、十津川の話を聞くと、しばらく考え込んでいた。

「その男の話は、信用できるのかね？　三組の新婚カップルが、生きているというのは」

「嘘をついているようには、見えません」

「これ以上、捜査を続ければ、そのカップルを殺すというのか？」

「そういっています」

「しかし、警察が、何もせずにいられるかね？」

「無理です」

「そうだろう」

「しかし、三組のカップルを死なせれば、警察は、非難されるに違いありません」

「村田は、いったい何を知られまいとしているんだね？」

「矢代夫婦、田口夫婦、佐藤夫婦になりすまして、戸籍を手に入れ、パスポートを手に入れて、今、海外に出ているニセモノのことに違いありません」

「その人間たちは、何者なんだろう？」

「今のところ全くわかりません」

「海外へ出て、遊び歩いているのだろうか？　それとも、海外で、悪事を働いているのかな？　例えば、金や、クスリの密輸に関係しているといったような――」

「私も、それを考えました。しかし、村田という助教授は、そんな犯罪に関係しているようには見えないのです」

「最近は、大学の助教授だって、金のためには、どんな汚ない仕事にだって、手を出すようだよ」

「それはそうですが――」

「反対かね？」

「密輸には、たいてい暴力団が関係しているものですが、今度の事件に、その匂いは感じられません。それに、密輸が目的なら、こんな面倒な方法で戸籍を手に入れ、それを使って、パスポートを申請したりはしないと思うのです。暴力団なら、密輸をやる人間は、いくらでもいるでしょうから」

「じゃあ、戸籍を手に入れたのは、いったい、どんな人間で、何が目的だったと、君は考えているんだね？　パスポート入手のために、戸籍が必要だとしても、日本人で、戸籍のない人間なんておらんだろう。終戦時の混乱で、戸籍を失ったままという人間が、まれにはいるかもしれないが、それは、申請して、戸籍を取得すればいいんだし、そういう人は、少なくとも、四、五十歳にはなっているはずだ。二十代の戸籍を手に入れても、すぐ、バレてしまうんじゃないかね」

「そのとおりです。それで、劇画風なことまで考えてみました」

「どんなストーリーだね？」

「日本のどこかに、他人の戸籍を欲しがっている人間に、それを売りつける組織があるというストーリーです。新婚カップルを蒸発したと思わせ、誘拐、監禁しておき、事件を世間が忘れかけた頃、その戸籍を売りつけるわけです」

「その組織のリーダー格が、村田だというわけかね？」

「そう考えてみたんですが、あの男は、どうみても、悪の組織のリーダー格には見えません」

「しかし、われわれを脅迫しているんだろう？」

「彼は、お願いしているんだといっていましたが――」

「同じことさ。ところで、三組のカップルの誘拐に関係したと思われる人間だが――」

「村田夫婦、カメラマンの坪井夫婦、これに岩井夫婦の六人が、今のところ犯人たちではないかと考えていますが」

「村田にいったのか？」

「いってみましたが、知らないといっていました。しかし、共犯関係にあることは、まず間違いないと思っています」

「とすると、何か共通点があるはずだな」

「なければ不自然です。今のところは、いずれも中年だという共通点しかありませんが」

「よし。すぐこの六人の身元調べをやってくれ。今は、ばらばらでも、過去、どこかで一緒にいたかもしれんし、何かで結びついているかもしれん」

「さっそく、やってみます」

「村田は、三組の新婚カップルは、まだ生きているといったんだな？」

「そうです」

「私が、じかに、そのことをきいてみよう」

と、本多がいった。

十津川が、課長室に村田を連れて行くと、本多は、単刀直入に、

「三組のカップルが、まだ生きているという証拠があるのかね？」

と、きいた。

「それは、私を信用していただくより仕方がありませんね」

村田は、落ち着いた声でいった。

「ただ信じろといっても、無理じゃないかね？」

「しかし、これ以上、警察が追及すれば、彼等の命は、保証できません」

「君の共犯者が、彼等を殺すというわけかね？」

「それは、どうお考えになっても、結構ですよ」

「共犯者というのは、誰だね？　坪井夫婦や、岩井夫婦かね？　他にもいるのかね？　そのリーダーは、誰なんだ？　君か？」

「――」

「君は、一年間、待って欲しいといったそうだね？」

「そのとおりです」

「すると、誘拐した三組の新婚カップルも、一年間は帰さないということかね？」

「わかりません」

「わからないだって？」

「そうです」

「無責任じゃないか」

「無責任でも仕方がありません」

「それは、ニセモノの秘密を守るためには、仕方がないということなのかね？」

「その答えは、イエスです」

「いいかね。監禁している六人を殺せば、君たちは、誘拐、殺人の罪に問われるんだよ。わかっているのかね？」

「もちろん、それは承知しています」

村田は、平静な表情でいった。

「これでは、堂々めぐりだな」

と、本多は、苦虫をかみつぶしたような顔でいった。

その夜、村田の拘置《こうち》手続きがとられた。

「君は、本当に、三組のカップルが殺されると思うかね？」

本多が、腕を組み、怒ったような顔で、十津川にきいた。

「少なくとも、村田は、本気です」

「となると、われわれは、手も足も出ずか？」

「北海道警が、今、必死になって、三組のカップルが監禁されている場所を探しています。もし、見つかれば、村田の脅迫は、意味がなくなります」

「見つかると思うかね？」

「期待はしているのですが、何しろ、北海道は広いですから」

十津川は、直子と車で走った北海道の原野を思い出していた。

千歳空港から札幌までという、いわば、北海道の中心部を走ったようなものだが、それでも、人の姿のない原野が広がっていた。地方に行けば、もっと、人気《ひとけ》のない原野があるだろう。

「村田たちの目的は、いったい何だろうね？」

本多が、きいた。

「最初は金かと思いました。他人の戸籍を、それを必要としている人間に売りつけて儲《もう》けることが目的だったのではないかとです。しかし、ニセモノの三組の人間が、揃って、すぐパスポートを申請し、日本を脱出したとなると、他人の戸籍は、パスポートを取得するために必要だったとしか考えられなくなりました」

「凶悪犯を、別人の名前で海外に逃がしてやって、それで、金を儲けているんじゃないのかね？」

「さっきもいいましたが、村田のような大学の助教授と、凶悪犯のつながりが、不自然ですが」

「何かで、脅迫されて、仕方なくということも考えられるだろう？」

「共犯者六人が、同じように脅迫されていたというのも不自然ですし、それより、凶悪犯六人が、同じようにパスポートを欲しがり、海外へ逃げた、しかも、全部、若い男女のカップルというのも奇妙です。それに、ニセモノが、パスポートを取得したのは、七月末から八月はじめにかけてです。パスポートを入手して、すぐ日本を脱出しているとすれば、地球の裏側まで行っているでしょう。とすると、もう三組の新婚カップルは解放してもいいわけです。それなのに、村田は、なぜか、一年間という期限にこだわっています」

「一年間というのは、何だと思うね？」

「わかりませんが、つまり、現在、矢代夫婦などの名前のパスポートを持って、海外にいる人間が、三組六人いるわけです。その六人を一年間、今のまま、別人のパスポートを自由に使わせてくれということになります」

「その連中は、一年間、他人のパスポートを使って、何をしようとしているんだろう？」

「それがわかれば、彼等の素性も想像がつくんですが」

「見当もつかんかね？」

「つきません。残念ながら」

「誘拐された新婚カップルは、全て、全日航のムーンライト便に乗っていたが、このことに、何か意味があると思うかね？」

「恐らく、この機内で、犠牲にすべきカップルを、犯人が選んだのだろうと思っています」

「選ぶというと？」

「新婚カップルの中には、私たちのような中年者もおりますから」

と、十津川は、笑った。

「ニセモノと同じくらいの年齢のカップルを選んだのだと思います。それから、そのカップルを、北海道の人気のない海岸に誘ったということでしょう」

「機内で？」

「と、思います。というのは、青田了介と、菅原君子は、機内で何かを見たために、殺されたと思われるからです。青田は、見たことをタネに、相手をゆすったために、晴海に呼び出されて殺されたんだと考えられます」

「菅原君子も、相手をゆすったと思うかね？」

「いや。ゆすったのではなく、彼女の場合は、相手に注意したんじゃないでしょうか？　それも善意でです」

「なぜ、善意で、と思うんだ？」

「告別式に、犯人と思われる人間が、無名で十万円の香典を出しているからです。ゆすられていたのなら、こんな真似《まね》はしないでしょう」

「スチュワーデスの菅原君子が、機内で何かを見て、相手に注意したとなると、その相手は限定されてくるな。相手が乗客だったら、その本人に注意するより、警察にいうだろう。となると、相手は、同僚のスチュワーデスか、機長、副操縦士、航空機関士といった、搭乗員ということになるんじゃないかね」

「男じゃありませんね。スチュワーデスだと思います」

「なぜ、スチュワーデスだと思うんだ？　コクピットではなく、キャビンで、何かを見たと思うからかね？　そうだとしても、キャビンには、男のパーサーがいるだろう？」

「青田了介が殺された日、彼は、早く店を閉め、女に会いに行くと、ニコニコしていたと、いわれるからです。つまり、青田がゆすっていた相手は、女だということです」

「なるほどな。すると、犯人は、六人の他に、全日航のスチュワーデス一人が、加わっているということかね？」

「そうです」

「そのスチュワーデスに、心当たりがあるのかね？」

「三組の新婚カップルが乗っていた全日航の夜間飛行便《ムーンライト》は、七月十六日、二十一日、二十六日の三つの便です。従って、この日に乗務していたスチュワーデスということになります。今、それを調べています」

と、十津川が、いった時、亀井が、興奮した様子で、部屋に飛び込んで来た。ベテランの亀井にしては珍しい興奮のしようだった。

「どうしたんだ？　カメさん」

と、十津川がきくと、亀井は、手につかんでいた夕刊を、二人の前に置いた。

「ここを読んでください」

と、社会面を指さした。

〈香港のベトナム難民〉

大きな見出しで、そう出ている。

「ベトナム難民が、どうかしたのかね？」

本多が、首をかしげてきくのへ、亀井は、

「いいから、読んでみてください」

と、大きな声でいった。

「まるで、カメさんに叱《しか》られているみたいだな」

本多は、苦笑しながら、その記事を読んでいったが、途中で、顔色が変わった。

〈香港にて、伊達特派員
ベトナム難民四二六人を乗せたアメリカの貨物船「オールド・リバティ」号（二千トン）は、去る五月二十六日に入港、香港政庁に、ベトナム難民の受け入れを求めた。しかし、香港政庁では、それを拒絶。以来、今日まで二カ月余「オールド・リバティ」号は、洋上に停泊を続けている。ベトナム難民の食糧だけは、何とか確保されているものの、健康状態は良好とはいえず、すでに老人一人が、船上で死亡している。
最近になって、日本人の若い夫婦が、このベトナム難民に関心を持ち、香港政庁にかけ合ったり、自費で、食糧や、医薬品を買い求め、沖合の「オールド・リバティ」号に届けていることがわかり、評判になっている。

記者が調べたところ、この日本人夫婦は、福岡市東区に住む、佐藤俊作さん（二五）と、妻のみどりさん（二二）の二人である。この二人は、一カ月前に結婚したばかりで――〉

「香港ですか」

「ベトナム難民とはね」

と、十津川と、本多は、呟《つぶや》いた。

「そういえば、村田は、香港経由で、シンガポールへ行くところを逮捕されたんだったな」

本多が、確認するようにいった。

「そうです」

「ここに出ている二人の日本人が、北海道で消えた佐藤夫婦のニセモノだろうか？」

「住所、氏名、年齢も、ぴったり一致しています。とにかく、香港に行かせてください。この夫婦に会えば、何かわかると思います」

「そうだな。すぐ、行ってもらおう」

と、本多も肯いた。

十津川は、亀井と一緒に課長室を出ると、自分の机に戻り、パスポートを取り出した。

「カメさん。六人の共犯者たちのことだがね。彼等の共通点として、ひょっとすると――」

「ベトナムですか？」

「そうだ。どんな意味ででもいい。彼等の現在、過去に、ベトナムが関係しているかどうか、それを重点的に調べてみてくれ」

第九章　難民キャンプ

1

十津川を乗せた全日航のボーイング747は、夕闇の深くなった香港《ホンコン》の啓徳空港《カイタクエアポート》に着陸した。

東京から、約四時間の飛行である。

香港には、相変わらず、日本人の団体客が多い。十津川と同じ飛行機にも、数組の日本人の団体客が乗っていて、彼等は、それぞれ、迎えのバスで、街に消えて行った。

問題の記事は、中央新聞の伊達特派員のものだった。

中央新聞の香港支社がある場所は、東京を発つ前に聞いてある。

入国手続きをすませて、到着ロビーを出ると十津川は、タクシーを拾って、行く先を告げた。

香港の街は、やたらに、ごみごみしている印象を受ける。狭い場所に、建物も、車も、人間も、ひしめき合っている感じだ。東京の街も、同じように、せせこましいが、香港の場合は、小さな島だという意識が頭にあるせいか、いっそう混雑しているように感じるのかもしれない。

香港の街には、ネオンがまたたき始めた。

漢字のネオンが多いのは、当たり前の話だが、やはり、何となく安心するものである。十津川は、かなり英語のわかるほうだが、それでも、アメリカに行った時、英語ばかりの看板や、標示板に囲まれた時、不安に襲われたものだった。

香港島のビクトリア市内、銀行や商社の集中している辺りのビルの三階に、中央新聞の香港支社があった。

看板はかかっていたが、中には、三十五、六歳の眼鏡をかけた記者と、走り使いをしている十五、六の中国人の男の子がいるだけだった。

眼鏡の男が、問題の記事を書いた伊達記者だった。

十津川が、名刺を差し出すと、伊達は、「ほう」と、声を出した。

「東京から、わざわざ、私に会いに来られたんですか」

「あなたの書かれたベトナム難民の記事に興味を持ちましてね」

と、十津川はいった。

中国人の少年が、お茶をいれてくれた。

「あの記事のどこに興味を持たれたんですか？　警視庁の刑事さんが、難民問題に関心を持つとは思えないんですが――」

「私だって、難民問題には関心がありますよ」と、十津川は、微笑んだ。

「しかし、今度、香港へ来たのは、ベトナム難民のために働いている日本人夫婦に興味があったからです」

「ああ、あの佐藤夫婦ですか」

「会われたんですか？」

「ええ。会いました。まさか、あの若夫婦が東京で刑事事件を起こして、ここまで追って来られたんじゃないでしょうね？」

「そうじゃありません」

と、十津川がいうと、伊達は、ほっとした顔になって、

「安心しましたよ。立派な人たちですからね」

「どんな夫婦ですか？」

「まだ一度しか会っていないんですがね。真剣にベトナム難民のことを考えている数少ない日本人の一人、いや二人じゃないかな。何しろ、日本の政府は、これまで難民問題に冷淡なことで世界的に有名で、海外にいるわれわれは、いつも肩身の狭い思いをしていますから

ね」

「今度、日本政府は、難民問題に積極的に取り組むと発表したんじゃなかったかな?」

「外国に批判されて、ドロナワ式に、難民対策を打ち出した感じですからね。どこまで実行されるか、大いに疑問がありますね。今まで五百人だった受入れ枠を千人にするといっても、実際に、日本で定住を許可されたのは、たった十三人ですよ」

「佐藤夫婦は、ベトナム難民のために働いているそうですね?」

「ええ」

「具体的に、どんなことをしているんですか?」

「あの記事にも書きましたが、ベトナム難民四百人を乗せたアメリカの貨物船が、二カ月前に入港して、難民の受け入れを求めたんですが、香港政庁が、拒絶しましてね。ここには、難民キャンプがあるんですが、そこは二万八千人の難民で一杯だから、香港政庁が拒絶するのも、当然なんですよ。といって、他の国も、あの四百人を受け入れるとはいわない。もちろん、日本もです。行く先のないままに、船は、沖合にとどまっています」

「老人が死んだそうですね?」

「ええ。あのあと、幼児も一人死にましたよ。貨物船の狭い船内に、四百人が二カ月余りも閉じこめられているんですからね。衛生状態は悪いし、精神的にも参ってしまうはずですよ」

「そうでしょうね」

「佐藤夫婦は、船に、新鮮な食糧品や、医薬品を届けたり、病人が出たと聞くと、香港の医者を船に連れて行ったりしています。香港政庁は、黙認しています。向こうさんにしても、沖合の船で、難民が死んだりすれば、気分はよくないでしょうからね」

「佐藤夫婦には、どんなことを話したんですか？」

「それなんですがねえ」

と、伊達は、笑って、

「とにかく無口な夫婦で、ほとんど喋らないのですよ。佐藤という名前も、直接聞いたんじゃなくて、私が、ホテルの宿泊名簿で調べたんです」

「何というホテルです？」

「港に近いホテル・エリザベスです」

「そこに行けば、佐藤夫婦に会えるわけですね？」

「これから行かれるんですか？」

「ええ」

「じゃあ、私も行きましょう。もっとあの夫婦に聞きたいことがありますから」

伊達は、カメラを持って立ち上がり、十津川を、タクシーで、ホテル・エリザベスに案内してくれた。

七階建ての真新しいホテルだったが、フロントで話していた伊達が、首を振りながら戻って来て、

「あの夫婦は、昨日、チェックアウトしたそうです」

「もう、香港を出てしまったということですか？」

十津川が、がっかりしてきくと、

「いや、まだ、香港にいると思いますよ」

「なぜ、そういえます？」

「ベトナム難民を乗せた貨物船が、いぜんとして、香港の沖に停泊しているからです。佐藤夫婦のあの熱心さからみて、彼等を見捨てて、香港を出るとは思えません」

「しかし、どこに泊まっているかわからなくては、会うのが難しくはありませんか？」

「明日も、多分、あの夫婦は、『オールド・リバティ』号に行くでしょう。だから、私たちも、明日、船を見に行きませんか？」

と、伊達が、誘った。

2

十津川は、その日は、ホテル・エリザベスに泊まり、翌日の午前十時に、迎えに来てくれ

た伊達と一緒に、港へ出かけた。

　東京の夏より、むしろしのぎ易いといっても、暑いことは暑い。

「あれです」

　と、伊達が指さす方向を見ると、港の沖合に、赤錆《さ》びた船体を、強烈な太陽にさらして、貨物船が浮かんでいた。

「Old Liberty」の船名も、ところどころ、はげ落ちている。

　甲板上には、ベトナムの難民なのだろう、人の群れが見える。この暑さでは、船室にいては耐えられないから甲板に出ているのだろうか。それとも、自分たちを助けに来てくれる何かを見つけようとして、甲板に、鈴なりになっているのだろうか。

　二カ月余も、待ち続けるというのは、どういう気持ちのものだろうと、十津川は考えてみた。

「船の中は、どうなっているんです？」

「船長と二、三人の船員は、船に残っているようですが、他の船員は、おりてしまっています。いても仕方がないからでしょう。それにアメリカ船といっても、船員のほとんどはフィリピン人ですから」

「二カ月以上、ああして、沖合に停泊しているとなると、食糧はどうしているんです？」

「香港政庁は、人道上の立場から、最低限の食糧を船に送り届けているようですが、その量は十分とはいえないようだし、いつまでも続けるわけにはいかないだろうといっています」

「あの船は、いつまで、あそこにいるんですかね？」

「難民を受け入れてくれる国が見つかるまで、ああしているでしょうね。香港政庁としても、追い出すに追い出せないのだと思いますよ。他の国も拒否するだろうし、追い出せば、彼等は、太平洋を、あてもなく、漂うより他に、仕方がなくなりますからね。それこそ、何人死者が出るかわからなくなる」

「佐藤夫婦は、現われるでしょうか？」

「香港政庁の旗を立てたボート以外に、あの船に近づく船があれば、多分、佐藤夫婦のものです。いつもサンパンを借りていましたからね」

「食糧や、医療品を運んだり、医者を連れて行ったり、よく、金が続きますね。若い夫婦だというのに」

「実は、今日、それを聞きたいと思っているんですがね」

と、伊達はいい、持参した双眼鏡を、沖の貨物船に向けた。

「佐藤夫婦は、まだ現われないようですね」

伊達は、双眼鏡を、十津川に貸してくれた。

その双眼鏡でのぞくと、ただ、半裸の人々が、甲板に鈴なりになっているように見えたが、子供の姿が、意外に多いのがわかった。

「子供が多いですね」

「インドシナ難民の特徴は、働き盛りの男が少なくて、女子供が多いことです。男は、多分、戦争に続く戦争で死んでしまったからでしょう。老人や、乳幼児も多いですよ。会ってみると、意外に明るいのに、驚かされもするし、ほっともするんですが、船内は冷房が切れてしまっているようですから、乳幼児は大変です」

と、伊達がいった。

十津川は、沖合のオールド・リバティ号に眼をやりながら、

「難民キャンプに行ったことは？」

「ありますよ。九竜《きゅうりゅう》半島のほうにありまして、ここも、女子供が圧倒的に多いですね」

「どんな状態なんですか？」

「一日一人当たり、日本円で九百円の金が、国連から出ています。しかし、これだけで十分のはずがありません。だが、国民性というんですかね。今もいったように、みんな明るいですよ。少なくとも、表面上は、明るく見えますね」

「難民キャンプにいて、それから、どうなるんです？」

「受入れ先が決まると出て行きます。やはりアメリカが一番多いようですね。アメリカは一カ月に五千人ずつのインドシナ難民を受け入れています。もっとも、これに対する批判も、最近、アメリカ国内で大きくなったようですから、前途は、楽観を許しませんが」

「日本は千人ですか」

「それも、政府が厳しい条件をつけ過ぎるので、なかなか、日本には定住できない。最近、その条件を緩和《かんわ》するようですが――」

途中で、伊達は、急に双眼鏡を取りあげ、それを眼に当てて、

「来ましたよ」

と、十津川にいった。

肉眼でも、青い布の幌《ほろ》をつけた中国特有の小舟サンパンが、船体をゆするようにしながら、沖のオールド・リバティ号に向かって行くのが見えた。櫓《ろ》をこいでいるのは、中国服を着た中年の女だった。

甲板には、いくつもの箱が積み重ねてある。食糧や、医薬品が入っているのだろうか。

「一時間ほどしたら戻って来ますから、その時に、迎えに行きましょう」

と、伊達がいった。

3

さっきのサンパンが、戻って来たのは、一時間半ほどしてからだった。

蛋民《たんみん》(水上生活者)の他にサングラスをかけた若い男女が乗っていた。

「佐藤夫婦ですよ」

と、伊達がささやいた。

「お願いがあります」と、十津川がいった。

「しばらく、私と彼等だけにしてくれませんか？」

「まさか、逮捕するんじゃないでしょうね？」

「ここでは、私には、そんな権限はありませんよ」

と、十津川は、微笑した。

伊達は、「いいですよ」と、いってくれた。

桟橋に、サンパンが横付けされ、若い二人がおりて来るのへ、十津川は、近寄って行って、

「佐藤さんですね？」

と、声をかけた。

二人の顔が、同時に、十津川を見た。

やはり、本物の佐藤俊作、みどり夫婦とは違った顔が、そこにあった。もっと浅黒く、丸みをおびた顔である。

「私は、東京警視庁の十津川といいます。あなた方に、ぜひ、ききたいことがありましてね」

十津川がいうと、二人は、顔を見合わせた。

そのまま、警戒したのか、押し黙ってしまっている。

十津川は、相手の気持ちを和らげるように、

「私が、ここへ来たのは、個人としてやって来たので、あなた方を逮捕するとかというわけではありません」

それでも、相手は、黙っていた。

サンパンの上から、二、三人が、何事だろうという顔で、こちらを見ている。

「少し歩きませんか」

と、十津川はいい、先に立って、歩き出した。

二人も、黙って、ついて来る。

「あなた方は、佐藤さん夫婦じゃありませんね？」

歩きながら、十津川がきいた。

二人の足が止まった。十津川は、振り向いて、彼等を見つめた。

「どうなんですか？　あなた方は、いったい誰なんですか？」

「ヤハリ、ワカッテシマイマシタカ？」

男がいった。

はっきりした日本語だが、アクセントや、イントネーションがおかしかった。

(日本人ではないのか)

と、十津川が、思った時、男は、十津川の気持ちを察したように、

「私ノ日本語ワカリマスカ？」

「よくわかりますよ」と、十津川は、いった。

「あなた方は、ベトナム人ですね？」

「私モ妻モ、ベトナムノ人間デス。私ノ名前ハ、フィン・ダイ・チュー。妻ノ名前ハ、ズオン・トランデス」

「なぜ、日本人になりすましたんですか？　佐藤夫婦の戸籍を手に入れて――」

いや、彼等が、ベトナム人とすれば、彼等が手に入れたのは、戸籍ではなく、国籍だったのだ。

フィン・ダイ・チューは沖に停泊している「オールド・リバティ」号に眼をやった。

「アノ船ヲ見テクダサイ。アソコニ閉ジ込メラレテイル人々ト、私タチハ、同ジナノデス。ベトナム人ナノニ、祖国ベトナムカラ追ワレ、行ク先ノ当テノナイ、国籍ヲ失ッタ人々デス。インドネシア、マレーシアデモ、同ジコトガ、起キテイマス。何十万人トイウ、ベトナム人ガ、狭苦シイ難民キャンプニ入レラレタリ、小舟ニ乗ッテ、海ヲサ迷ッテイルノデス。私ト妻ハ、アノ同胞ヲ助ケナケレバナラナイト思イマシタ」

「そのために、日本人になりすましたのですか？」

「国籍ノアルアナタ方ナラ、カンタンニ、パスポートヲ手ニ入レラレマス。シカシ、国籍ヲ

失ッテシマッタ私タチハ、パスポートヲ手ニ入レルコトハ不可能デス。パスポートナシニ、何ガ出来ルデショウカ？　タチマチ、難民キャンプニ入レラレテシマウカ、追放サレテ、アノ船ノ中ニ閉ジ込メラレテ、当テドナク、海上ヲサ迷ウカノドチラカデス」

「あなた方と、村田夫婦や、坪井夫婦は、どんな関係なんですか？　どうして、知り合ったんですか？」

「ソレハ、イエマセン」

「彼等に迷惑がかかるからですか？」

「ハイ」

「あなた方の他に、あと二組の夫婦が、日本人のパスポートを持っているわけですね？」

「他ノ二組ハ、夫婦デハアリマセン。シカシ、フィアンセデハアリマス。私タチハ、日本ノ友ダチノ力デ、日本ノパスポートヲ手ニ入レタ時、神ニ誓イマシタ。コレハ、必ズ、同胞ノタメニ使イ、自分タチ個人ノタメニハ使ウマイト」

「他の二組も、香港にいるんですか？」

「イエ。マレーシアト、インドネシアデス。アソコニモ、ベトナム難民ノキャンプガアリマスカラ。ソレニ、マレーシア沖ニハ、イツモ、ベトナム難民ヲ乗セタ漁船ガ、漂ッテイテ、助ケヲ待ッテイマス」

「あなた方は、一年間、黙認してくれといったそうですね？」

「ハイ」

「なぜ、一年間なんですか？」

「ソレハ、私タチノ祈リデス」

「祈り？」

「ハイ。難民キャンプニ収容サレテイル同胞ニ、明ルイ希望ハアリマセン。イツ、ドコヘ移サレルカワカラナイシ、定住許可ガ下リル可能性モホトンドナイカラデス。アノ貨物船ニイル同胞ハ、モット、悲惨デス。難民キャンプニ入ル希望サエ持ッテナイノデス。希望ノナイ時、私タチハ、祈リマス。アト一年タテバ、世界中ノ政府ガ、ワレワレヲ受ケ入レテクレマスヨウニ。アト一年タテバ、ベトナムノ政情ガ安定シテ、ワレワレガ戻レルヨウニナリマスヨウニトデス。ソノ祈リガアルカラコソ、ワレワレハ耐エテイラレルノデス」

「しかし、あなた方のおかげで、本物の新婚カップル三組、六人が、北海道のどこかに閉じこめられているのですよ」

「ワカッテイマス。シカシ、私タチハ、何十万人トイウ同胞ヲ助ケナケレバナラナイノデス」

「私タチノパスポートヲ、取リ上ゲルノデスカ？」

今まで黙っていたズオン・トランデスが、蒼ざめた顔で、十津川にきいた。

「パスポートがなくなったら、あなた方は、どうなるのですか？」

「行ク当テモナク、海ノ上ヲサ迷ウコトニナルデショウ」と、フィン・ダイ・チューがいった。

「シカシ、ソレハカマイマセン。タダ残念ナノハ、ソウナッタラ、眼ノ前ノ同胞ニ、何モシテヤレナクナルコトデス。今日モ、アノ船ノ上デ、暑サト、疲労カラ、三歳ノ幼児ガ一人死ニマシタ。医薬品ヲ運ンダノデ、次ノ犠牲者ハ出サズニスムト思イマス。シカシ、私タチガイナクナッタラ、誰ガ、運ンデクレルデショウカ？」

十津川が、答えられる種類の質問ではなかった。

彼が黙っていると、チューは、

「日本総領事館ハ、金門大夏ビルノ二十五階ニアリマス」

「何ですか？　それは」

「私タチカラ、パスポートヲ取リ上ゲルノナラ、ソコヘ行ケバイイトイウコトデス。私タチハ、不正ナ手段デ、日本ノ国籍ト、パスポートヲ手ニ入レマシタ。ダカラ、取リ上ゲラレテモ、文句ハイエマセン」

（困ったぞ）

と、十津川は、思った。

こういう事態には、弱いのだ。凶悪犯なら、どんなに凶悪でも、扱い方は知っているが、このベトナム人夫婦のように、犯人らしくない相手は、どう扱ってよいかわからなくなる。

一日本人としては、当然、日本総領事館へ足を運んで、佐藤俊作、みどり名義の旅券《パスポート》が、不正に発行されたものだということを告げるべきなのだろう。

だが、告げてどうなるのかという気がする。不正はただされるだろうが、貨物船の中で救いを求めている四百人の難民は困るだろうし、二人の難民が増えるだけのことではないのか。それに、北海道のどこかに監禁されている本物の新婚カップル六人が、殺される危険がある。

「今、どこのホテルに泊まっているんです?」

十津川は、決心がつかぬままに、そんなことをきいた。

「ダウンタウン・ホテルニ移リマシタ。イイホテルデハ、大事ナオ金ガ失クナリマスカラ」

「その資金は、誰が出したんですか?」

「ソレハ、イロイロナ人ガ出シテクレマシタ」と、トランデスがいった。

「日本ノ友人モ、モチロン」

その言葉で、十津川は、村田助教授の顔を思い出した。あの家も、ひょっとすると、抵当に入れて、この二人のために、資金を用意したのではないだろうか。

「あなた方は、日本人の佐藤夫婦になりすましして、福岡県庁で、パスポートの交付を受けたんでしょう?」

「ハイ」

「申請の時、よく見破られませんでしたね？」

と、十津川がきくと、チューは、笑って、

「ソレハ、オ役所仕事ノオカゲデス」

「どういう意味かな？」

「ドコノ国デモ、オ役所ハ、無愛想デス。オ役人ハ、何ニモイワナイ。書類見テ、『ウン、良シ』ソレダケデス。愛想ヨクテ、イロイロト話シカケラレテイタラ、今頃、捕マッテイタカモシレマセン」

チューが、楽しそうに、クスクス笑い、それに合わせて、新妻のトランデスも笑い出した。

そこには、居直ったような、ふてぶてしさがあった。それとも、生まれつきの明るさといったらいいのだろうか。

顔は日本人によく似ているが、日本人にはない明るさがある。

十津川は、当惑した表情で、沖合に停まっている貨物船を見つめた。

4

十津川は、ホテルに戻ると、東京の本多捜査一課長に、電話を入れた。

まず、フィン・ダイ・チューと、ズオン・トランデス夫婦に会ったことを話した。

「相手は、ベトナム難民か」と、電話の向こうで、本多がいった。

「ちょっと、しんどいことになったな」

「どうしたらいいかわからなくなりました。行くあてもなく、沖合に停泊している貨物船と、その甲板に鈴なりになっているベトナム難民の姿を見ると、あの夫婦から、パスポートを取りあげることが正しいかどうかわからなくなります」

「君は、意外にセンチメンタルなんだな」

「そうです。私はセンチメンタルです。それに、あの夫婦から、パスポートを取りあげて、難民キャンプに放り込むと、北海道のどこかに監禁されている六人の新婚カップルが殺される危険があります」

「私も、それが心配だよ」

「道警の君島からは、まだ、何の連絡も入りませんか？」

「ないね。それから、事件が誘拐になったので、報道管制を施《し》いた。君が、香港へ行ったことも、ベトナム難民のことも、三組のカップルが無事に救出されるまでは、新聞記者には、黙っているつもりだ。君も、そのつもりでいてくれたまえ」

「私も、こちらで会った伊達記者には、何も話していません」

「そのベトナム人夫婦が、香港から逃亡するということはないかね？」

「難民を乗せた貨物船が、ここから出て行かない限り、あの夫婦も、ここを動かないと思います」

「なぜ、そう確信できるんだね？」

「あの夫婦が、日本人のパスポートを手に入れたのは、同胞であるベトナム人を助けたいからです。今、ここを逃げ出せば、その意味がなくなってしまうからです」

「なるほどな」

「村田はどうしています？」

「留置場で、悠然と本を読んでいるよ。戦後外交史とかいう、英語の難しい本だ。その本を読みたいというので、私が、差し入れしたんだが、肝心の事件のことでは、何も新しいことは、喋ってくれんよ」

「犯人たちについては、どうですか？」

「その件は、亀井君がやっている。電話を回すよ」

と、本多はいった。

電話口に、亀井が出た。

「村田夫婦、坪井夫婦、それに、仙台の岩井夫婦について、各県警の協力を仰いで、いろいろと調べてみました」

「それで、この三組の夫婦は、ベトナムで、結びつくかね？」

「カメラマンの坪井夫婦は、何冊もの写真集を出していますが、その中に、ベトナム戦争時代のサイゴンや、その周辺を写したものがあります。夫婦一緒に行ったのか、それとも、坪井だけが行ったのかわかりませんが、戦火のベトナムに出かけて、写真を撮りまくっていたことだけは確かです」

「岩井夫婦はどうだ？」

「まず、夫の岩井耕作からいいます。彼は、東京の生まれで、現在四十歳です」

「四十歳か？」

「男のほうは、全員が中年ですよ。この岩井耕作ですが、東京の大学を出たあと、東京に本社のある建設会社に就職しています」

「仙台との結びつきは？」

「仙台市内の資産家の奥さんと結婚したわけです」

「婿《むこ》さんか？」

「形は、婿に来たことになっています。そして、八年前から、仙台市内で、不動産業を始めています」

「しかし、君が仙台に行った時、岩井年志子は、月賦で、やっと、建売住宅を買ったといったんじゃなかったのかね？」

「あれは、嘘をつかれたんだと思います」

「なるほどね。岩井耕作と、ベトナムとの関係は？」

「まだわかりませんが、この岩井耕作について、面白いことがわかりました」

「どんなことだね？」

「この男は、身長一八〇センチ、体重九二キロ、大学時代には、柔道をやっていました」

「大男だな」

「それに、猟銃許可証を持ち、現実にも、何丁か、銃を所持しています」

「その猟銃は、仙台の家にあるのか？」

「県警が調べたところ、二丁、失くなっていたそうです。いずれも、英国製で、二連銃です。もう一つ。近所の人たちの話では、夫の岩井耕作は、七月半ば頃から、家に姿を見せなくなっていたということです」

「最初の田口夫婦が消えたのが、七月十八日だった」

「そうです」

「とすると、その岩井耕作という巨漢が、北海道のどこかに、三組の新婚カップルを監禁して、見張っている可能性があるな」

「そのとおりです。ただ、失くなっている猟銃は二丁ですから、岩井耕作の他に、もう一人いるのではないかと思います」

「奥さんの岩井年志子が一緒かな？　彼女は、どんな女なんだ？」

「仙台の生まれで、仙台の学校を出ています。平凡だが、気立てのいいというのが、彼女を知る人の一致した意見のようです。夫婦仲はいいようです」

「彼女は、銃は使えるのか？」

「一緒に、猟について行ったことがあるようですが、彼女自身は許可証は持っていません」

「村田夫婦と、ベトナムとの関係はどうだ？」

「世界の戦後史を研究しているくらいですから、村田は、当然、ベトナム問題に関心があるとは思いますが、彼自身が、ベトナムとどう関係しているのかは、まだ、わかりません」

「そうか。私は、明日、東京に帰る。課長には、そういっておいてくれ」

翌日。十津川は、東京に帰ると、すぐ、留置してある村田に会った。

「香港に行って来ましたよ」

と、十津川は、村田に、煙草《たばこ》をすすめてから、何気ない調子で、切り出した。

村田は、ゆっくり、煙草に火をつけた。

「香港は、どうでした？」

「フィン・ダイ・チューと、ズオン・トランデスというベトナム人夫婦に会って来ました。二人は、日本人の佐藤夫婦のパスポートを持っていて、引取り手がなく、海上の貨物船の上で立ち往生している四百人のベトナム難民のために働いていましたよ」

「それは、日本にとっても幸いなことじゃありませんか。日本は、難民に冷淡だと、常に非難されている。そんな中で、日本人夫婦が、ベトナム難民のために、香港で働いているというのは。たとえ、それが、本物の日本人でなくても」

「あの夫婦を知っていますね？」

「彼等が、そういったのですか？」

村田は、逆に、きき返した。

「いや。あの夫婦は、日本の友人のことは、迷惑をかけるから、何もいえないといっていましたよ。しかし、福岡県庁に、佐藤俊作、みどりの名前で申請書を出し、パスポートを入手したことは、認めましたよ。つまり、あなた方夫婦が、離れを貸していたのは、日本人ではなく、フィン・ダイ・チューと、ズオン・トランデスというベトナム人夫婦だったわけです。しかもパスポートを持たない不法入国のベトナム難民だった」

「つまり、私は、法に触れることをしたということですね」

「そうですね」

「すると、誘拐、殺人容疑の他に、不法入国を手助けしたという容疑が加わるわけですね。私も、大したものだ」

村田は、微笑した。

「どうですか。この辺で、全てを話してくれませんか」

と、十津川は、いった。

「何をですか？」

「全てです。われわれにも、本件のだいたいの輪郭《りんかく》は読めてきました。理由はわからないが、あなたたち夫婦や、坪井カメラマン夫婦、それに仙台の岩井夫婦たちは、ベトナム難民に関心を持った。それだけではなく、若い男女の難民六人と接触し、彼等に、日本人の戸籍とパスポートを与えることを計画した。単に戸籍だけならば、勝手に、他人になりすましてしまっていればいい。だが、パスポートを入手しなければならないとなると、身分を証明するものが必要になってくる。それで、北海道での新婚カップル蒸発事件を引き起こした。違いますか？」

「なかなか面白い。続けてください」

村田は、何のてらいも見せずに、十津川にいった。まるで、ゼミで、生徒の話を聞く助教授の感じだった。

「新婚カップルは、旅先で病気になった時のことを考えて、健康保険証を持っていくことが多い。これを持っていなくても、運転免許証は、たいてい持参する。向こうで、レンタカーを、借りることが多いからだ。免許証のほうは、写真が貼ってあるが、あなたの仲間の坪井夫婦はプロのカメラマンだから、写真の貼りかえぐらいは、お手のものかもしれませんね。こうして、三組のベトナム人の若いカップルに、日本のパスポートが与えられた。チュー夫婦は、自分たちにとって、これは、ただ単なるパスポートではなく、無国籍者が、一時であれ、国籍を与えられたことだといっていましたがね。そして、チュー夫婦は、香港に行き、他の二組は、同じように、難民問題が起きているマレーシアや、インドネシアに出かけて行った。問題は、蒸発してしまった新婚カップル三組の行方です。われわれは、北海道のどこかに監禁されていると考えているが、場所はわからない。ただ、岩井耕作と、他に一人が、銃を持って、監視しているのだと思っている。彼は猟銃を持っているはずなのに、仙台の家を調べたところ、二丁の銃が見つかっていないからです」

十津川は、相手の反応を見るように、村田の顔を注視しながら話した。だが、村田の顔色に変化はなかった。まるで、楽しいお伽《とぎ》話でも聞くように、十津川の話を聞いている。

しかし、だからといって、自分の推理が間違っているとは、十津川は思わなかった。

村田は、覚悟を決めて、ここにいる。そんな人間なら、たとえ、こちらの推理が当たっていても、顔色を変えたりはしないだろう。

村田は、しばらく黙っていたが、

「それで、どうするつもりなんですか？」

と、きいた。

「何をです？　あなたをですか？」

「いや、チュー夫婦たちのことです。外務省や、各地の大使館や領事館に通告して、彼等のパスポートを取りあげるつもりですか？」

「そんなことをしたら、本物の新婚カップルが、危険になるんでしょう？　違いますか？」

「われわれのことを卑劣だと思いますか?」

と、村田がきいた。

「誘拐された三組の新婚カップルや、彼等の家族は、あなた方を卑劣だと思うでしょうね」

と、十津川は、いい返した。

5

北海道でも、ヘリコプターまで動員しての捜査が続けられていた。

だが、いぜんとして、三組のカップルの行方はつかめずにいた。

その報告を受けて、本多は、十津川と亀井刑事に、

「何とかならんかね」

と、相談した。

「長引けば長引くほど、三組のカップルの生存が危うくなるだろう。監禁されているほうも、しているほうも、次第に、いらだってくるからだ」

「村田から、居場所を聞くことも、まず不可能ですね。ああいう覚悟を決めた人間というのは、攻めようがありません」

「どうしたらいいかね?」

「方法は、二つしか考えられません。北海道警に、やはり期待すること。向こうも、相手にさとられずに捜査しているんですから大変だと思いますが」

「もう一つの方法は？」

「村田たちのことを調べて行く過程で、三組のカップルの行方がわかってくるのではないかという期待です。北海道のどこかへ監禁されているとしても、犯人たちと何の関係もない場所に、小屋を建てて監禁しているとは思えないのです。彼等に何らかの関係がある場所なり、家なりに監禁しているのではないかと思います」

「例えば？」

「岩井耕作は、猟銃を持って、よく猟に行っていたといいます。北海道にもよく出かけていたとしたら、どこかに、狩猟の小屋でも建てていたかもしれません」

「なるほど。その可能性はあるな。宮城県警に頼んで、岩井の家をもう一度調べてもらおう」

「狩猟仲間にも、聞いたほうがいいと思います」

「よし、わかった」

さっそく、宮城県警に連絡がとられた。

次は、名古屋の坪井夫婦である。

彼等は、夫婦で、何冊か写真集を出している。

亀井が、すでに日本写真家協会や、国会図書館の協力を得て、その全部、六冊の写真集を入手していた。

十津川は、亀井と二人で、一冊ずつ、頁をくっていった。

どうやら、坪井夫婦の写真集には、二つの傾向があるようだった。

一つは、いわゆる社会派と呼ばれるもので、公害問題を扱ったものもあれば、アメリカが軍事介入していた頃のベトナム戦争を扱った「一九七〇年・サイゴン」と題した写真集もあった。

もう一つは、風景写真である。建物も風景の一つの点景としてとらえている。日本の自然を追ったものもあれば、アフリカの荒々しい風景を狙ったものもある。

多分、坪井夫婦のどちらかが、社会問題を扱い、片方が、風景写真を撮っているのだろう。

二人は、黙々と、一枚ずつ、写真を見ていった。

ベトナム戦争の写真は、何度見ても、悲惨である。カメラは、末期症状を呈しているサイゴンの町にあふれる路上生活児や、闇市の姿をとらえているだけでなく、ジャングルや、水田に横たわる死体も写し出している。

「ちょっと、これを見てください」

と、亀井が、いった。

十津川は、「一九七〇年・サイゴン」の写真集に、しおりをはさんでおいて、亀井の手元にある写真集を、のぞき込んだ。

「風景の中の人間」と題された写真集だった。

炉端に腰を下ろして、猟銃の手入れをしている四十歳ぐらいの男が写っていた。

眼つきの鋭い、身体の大きな男で、男の持つ不敵な雰囲気が、写真から伝わってくる感じだった。


〈猟銃の手入れをするK・I氏　北海道大雪山《だいせつざん》付近の山小屋で〉


と、書いてある。

「K・Iというのは、岩井耕作のことか？」

と、十津川がきくと、亀井は、机の引出しから、岩井夫婦の写真を取り出して、写真集の横に置いた。

「同一人です」

「そうだな」

「北海道大雪山近くとなっていますが、この写真の小屋は、かなり大きいように見えます。ひょっとして、この小屋に、三組のカップルが、監禁されているんじゃないでしょうか？」

「そうだが、この写真は、大雪山近くというだけでは、あまりにも、ばくぜんとしすぎているな」

それでも、その写真を、北海道警の君島に送ることにした。緊急を要するので、電送することにして準備をしているところへ、宮城県警から、電話が入った。

相手は、捜査一課の島田警部だった。

「仙台市内に、仙台狩猟クラブというのがあり、問題の岩井耕作も、三年前から、このクラブに入っています」

と、島田がいった。

「北海道との関係はどうです？」

「この狩猟クラブの一人の証言ですが、岩井は、北海道に山小屋を持っていると話していたそうです」

「妻の岩井年志子は、建売住宅をローンでやっと買ったといっていましたが、よく、北海道に、山小屋を買う余裕がありましたね？」

「あれは、嘘です」

「やっぱり、そうですか」

「岩井耕作は、婿養子ですが、年志子のほうは、両親が死んで、このあたりの土地を引き継いだ地主です。あの建売りも、自分の土地に建てたものです」

「なるほど」

「その土地も、あの夫婦は、最近、売り払っています。別に、急に金が要る必要もないと思われるのにですよ。売った価格は、五千万以上です」

「北海道に、岩井耕作が持っている小屋というのは、どこにあるんですか？」

「旭川《あさひかわ》市から、車で約一時間のところにある『新大雪山荘』という山小屋だそうです。猟友の話では、今年の夏、連れて行ってくれるということだったのに、いつの間にか立ち消えになってしまったといいます」

「新大雪山荘ですか」

「二階建てで、収容人員は十五、六名だそうです」

「それだな。旭川市からの道順は、わかりますか？」

「残念ながら、わかりません」

場所はわからなくても、小屋の名前がわかっていれば、道警が見つけ出してくれるだろう。

十津川は、改めて、電話で、道警の君島に、「新大雪山荘」の名前を伝えた。

6

「これで、あとは、北海道警に任せればいいことになりましたね」

亀井がいうと、十津川は、首を横に振って、

「まだ、しなければならないことがあるよ」

「東京で起きた二つの殺人事件のことですね」

「それもあるが、福岡の村田夫婦、名古屋の坪井夫婦、それに、仙台の岩井夫婦たちが、なぜ、協力して、ベトナム難民のために、北海道であんなことをしたのか、その理由がわからん」

「村田の口から聞くことは、今のところ、出来そうもありませんね」

「ああ。あの男は、喋らないな」

「彼の奥さんはどうです？　福岡市内の病院に入院しているはずですが」

「福岡県警に頼んであるが、何も話さないそうだ。村田が、覚悟して、連行されて来たように、彼の細君も、覚悟しているらしい」

「村田が、ベトナムに関心を持つのは、わかりますね。彼がF大で教えているのは、戦後外交史ですから、当然、インドシナ問題に関心があるでしょう。それに、カメラマンの坪井夫婦は、『一九七〇年・サイゴン』のような写真集を出していますから、こちらも、当然、ベトナム難民問題に関心があるはずです」

「岩井耕作は、東京の人間だといったね？」

「そうです。岩井年志子の婿になる前の姓は金子です。東京のK工大の土木科を卒業しています」

「そのあと、東京で、建設会社に就職したといっていたが？」

「太陽建設です」

「太陽建設なら、一流会社だな」

「そうです。建設会社の中では、五指《ごし》に入る大会社です」

「太陽建設か――」

と、十津川は、口の中で呟いていたが、急に、眼を光らせた。

「どうされました」

「思い出したことがあるんだ。これから、すぐ、太陽建設本社へ行ってみよう」

十津川は、それだけいって、立ち上がった。

部屋を出て行く十津川に、亀井は、階段で追いついて、

「太陽建設が、どうかしましたか？」

「まだ、ベトナム戦争の最中だ。それも、南ベトナムが内戦の様相を示し始めた頃だよ。日本の建設会社が、サイゴンの近くに、ダムを建設していた。資金は、日本政府から出ている。この会社が、確か、太陽建設だったよ」

「そういえば、そんな話がありましたね」

「だから、金子耕作が、ベトナムに行っていた可能性が出てきたんだ」

十津川と亀井が、京橋にある太陽建設本社に着いたのは、午後四時少し過ぎだった。

十津川たちは、営業部長に会った。

渡された名刺には、岡本琢也《たくや》と書いてある。アフリカから帰ったばかりとかで、逞《たくま》しく陽焼けした五十二、三歳の男だった。

「ああ、サイゴン近郊のダム工事のことですか」

と、岡本は、肯いて、

「政情不安な国への援助は、よほど、慎重にやらなければいけないことを学びましたよ」

「あのダムは、八分どおり完成していたんじゃなかったですか？」

「そうです。その頃から、解放戦線のゲリラ活動が盛んになりましてね。向こうに派遣されているうちの社員は、政府軍兵士に銃で守られながら、作業していましたよ。それでも、ゲリラに、何度か、爆破されました。そのうちに、本格的な内戦に入ってしまって、ダム工事が不可能になりましたよ。しかし、だいぶ後まで、うちの社員が、向こうに残っていました。平和になったら、すぐ、作業に取りかかる気でね」

「向こうに行っていた社員の名前はわかりませんか？」

「名簿が出来ていますから、わかりますよ」

岡本は、背後のキャビネットから、書類を取り出して、十津川に見せた。

サイゴン近郊のダム建設に従事した社員の名前が、年度ごとに書いてあった。

その中には、「死亡」と注がしてある箇所もあった。

「その二人は、ゲリラが仕掛けたプラスチック爆弾にやられました。解放戦線側は、警告していたんですが、われわれは、それを甘く考えていましてね。それが、二人を死なせてしまったのです」

金子耕作の名前も、予想どおり、その名簿に出ていた。

金子耕作が、ダム建設のために、サイゴンにいたのは、一九六七年から六九年にかけての三年間である。

米軍の北爆の最中に赴任《ふにん》し、それが停止され、米軍が撤退を決定し、戦争のベトナム化が始まった頃、帰国したことになる。

「六九年のところに、『行方不明』と書かれて、それが、また消されていますが、これは、どういう意味ですか？」

「一時、彼が行方不明になったことがあるんですよ。六九年の八月ですが、解放戦線地区に出かけたらしいというので、解放戦線側に捕まったのではないかと考えていたんですが――」

「違っていたんですか？」

「彼は、日本人のカメラマンたちをジープに乗せて、案内している途中に、地雷に触れて負傷したんです。その時、近くのベトナム人の家で、手当てを受けていたことがわかりました」

「日本人のカメラマンですか？」

「ええ。彼は、人が好《い》いですからね。解放戦線地区を見たいという日本人の希望に押されて、案内したんだと思いますね」

「そのカメラマンたちの名前は、わかりませんか？」

「当時の新聞の切り抜きが、最後のところに挟《はさ》んであるはずですよ」

と、岡本がいい、十津川が、頁をくってみると、当時の新聞の切り抜きが、挟んであった。

〈サイゴン発　八月十二日

一週間前、ダラット地区で行方不明になり、解放戦線に連れ去られたのではないかと心配されていた太陽建設社員の金子耕作さんら四人が、無事であることがわかった。

この人たちは、カメラマンの坪井保夫さん（三二）、福岡F大で戦後外交史を研究している村田拓二さん（三五）、同じく、F大で、東南アジアの内戦と革命を研究している一条《いちじょう》清《きよし》さん（三五）の三人と金子さんの四人で、ダム建設に、三年前から赴任していた金子さんの運転するジープで、ダラット近くに行ったところ、地雷に触れて、車が爆破、四人は、地面に投げ出されてしまった。その際、四人は負傷し、動けなくなった。この辺りは、昼は政府軍の支配、夜は、解放戦線の支配地区といった場所で、危険地帯だったが、ちょうど、車で通りかかったベトナム人夫婦に助けられ、四人は、その家で今まで治療を受けていたのだという。

このベトナム人夫婦は、ベトナム銀行の副支配人、フィン・ダイ・ルオン夫妻で、サイゴン市内の夫婦の邸で、四人は、手厚く看護されていたという〉

「この銀行の副支配人夫婦は、その後、どうなったかわかりませんか？」

十津川がきくと、岡本は、首を振って、

「あの革命騒ぎの時、死んでしまったか、あるいは、国外へ逃げ出したか、それとも、サイゴンが、ホーチミン市と変わった今も、そこにいるのか、こちらでは、全くわかりませんね」

「金子耕作さんは、このあと、どうなったんですか？　太陽建設を辞めたのはわかっていますが、なぜ辞めたのか、わかりますか？」

「その事件があってすぐ、帰国しましてね。うちは、将来性のある社員と考えていたんですが、しばらくして、突然、退職しました。あとで聞くと、彼は、仙台の地主の一人娘のところへ、婿養子になったそうです。見合いだということは聞きましたが、その他のことは知りませんね」

「金子耕作さんと一緒にジープで行った他の三人の消息についてはどうです？」

「うちの社員じゃないのでわかりませんね。福岡F大のお二人ですが、その人たちは、学校のほうから、注意を受けたそうですよ」

「そうでしょうね。八月といえば、夏休みだが、大学の人間が、いかに自分の研究のためとはいえ、内戦のベトナムに出かけるというのは、おだやかじゃありませんからね」

十津川は、微笑した。

彼は、満足していた。岩井（金子）耕作と、坪井保夫、それに、村田拓二の三人の関係が、これでわかったし、ベトナムとの関わり合いもわかったからである。

「ここに出てくる一条清という人間についても、調べてみる必要があるな」

と、十津川は、同行した亀井に、小声でいった。

第十章　救出作戦

1

昼から、急に天候が崩れてきた。

道警の君島たちは、旭川市警察署に、人質救出の作戦本部を置いていた。

机の上には、旭川市を中心にした大きな地図が広げてあり、「新大雪山荘」のある場所には、赤い丸印がつけてある。

雷鳴が聞こえ、窓の外に、強い雨足が走り始めた。

「ヘリコプターは、使えませんね」

と、小早川刑事が、口惜しそうにいった。

ヘリコプターは、今日のために用意したのだが、これは、どうやら無駄になったようである。

「天候が回復するまで、待機しますか？」

旭川署の刑事が、君島を見た。

三組の新婚カップルの救出作戦の総指揮は、署長になっているが、実際の指揮は、君島に任されていた。

「それは出来ない」と、君島はいった。

「一日おくれたことで、いや、一時間おくれたことで、六人の誰かが殺されてしまうことだって考えられるからだ。それに、天候が悪化して、ヘリを使えないのは残念だが、相手に気付かれずに、小屋に近づけるという利点もある。小屋の見取図は、全員に配ったろうね？」

「コピーして、全員に配りました」

と、小早川が答えた。

「新大雪山荘」の見取図は、この山小屋を建てた旭川市内の建設会社から、借りたものだった。

その大きな見取図は、この作戦本部の壁に貼りつけてあった。

山の中腹に建てられた二階建ての小屋である。

東京からの連絡では、岩井耕作の名前しかなかった。が、六人の男女を監禁しているのだから、最低、あと一人ぐらいは、いるはずだし、どちらも猟銃を持っていると見たほうがいいだろう。

君島を含めて、十人の救出隊員は、防弾チョッキを身につけていた。

「本当に、この山荘に、三組のカップルが監禁されているんでしょうか？」

刑事の一人がきいた。

それは、すでに、何度もくりかえされた疑問だった。

「新大雪山荘」の場所がわかってから、さまざまな方法で、内部の様子を探る努力がつくされた。

ただ、警察が眼をつけたと知ったら、犯人が、人質の六人を殺す危険があった。そのために、ヘリをあまり近づけて飛ばすことは出来なかったし、直接、この山荘を訪ねることも出来なかった。

従って、近くを通ったという人間を見つけ出して、話を聞くことに、主力がつくされた。

その結果、山荘の横に、八人乗りのワゴンが置いてあること。一週間前、同じワゴンを、男が運転して、旭川市内のスーパーで、多量の食糧品を買って行ったことがわかった。

君島は、これで十分だと考えた。それでも、山荘にいなかったら、それは、不運とあきらめるより仕方がない。

「いないかもしれんが、だからといって、今、他に探すところがあるかね？」

と、君島はいい、

「出かけるぞ！」

と、立ち上がった。

2

先頭のジープに、君島と小早川が乗り、続くハーフトラック二台に、八人の刑事が乗り込んだ。

雨足が強くなってきている。

三台の車は、雷鳴のとどろく中を出発した。

ジープを運転する小早川は、雨に煙る前方を、注意深く見つめながら、

「相手は、射ってくるでしょうか？」

と、君島にきいた。その答えを求めているというより、襲ってくる緊張感から逃れようとして、喋っているのだった。

「多分な」

君島は、短く答えた。

「猟銃だとすると、散弾を使ってくるでしょうね？」

「怖いのか？」

「射ち合いというのは、あまり好きじゃありません」

「私だって同じだ」

地図に従って、三台の車は、左手に折れた。

「新大雪山荘」という名前だが、国立公園の大雪山内にある山荘ではない。大雪山に近いN山の山腹にある山荘だった。

頭上の雲は、いよいよ厚くなってくるし、雨足は、相変わらず激しい。周囲が薄暗くなってきたので、ライトをつけた。

四十分で、N山の麓《ふもと》に着いた。

双眼鏡でのぞくと、雨に煙って、原生林が広がり、その間に、小さく山荘が見えた。ブルーのワゴンが、横手に駐《と》めてあるところを見ると、犯人も、小屋にいると見ていいだろう。

「ここからは、車をおりて、近づくぞ」

君島は、自分から先に、ジープをおりた。

降りしきる雨が、ヘルメットに当たって、鈍い音を立てる。

山道は、雨に濡れて滑りやすくなっている。君島たち十人の刑事は、一歩、一歩、ふみしめるようにして、原生林へ入って行った。

山荘が近づくと、君島は、隊員を二手に分けた。

山荘にも、明かりがついている。

「今から、きっかり五分後に、表と裏から同時に突入する」

と、君島は、全員にいった。

君島は、小早川と、他に三人の刑事とで、山荘の表に回った。

耳をすませても、中からは、何も聞こえてこない。話し声も、悲鳴もである。

君島は、じっと、腕時計を見た。秒針が、ゆっくり動いている。君島は、拳銃を抜き出し、弾丸が装塡《そうてん》されているかどうか確認した。

「よし、行こう」

と、君島は、甲《かん》高い声でいった。

山荘内の見取図は、しっかりと、頭に入っている。

しかし、人質六人が、一階、二階のどちらに監禁されているのか、犯人は、どこにいるのかは、わかっていない。だから、その点は、出たとこ勝負だった。

小早川が、ドアに手をかけた。

しかし、中から錠を下ろしているとみえて、いくら引っ張っても、ドアは、開かなかった。

小早川が、君島を見た。

「ぶち破りますか？」

「ちょっと待て」

と、君島がいった時、ふいに、中で、男の叫ぶ声がした。

裏に回った五人が、突入したらしい。

もう、猶予はならなかった。

君島は、ドアの錠の部分に、拳銃を向け、引金をひいた。

激しい銃声がして、ドアの破片が飛び散った。

小早川が、ドアを開ける。同時に、君島たちが、中に飛び込んだ。

猟銃を持った中年の男が、そこにいた。男は、ほとんど同時に、表と裏から飛び込んで来た刑事たちの、どちらに銃を向けていいのかわからず、狼狽《ろうばい》していた。

「銃を捨てろ！」

と、裏から飛び込んだ刑事の一人が、叫んだ。

男は、その声に向かって、引金をひいた。

凄まじい銃声が起き、閃光《せんこう》が走った。

君島の傍にいた小早川が、ダイビングするように、男に飛びついた。二人の身体が、床に転がった。

君島は、拳銃を手に、他の刑事と一緒に、階段を駈けあがった。

若い男が、猟銃を片手に、踊り場に出てくるのと、ぶつかった。

君島は、拳銃を向けて、

「銃を捨てろ！」

と、怒鳴った。

若者は、どうしたらいいかわからないといった顔で、君島を見つめていた。細っそりとした、二十七、八の青年で、誘拐犯の感じではなかった。まるで、優しい眼をした文学青年の感じだ。

「銃を捨てなさい」

と、君島は、今度は、いくらか、優しくいった。

青年は、二連銃を持っていたが、撃鉄は起こしていないし、引金に指もかかっていなかったからだ。射つ意志がないのだ。

刑事の一人が、青年から、銃を取りあげた。

青年は、両手をあげ、

「――――」

何か、甲高い声でいった。

日本語ではなかった。英語でもない。

(日本人じゃないのか?)

と、君島が、首をかしげた時、階下で、銃声がした。

君島が下を見た。

犯人の中年男が、胸から血を吹き出して床に倒れ、その傍に、小早川刑事が、呆然と突っ立っていた。

「申しわけありません。取っ組み合いの最中に、私の持っていた拳銃が暴発しまして」

「どうしたんだ?」

「すぐ、救急隊員を呼ぶんだ!」

と、命令してから、君島は、もう一度、青年を見た。

「人質は、どこにいるんだ?」

「寝室で、寝ています」

と、青年は、今度は、日本語で答えた。気のせいか、少しばかり、アクセントがおかしかった。

「寝ている?」

それなら、これだけ騒がしいのに、なぜ、起き出してこないのか。

「睡眠薬を、食事に混ぜて与えたので眠っているのです」

「まさか、殺したんじゃあるまいな」

君島は、寝室のドアを押し開けた。

大きな畳敷きの部屋に、布団が敷きつめられ、六人の男女が、寝息を立てていた。

3

十津川は、福岡のF大事務局に電話をかけていた。

「一九六九年に、南ベトナムに行って、問題を起こした一条清さんのことを、教えてもらいたいんですが」

と、十津川がいうと、最初に出た青年は、当時のことをよく知っている人と代わりますといい、中年の男の声になった。

「一条さんは、もう一人の村田さんと、助教授をめざして、うちの大学院で勉強されていたんですが、十年前に、あの事件を起こしましてね。村田さんは、大学に詫びを入れて、その後、助教授になられましたが、一条さんは、東京へ出られました」

「東京へ行ってからのことは、わかりませんか？」

「ルポライターの仕事をやられています。最近、名前が出てきたので、こちらとしても喜んでいるのですがね」

「一条清というルポライターは、ちょっと知りませんが、どんなものを書いているんですか？」

「一条清の名前では、書いていません。確か、西本清というペンネームを使っていたはずです」

その名前なら、十津川も、聞いた記憶があった。

電話を切ると、十津川は、亀井に向かって、

「西本清の名前で、書かれた本を探してきてくれ」

と、いった。

亀井が、図書館に行ったあとで、北海道の君島から、電話が入った。

「とうとう、見つけたよ」

電話の向こうで、君島の声が、はずんでふるえている。

「あの山荘に、六人とも監禁されていたんだな？」

つられて、十津川の声も、大きくなった。

「そのとおりさ。睡眠薬を多量に飲まされていたので、すぐ、病院に運んだ。命に別状はない。意識が回復すれば、訊問できるだろう」

「犯人は？」

「岩井耕作がいたが、死んだよ。うちの刑事と組み合っているうちに、拳銃が暴発して死んだんだ。即死で、手のほどこしようがなかった」

「岩井耕作一人だったのか？」

「もう一人、グエンという二十七歳の青年がいた」

「グエン？　ベトナム人か？」

「そうだ。六年前に、留学生として日本に来て、K大で、医学の勉強をしていたが、その間に、祖国があんなことになって、家族の消息は、全くわからないといっている。今は、帰るべきところもなくて、東京で、働いていたんだそうだ。ベトナム難民のためだというので、手伝ったんだろうが、全く抵抗をしなかったよ」

「犯人の中に、全日航のスチュワーデスが一人いるはずなんだ。その名前を知りたいんだが、人質の意識が回復するのは、いつになるんだ？」

4

「明日になればと、医者はいっているんだが」

「明日か」

「間に合わないのか？」

「今夜も、羽田発千歳行きのムーンライト便は飛ぶからね」

と、十津川は、いった。

別に、新しい事件を予見したわけではなかった。

亀井が、本を五冊ばかり抱えて、図書館から戻って来た。

どれも、西本清の名前で書かれたものだった。

その中の一冊、「ベトナムと東南アジア」と題された本は、西本清と村田拓二の共著になっていた。

発行されたのは、去年の九月二十五日である。

「やはり、今でも、村田と一条清は、親しくしていたんだな」

と、十津川は、いった。

「とすると、一条清も、今度の事件に関係している公算が強くなりましたね」

亀井が、本の裏表紙にのっている西本清（一条清）の顔写真を見ながらいった。

細面で、なかなかの美男子だった。

「全部で、八人か。一条清のことを調べてみてくれ。何でもいい。家族のことでも、つき合っている友だちのことでもいい」

「わかりました」

と、亀井が出て行ったあと、十津川は、腕時計を見た。

午後五時十八分。

今日の千歳行きムーンライト便が、羽田を出発するまで、あと、三時間足らずだった。

5

この日の夕刊に、北海道での人質救出が、報道された。

〈誘拐されていた三組の新婚カップル救出さる！〉

大きな活字だった。彼等が、東京や、横浜の人間だったために、北海道の事件だが、東京の新聞やテレビが、大きく報道した。

最初の蒸発事件が起きたのが、七月十八日、それから、すでに、半月が経過している。

その間、北海道警は、犯人の尻尾《しっぽ》すらつかめず、捜査本部の縮小さえ行なわれている。そうした屈辱を味わってきた道警の君島たちが、見事に六人の人質を救出したのである。報道陣に発表したい気持ちを、十津川もわからないではなかった。

十津川が、君島の立場でも、報道陣を集めて、六人の無事救出を発表するだろう。

「だが、まずいな」

と、本多捜査一課長が、十津川に、渋い顔をして見せた。

「そうです。犯人の中に、まだ捕まっていない者が、何人かいますから、この記事を見て、彼等が、何をしでかすかわかりません」

「あと、何人いたかな？」

「一条清という新顔が出てきましたので、彼が加わっているとすると、六人です。このうち、村田の奥さんは、入院中ですから、名前のわからないスチュワーデス一名を入れて、五人です」

「そのスチュワーデスの名前は、まだわからんのかね？」

「間もなくわかると思いますが、問題は、あと、二時間足らずで、今夜の千歳行きムーンライト便が、羽田を飛び立つことですが」

「また、何か起きると思うのかね？」

「わかりませんが、何となく気になりまして」

「そうだな。人質が救出されて、自暴自棄になった犯人たちが、何をするかわからんという不安はあるな」

「もう一度、村田を訊問してみます」

「彼が、何か知っていると思うのかね？」

「少なくとも、共犯のスチュワーデスの名前を知っているはずですし、いざという時、仲間が、どんな行動に出るかも知っているかもしれませんから」

村田は、朱《あか》い、充血した眼をしていた。これまで、常に彼の口元に浮かんでいた微笑は、今は、全くかげをひそめてしまっていて、まるで、別人のようだった。

(誰かが、「新大雪山荘」のことを、村田に教えたんだな)

と、十津川は、思った。看守が、事件のことが出ている夕刊を見せたのかもしれない。

「どうやら、岩井耕作が死んだことも、知っているようですね」

十津川は、相変わらず、丁寧な口調でいった。なぜかわからないが、この助教授に対して、普通の容疑者に対した時のような態度をとれなかった。

「看守が、夕刊を見せてくれました」

「やっぱり、そうですか」

「だから、岩井耕作さんが死んだことは知っています」

「三組の新婚カップルが、助け出されたこともですね?」

「ええ」

「事件は、終わったんです。だから、何もかも話してくれませんか?」

「全てが終わったのなら、私が話すこともないでしょう」

村田は、疲れたように、両手で、脂気の失くなった顔をなぜた。

「事件は終わりました。しかし、全てが終わったわけじゃありません。まだ、わからないことが、いくつも残っています。それが、新しい事件を起こさないとも限らない。だから、あなたに、全てを話して欲しいといっているのです」

「あなたのいう意味が、よくわかりませんね。三組の新婚カップルは、解放され、私は、逮捕され、岩井さんは死んだ。もう十分じゃありませんか」

「カメラマンの坪井夫婦や、岩井年志子の行方がわからない」

「私も知りませんよ。何しろ、私は、三日前に、福岡で逮捕され、ずっと、警察に留置されていたんですからね」

村田は、皮肉な眼つきをした。

「もう一人、全日航の職員の中に、あなた方を助けた人間がいるはずです。羽田発千歳行きのムーンライト便に乗っているスチュワーデスだと思うのですが、その名前を教えていただけませんか」

「そんな人間はいない！」と、村田は、強い調子でいった。

「われわれは、六人だけだ。他に仲間は誰もいない」

「われわれ六人というのは、あなた方夫婦、坪井夫婦、それに岩井夫婦の六人のことですか？」

「そうです。しかし、私の妻も、他の二人の細君も、ただ、夫の行動を、暗黙のうちに認めていただけで、積極的に支持したわけではない。それを考慮してください。死んだ岩井さんも、それを望んでいるはずです」

「そういえば、一九六九年に、サイゴン郊外ダラット地区で、ジープが地雷に触れた時、車に乗っていたのは、金子といっていた当時の岩井耕作、カメラマンの坪井保夫、それに、あなたと、同じF大の一条清の四人でしたね」

「それも、わかったのですか」

「調べるのが、われわれ警察の仕事ですからね」

「もう、十年も前のことです」

村田は、急に、遠くを見るような眼をした。それは、過ぎ去った青春の一時期を、回顧するような表情でもあった。

「私も、一条君も若かった。三十五歳で、大学で講師をしていました。私も彼も、内戦と、革命の実態を、自分の眼で確かめたくて、サイゴンにもぐり込んだのです。三十代だったからこそ、出来ることでしょうね」

やっと、村田の顔に、いつもの微笑がよみがえった。

「そこで、カメラマンの坪井保夫に会ったわけですね？」

「サイゴン市内のホテルで一緒になったのです。彼も、やはり三十代の若いカメラマンでしたよ。三人とも、とにかく、もっとも戦いの激しい地区に行きたかった。出来れば、解放戦線の兵士に会って、話を聞きたかった」

「それで、ダム建設に来ていた太陽建設の金子耕作のジープに同乗させてもらったわけですか？」

「そうです。昼は政府軍が支配し、夜は解放戦線が支配する地区へ、彼に案内してもらったのです。彼も、若かった。ジャングル地帯の近くまで行った時、突然、地雷が爆発して、私たち四人は、地面に放り出されたんです」

「負傷した――？」

「ええ。でも、その時は、四人とも気を失っていたのです。気がついた時は、サイゴン市内の大きな邸で、寝かされていました。ベトナム銀行の副支配人のフィン・ダイ・ルオン夫妻の邸でした。六十歳くらいの穏やかな人でしたね。オールド・リベラリストといった感じで、解放戦線からも狙われていたし、政府軍側からも、煙たがられていたようです。もし、この夫婦に助けられなかったら、われわれ四人は、死んでいたでしょうね」

「命の恩人というわけですね」

「そうです。この夫婦に、当時、三人の子供がいました。いずれも十代で、男の子二人に、女の子一人でしてね。私たちは、彼等と仲よくなりました。ルオン夫妻は、自分の子供たちが、果たして、この国で、無事に生きていけるかどうか心配していました。ところが――」

「ところが、どうしたんです？」

「私たちが、サイゴンを去ってすぐ、ルオン夫婦が、何者かに殺されたと知りました。解放戦線に殺されたのか、それとも、政府軍に殺されたのかは、わかりませんが、どちらにしろ、私たちを助け、かくまったことが原因です。多分、解放戦線側には、政府軍をかくまったと思われ、政府軍には、解放戦線をかくまったと思われたんでしょう」

村田の声が、重くなった。

「そして、十年後の今、何があったんですか？」

と、十津川がきいた。

「サイゴンが、ホーチミン市に変わり、ベトナムが統一されました。私たちは、ルオン夫婦の三人の子供の消息を知ろうとしたんですが、全くわかりませんでした。そして今年の一月末、ベトナム難民二百人を乗せたフィリピン船が、長崎に入港し、難民を上陸させようとしたことがあります」

村田の口調が、次第に熱っぽくなってきた。それは、十津川の訊問に答えているというより、自分の思い出を、自分で確認しながら語っているように見えた。

「日本政府は、人道上の見地から、二百人の上陸を一時的に許可し、近くのキリスト教会、その他に収容しました。しかし、日本への定住は許可せず、どこかの国が引き受ければ、そこに送りつけることにしたのです。私たちは、ルオン夫婦の三人の子供の消息が聞けるかもしれないと思って、その教会へ行ってみました。幸運にも、そこで、私たちは、十年ぶりに、三人の子供たちに再会したのです。みんな二十代の若者になっていました。三人とも、それぞれ、新妻やフィアンセを連れていました」

「それで？」

「彼等は、私たちに、こういいました。自分たちは、東南アジアで、途方にくれている同胞のために働きたいと。それも、自由にです。そのためには、日本の国籍を与え、日本政府発行のパスポートを持たせる必要があります。もし、私たちが、もっと若かったら、喜んで、私たちの戸籍を与え、私たちの名前で、パスポートをとってやったでしょう。しかし、私たちは、すでに中年です。それにくらべて、彼等は、いずれも二十代になったばかりでした。これでは、年齢の点で、すぐ、ばれてしまいます」

「それで、新婚カップルを、蒸発させることを考えたのですか？」

「私たちは、まず、彼等六人を脱出させ、北海道の『新大雪山荘』にかくまいました。そして、連日、日本語と、日本人らしく振舞う方法を教えたのです。幸い、彼等は、六人とも、日本人とよく似た顔をしていました。彼等六人に、日本人の名前を与え、パスポートを入手させるには、同じ年頃の新婚カップルのものが必要だと考え、全日航のムーンライト便に乗る新婚カップルに狙いをつけたのです。あとは、あなた方も、よく知っているとおりです」

「いや。それには、少なくとも、スチュワーデス一人の協力が必要です。共犯のスチュワーデスの名前と、彼女が、機内で何をしたのか教えてください」

「知りません」

「一条清も、共犯ですね？」

「彼は違う」

「嘘をいっては困りますね。一条清は、今でも、あなたと親しくつき合っているし、ルオン夫婦に恩返しをしたい気持ちは、あなたと同じはずだ。一条清の役目は何です？　リーダーは、彼ですか？　それともあなたですか？」

「――――」

「青田了介と、菅原君子を殺したのは、いったい、誰です？　誰が殺せと命令したんです？」

「私だ。私が、全てやったんです」

「そうとは思えませんね。まあ、全員のアリバイを調べれば、わかることですが」

7

亀井が戻って来たのは、午後八時を回っていた。

「一条清について、わかったことだけ、報告に帰って来ました」

と、亀井はいった。が、その顔は、興奮していた。

「何かつかんだね？　カメさん」

「一条清は、港区麻布《あざぶ》のマンションに、ひとりで住んでいますが、管理人の話では、最近、全く姿を見ないといっています」

「やっぱりな。家族はいないのか？」

「七年前に結婚しましたが、奥さんとは二年前に死別しています。子供はいません」

「他に家族は？」

「妹が一人います。年齢の離れた妹で、名前は一条佳枝《よしえ》です」

「ちょっと待ってくれよ」

十津川は、あわてて、全日航から送ってもらっていた乗員名簿を取り出した。

「問題のムーンライト便に乗ったスチュワーデスの中に、同じ一条佳枝という名前があるじゃないか」

「そのとおりです。一条清の妹は、全日航のスチュワーデスです」

亀井が、ニッコリ笑った。

十津川は、もう一つ、スチュワーデスの竹井ルミ子が、持って来てくれた、菅原君子の告別式の参列名簿も、見てみた。

どちらの名簿も、新大雪山荘の救出作戦や、ベトナム難民問題に追われて、見るのを忘れていたのである。

十津川は、ある予感に襲われて、受話器を取ると、羽田の全日航営業所のダイヤルを回した。

「今夜の、千歳行きムーンライト便のことですが」

と、十津川がいうと、電話口に出た女事務員は、明るい声で、

「それなら、定刻に出発いたしました」

「その便に乗っているスチュワーデスの名前を教えていただけませんか」

「は？」

「一条佳枝というスチュワーデスが、今夜の便に乗っているかどうか、至急調べてください。誘拐、殺人事件に関係があるんだ」

「少々、お待ちください」

相手は、あわてていい、書類を繰っているような音が聞こえてから、

「一条佳枝は、今夜のムーンライト便に、搭乗しておりますが」

十津川は、予感が当たったのを知った。

まだ、一条佳枝が、今度の事件で、どんな役割を果たしたのか、正確にはわからない。

だが、彼女が、犯人の一人であることは確かだと思うし、今日の夕刊にのった記事も見ているだろう。

（どんな気持ちで、乗っているのだろうか？）

そう考えると、十津川は、不安に襲われてくるのだ。

「彼女の写真は、あるのか？」

十津川が、亀井を見ると、手札形の写真が差し出された。

全日航の制服を着た写真だった。美人だったが、そのことよりも、まっすぐに前を見つめた、思いつめたような表情のほうが気になった。

「初めての搭乗の時に撮った写真だそうですから、緊張した顔で、写っているんだと思います」

と、亀井がいった。

確かに、それもあるだろう。だが、この娘は、何かを思いつめる性格のような気がする。そうだとすると――。

「私は、羽田空港へ行って来る」

と、十津川は、立ち上がって、

「君は、道警の君島に連絡して、千歳で、一条佳枝を逮捕するようにいってくれ。向こうに着くまでに、何もなければの話だが」

「機上で何か起きるとお考えですか？」

「不安を感じるんだ」

「私は、道警に連絡したあと、どうします？」

「一条佳枝のことを、もっとくわしく調べて、何かわかったら、羽田へ来てくれ」

十津川は、また、時計を見た。

午後八時四十分。

全日航五三七便は、今、どの辺りを飛んでいるのだろうか？

第十一章　新たな展開

1

十津川は、パトカーに乗り込み、羽田空港に通じる首都高速を飛ばした。

サイレンを鳴らし続けての疾走だったが、それでも、二車線の狭さと、避けようのない渋滞のために、空港に着いたのは、午後九時を回っていた。

羽田発の国内線の最終便は、福岡行きである。この便も、定刻の午後八時三十分に出発してしまっていた。

あとは、到着便だけである。

静けさを取り戻した空港の中を、十津川一人は、小走りに歩いて、まず、空港長の滝田に会った。

小柄だが、猪首《いくび》で、頑健な身体つきの五十五、六歳の男である。

「千歳行きの最終便に連絡を取りたいのですが」

と、十津川は、滝田にいった。

「ムーンライト便ですね」

「そうです」

「管制センターから連絡が取れますが、何か事件でも？」

「事件が起きる可能性があるので、機長に注意を促しておきたいのです」

「それなら、一緒に、管制センターへ行きましょう」

滝田が、腰を上げた。

「今夜の五三七便には、どのくらいの乗客が乗っているんです？」

一緒に、管制塔に向かいながら、十津川は、滝田にきいた。

「今夜も、満席だと聞いています」

「満席というと、三百人？」

「そうです。三百二十八人です」

「人気のあるルートということですね」

「世界一の黄金ルートです」

「ほう」

「アメリカ第一の黄金ルートは、ニューヨーク—シカゴ便で、この年間乗降客は百六十八万人です。羽田—千歳便のほうは、その四倍以上の七百万人を一年間に運びました。一日約二万人です」

滝田が、誇らしげにいった。

十津川は、満席で、三百人の乗客のことを考えていた。もし、何か事件が起きれば、その乗客が、危険にさらされるのだ。

管制塔は、朝八時から続いた緊張から、やっと解放されたところだった。

あとは、九時四十分に大阪から到着する一三〇便、十時ちょうどの札幌からの最終五二四便、十時十分に福岡から到着する三七七便で、終わりである。

現在、九時十二分。四十分まで、ひと息入れられる。

空港長の滝田は、管制官たちに十津川を紹介してから、

「千歳行きの全日航最終便は、今、どの辺りを飛んでいるんだね？」

と、きいた。

管制官の一人が、時計に眼をやって、

「二分前に、宮古上空を通過したという報告が入りました。あと数分で、札幌管制センターの空域に入ります」

「機内で、何か事故は起きていませんか？」

と、十津川がきいた。

「山本機長からの報告では、全て順調、天候は快晴ということですが」

「その山本機長に、連絡がとれますか？」

「呼び出しましょう」

管制官は、マイクを取りあげ、全日航五三七便を呼んだ。

間を置いて、

「こちら、全日航五三七便」という中年の男の声が、返ってきた。

「機長の山本です」

「私に話させてください」

と、十津川はいい、管制官から、マイクを渡してもらった。

「私は、東京警視庁の十津川警部です」

「東京警視庁ですって？」

山本機長の声が、戸惑ったように、きき返してきた。

「そうです。東京警視庁の十津川です。機内で、何も起きていませんか？」

「何も起きていません」

「スチュワーデスの中に、一条佳枝という人がいるはずです」

「ちょっと待ってください」

「どうしたんです？」

「ちょっと待ってください」

と、山本機長は、同じ言葉を繰り返した。

不安が、十津川の胸をよぎった。機内で、何か起きたのだろうか？

2

山本機長は、マイクを口元から外して、コクピットの中に入って来たスチュワーデスを見つめた。

「誰か、また、ドリンクを頼んだのか？」

と、山本が、コクピットを見回した。

羽田空港を出発して、二万九〇〇〇フィートで水平飛行に移ると、キャビンでは、乗客に対するおしぼりと、ドリンクのサービスが始まる。同じ頃、スチュワーデスが、コクピットの機長たちにも、ドリンクを運んで来てくれる。それはもうすんでいる。

「いや、頼みませんよ」

河西副操縦士が、変な顔をした。機関士の近藤も、首を振った。

「何の用だね？」

山本は、蒼《あお》い顔をしているスチュワーデスにきいた。

「この五三七便は、ハイジャックされました」

スチュワーデスが、甲高《かん》い声でいった。

「ハイジャック？　どういうことなんだね？　ええと――」

「一条佳枝です」

「そうだ。一条君だったね。君のいう意味がよくわからんな。誰が、ハイジャックしたんだって？」

「私と、私の仲間です」

「君と、君の仲間がだって？」

山本機長は、あっけにとられた顔で、相手を見つめた。

（これは、悪い冗談だ）

と、山本は、思った。このスチュワーデスと組んで、何度か飛んだことがある。口数は少ないが、まじめな娘だという印象がある。それに、何といっても、全日航の人間なのだ。それが、自分の会社の飛行機をハイジャックするとは考えられない。

「悪い冗談は、止《や》めたまえ」

山本は、笑って見せたが、スチュワーデスの顔は、蒼ざめたままだった。

今度は、山本の顔が、蒼ざめてきた。

機関士の近藤が、あわててキャビンに通じる電話で、パーサーの徳永を呼んだ。

「当機が、ハイジャックされたというのは本当ですか？」

「今、機内にプラスチック爆弾を仕掛けたという乗客《パッセンジャー》がいます。相手は男二人です」

徳永の声が、はね返ってきたのと、ほとんど同時に、拳銃を持った中年の男が、コクピットに入って来た。

サングラスをかけた四十五、六歳の男だった。

男は、いたわるように、スチュワーデスの肩を軽く叩いてから、銃口を、機長に向けた。

「われわれは、機内の三カ所にプラスチック爆弾を仕掛けた。命令にそむけば、爆発させる」

男の声は、落ち着いていた。

「爆破すれば、君たちも死ぬぞ」

と、山本は、いい返した。

「その覚悟は出来ている」

「どうする気だ？」

「予定どおり、千歳空港に着陸させるんだ」

3

五三七便は、すでに、札幌管制センターの空域に入っていた。

羽田の管制塔にいた十津川は、山本機長と、札幌管制センターとの交信で、ハイジャックを知った。

――こちら全日航五三七便。機長の山本です。ただ今、ハイジャック発生。

――こちら札幌管制塔。本当ですか？

――ハイジャッカーは、機内にプラスチック爆弾を仕掛けたといっています。

――犯人たちの要求は何ですか？

――取りあえず、千歳に着陸するよう要求しています。

――了解。一万四〇〇〇フィートまで降下してください。

――了解。

――犯人たちは何人かわかりますか？

――女性一人と男性二人と思われます。男は拳銃で武装しています。

――了解。四〇〇〇フィートまで降下してください。

十津川は、蒼《あお》ざめた顔で、空港長の滝田を見た。

「警部は、全日航五三七便がハイジャックされることを予期しておられたんですか？」

と、滝田が、きいた。彼の顔も蒼ざめている。

「その可能性はあるかもしれないと思っていました。しかし、確信があったわけじゃありません」

十津川は、今までの事件の経過を、滝田に説明した。滝田の顔が、赧《あか》くなった。

「すると、全日航のスチュワーデスも、ハイジャックに加担しているといわれるんですか？」

「一条佳枝というスチュワーデスがです」

「その他の二人は、わかりませんか？」

「多分、カメラマンの坪井保夫と、ルポライターの一条清だと思います」

「彼等が、何を要求するつもりかわかりますか？」

「今のところ、見当がつきません。彼らは千歳で燃料を補給して、海外へ逃亡しようとしているのか――」

と、いってから、
十津川は、小さく首を振って、

「いや、違いますね」

「なぜです？」

「海外へ逃亡する気なら、今までに、出来ているはずだからです。彼等が犯人の一味とわからないうちにです」

「すると、いったい何を？」

「それを、今、考えているんですが――」

十津川は、語尾を濁した。彼等が、何をしようとしているのか、まだ、見当がつかない。それに、追い込まれた犯人たちが、新しい事件を起こしたと考えていたのだが、ひょっとすると、五三七便をハイジャックすることは、最初からの計画だったのではあるまいか？
五、六分して、亀井が、到着した。
「ムーンライト便が、ハイジャックされたぞ」

と、十津川が告げると、亀井の顔色も変わった。

「やはり、一条佳枝たちですか？」

「それに、兄の一条清と、カメラマンの坪井保夫が加わっているらしい。君のほうは、何か収穫があったかね？」

「一条佳枝の部屋から、面白いものを見つけました」

亀井は、小さく折りたたんだ紙片と、白い封筒を、ポケットから取り出した。広げると、全日航のマークの入った印刷物だった。封筒にも、同じマークが入っている。

〈あなた方は、全日航の夜間飛行便《ムーンライト》にお乗りになった一万人目の新婚カップルです。それを記念して、ささやかなプレゼントをしたいので、　月　日　時頃、左記の海岸へ、お出でください。そこから、クルーザーでの楽しいひとときを、全日航がプレゼント致します〉

「それを、おたくで印刷したことがありますか？」

と、十津川は、滝田を見た。

「いや。そんなものを印刷したことはありません」

「そうでしょうね」

十津川は、肯いた。

一条佳枝が、というより、犯人たちがといったほうがいいだろう。勝手に印刷したものに違いない。

空欄に、日時と場所を記入し、封筒に入れて、これはと思う新婚カップルに渡すのが、一条佳枝の役目だったのだろう。

全日航のマークの入った印刷物だし、渡す人間が、全日航のスチュワーデスなのだから、貰った新婚カップルは、簡単に信じ、指定された場所へ出かけただろう。

人気《ひとけ》のない海岸に行くと、そこに、夢のような、純白の大型モーターボートが待っている。若者たちは、何の疑いもなく、乗り込んでいったに違いない。

スチュワーデスの一条佳枝は、これを、新婚カップル三組に渡した。それを、自転車屋の青田了介が、目撃して、不審に思い、脅迫したのだろう。

同僚の菅原君子のほうは、一条佳枝の行為に不審を抱き、いろいろと、問い詰めたりしたに違いない。

そして、二人は殺された。

「これで、今度の事件で一条佳枝の役割がわかったな」

と、十津川は、いってから、

「しかし、彼女は、なぜ、村田たちに協力し、今度は、ハイジャックの片棒をかついだんだろう？　兄の一条清を尊敬し、彼の考えに共感したからだろうか？　それにしても、彼女は、別に、ベトナム人に命を助けられたわけじゃない」

「その答えは、これかもしれません」

亀井は、一枚の写真を、十津川に見せた。

若い男と女が、水着姿で並んでいる写真だった。男の手が、女の腰のあたりに回されている。女は、一条佳枝だった。

「彼女の部屋にあった写真です」

「恋人同士って感じだな」

「男の顔に見覚えはありませんか？」

「そういえば、見た記憶がある。そうだ。北海道の山荘で捕まったグエンというベトナム青年だな」

「そうです」

「なるほどね。一条佳枝をかり立てたものは、愛か」

4

夜の千歳空港には、厳戒体制が施《し》かれた。

幸いなことは、ハイジャックされた全日航五三七便が、千歳に到着する最終便だということだった。

千歳発羽田行きの最終便も、一時間前に出発してしまっている。

道警本部からは、君島警部と、小早川刑事が来ていたが、これは、最初、五三七便が着き次第、一条佳枝を逮捕するためだった。

それが、ハイジャックの発生で、急遽《きゆうきよ》、道警本部長の浅井が駈けつけ、機動隊員百名が動員された。

君島と、浅井は、空港長の日下《くさか》に案内されて管制塔《コントロール・タワー》にあがった。

頭上には、美しい夜空が広がっていて、それを見ている限り、事件が起きたという実感は、なかなかわいてこない。

「五三七便は、あと十五分で到着します」

と、日下が、壁にかかっている大きな時計に眼をやった。

管制センターと、五三七便との交信は、君島にも聞こえてくる。

管制官と、機長の声は、どちらも落ち着いている。それが、君島には、頼もしかった。

「ただ今、戸井インターセクション通過」と、管制官が、五三七便に向かって伝えている。

「了解《ラジャー》」

「三〇〇〇フィートまで降下してください」

「現在の時速三五〇ノット。降下率毎分二五〇〇フィート」

と、レーダースクリーンを監視している管制官が、コールする。

五三七便を、千歳空港の誘導用レーダーが捉えている。

「二〇〇〇フィートまで降下してください」

「了解」

「着陸は、ILSアプローチ。ランウエー36Rを使用してください」

「了解」

36Rは、海側からの着陸を意味している。陸側、札幌側から入る時は、18Lである。

やがて、夜空に、飛行機の灯が見えた。

機内が、どうなっているかわからないことに、焦燥を感じながら、君島は、近づいて来る五三七便を見つめた。

ギアダウンしたのが、君島にも見えた。

その間も、管制センターからの指示は、続いている。

「一〇〇フィート」

「五〇〇フィート、一三〇ノット、そのまま降下してください」

「了解」

巨大なトライスターの機体が、機首を心もち持ちあげたような姿勢で、滑走路に近づく。

音を立てて車輪が接地した。ブレーキが、悲鳴をあげる。火花が散るのが見えた。

全長五五・六メートルの巨体は二七〇〇メートルの滑走路を使い切って停止した。

三基のエンジンの音が、急速に小さくなっていく。

空港長の日下が、マイクを受け取って、五三七便に呼びかけた。

「空港長の日下だ。大丈夫かね？」

「機長の山本です。今のところ、乗客、乗員に、怪我人は出ていません。ハイジャッカーの一人が、話したいそうです」

「出してくれ」

「これから、われわれの要求を伝える」

急に、太い男の声に代わった。

「君の名前は？」

「私の名前は、関係ない」

と、相手は、強い声でいった。

「じゃあ、君たちの要求をいいたまえ」

「われわれは、機内の数カ所に、プラスチック爆弾を仕掛けた。もし、要求が入れられなかった場合や、警察が介入してきた場合は、この飛行機を爆破する」

「わかった」

「まず、マスコミ関係者を呼んで欲しい」

「マスコミ関係者？」

「われわれの要求を、日本中の人にわかってもらいたいからだ。これから一時間以内に、集めてもらいたい。これが、第一の要求だ」

「それだけかね？」

「目下のところは、それだけだ」

「要求は受け入れるから、乗客は、すぐ解放したまえ」

「われわれの要求が、全て受け入れられるまで、乗客、乗員は、解放しない」

「婦人、子供だけでも、解放したらどうかね？」

「いずれは解放するが、今は駄目だ。すぐ、マスコミ関係者を集めたまえ」

それだけいって、男の声が消えた。

君島は、浅井本部長と並んで、滑走路の端に停まっている全日航機を眺めた。

「マスコミ関係者を呼べというわけですね」

と、浅井は、日下にいった。

「恐らく、声明文でも読みあげるつもりでしょう」

日下は、眉をひそめていった。

浅井も、難しい顔になっていた。身代金を要求するハイジャッカーのほうが、対応がやさしいと思ったからだった。相手に、主義主張があると、問題が政治的になって、解決が難しくなる。

「君島君」

と、浅井は、声をかけて、

「犯人についての心当たりは？」

「犯人は、スチュワーデス一人に、男二人といわれています。東京の十津川警部の話などからみて、スチュワーデスは、一条佳枝、男二人は、彼女の兄で、ルポライターの西本清こと一条清、それに、プロカメラマンの坪井保夫と思われます」

と、君島が、答えた。

「それは、確かかね？」

「確かだと思います。機内に、拳銃やプラスチック爆弾を持ち込むことが出来たのは、スチュワーデスが犯人の一人だったからだと思いますし、坪井カメラマンと、ルポライターの一条清は、ベトナム戦争を取材に行っているはずですから、今度機内に仕掛けたというプラスチック爆弾は、その時の知識によって作ったものと思います」

「新婚カップル誘拐事件は、ベトナム難民問題が引金になっていたんだったね？」

「そうです」

「すると、今度のハイジャックも、同じ理由からということになるな」

浅井は、ゆううつそうな顔をした。ベトナム難民問題は、警察の手に負えないからだった。これは政府の問題だ。

「エンジンをとめていると、機内の温度は高くなるんじゃありませんか？」

君島は、日下から借りた双眼鏡を、五三七便に向けながらきいた。

「ええ。クーラーがきかなくなりますから、確実に上昇します」

「今、滑走路の温度はどのくらいかな？」

「陽が落ちてから涼しくなりましたから、二十二、三度じゃないですか」

「それなら、乗客が、暑さで参るということはありませんね」

「朝まではね。しかし、明日になって陽が昇れば、話は別です。天気予報によれば、明日の札幌地方の天候は晴で、滑走路は照り返しが強いから、間違いなく、機内温度は三十度を越しますね」

「つまり、それまでに事件を解決しなければならないということですね」

5

三十分後に、犯人からの通話が、管制塔に入ってきた。

前と同じ中年の男の声だった。

「三十分間経過したぞ」

「わかっている」

と、空港長の日下が答えた。

「マスコミ関係者を呼んでくれたのか？」

「呼ぶまでもない。もう、テレビ局の中継車がやって来ている。間もなく、新聞記者たちも駈けつけるはずだ」

日下の言葉は、嘘ではなかった。

恐らく、五三七便の乗客を迎えに来ていた人たちが、ハイジャックが起きたと知って、テレビ局に知らせたのだろう。

午後十一時には、北海道地区のマスコミ関係者の大半が空港に集まり、テレビは、実況中継を始めた。

日下は、浅井、君島と一緒にＶＩＰルームで、記者会見をし、今までの経過を説明した。

「ハイジャッカーたちは、皆さんが集まったら、声明を出したいといっている。それで、三名の代表者を選んで、私たちと一緒に、管制塔へ来ていただきたい」

「どんな声明を出すといっているんです？」

「それは、彼等に聞いてください」

記者たちの間から、三名の代表が選ばれ、管制塔にあがった。

日下が、もう一度、五三七便の犯人に呼びかけた。

「そちらの要求どおり、ここに、記者の代表者に来てもらっている。いいたいことがあるなら、いいたまえ」

「われわれは」と、男の声がいった。

「次の要求を実現するために、このムーンライト便をハイジャックした」

落ち着いた声だった。

「その要求というのは、何だね？」

「インドシナ難民問題は、今、世界の問題、特に、アジアにとって重大問題になっている。現在、東南アジアで、行くあてもなく困惑している難民の数は、三十万とも四十万ともいわれている。アジアの一員として、日本も、この問題に正面から取り組まなければならないのに、日本の政府も、国民も、この問題に眼をそむけてきた。世界中の非難にあって、日本政府は、ようやく、重い腰をあげ、難民の受け入れ、資金援助などに力をつくすという声明を出したが、果たして、それが実行されるか不明だ。

面積わずか一〇〇平方キロに過ぎぬ香港でさえ、現在、二万八千名の難民を収容している。インドネシアは、いくつかの島を、難民のために提供している。

ひるがえって、日本を考えるに、現在までに、日本に定住を許可されたベトナム難民の数は、たった十三名であるに過ぎない。

これは、明らかに、日本政府の怠慢である。しかも、日本は、第二次世界大戦中にベトナムを軍事占領し、のちの内戦の因を作っている。その責任上からも、難民を受け入れるべきではないか。

われわれは、日本の政府に対して、要求する。

最低五万人の難民を受け入れることを発表せよ。

もし、これが不可能というのであれば、現在の救済資金の他《ほか》に五万人分の必要経費を醵《きょ》出《しゅっ》せよ。例えば、インドネシアが、現在、無人島に建設しようとしている難民キャンプの費用を、全て、日本政府が負担せよ、なぜなら、アジアのリーダーを自認する日本が、本来やらなければならないことを、インドネシアがやってくれているからである。

この要求が、日本政府によって受け入れられれば、われわれは、直ちに、人質を解放する」

メモを取っていた記者の一人が、

「質問してもいいかね?」

と、相手に呼びかけた。

「どんなことだ?」

「日本政府が、君たちの要求を拒否したら、どうするんだ?」

「ハイジャックを続ける」

「しかし、機内に閉じこめられている三百人余りの人質は、ベトナム難民とは、何の関係もないんじゃないかね?」

「機内の人質が可哀そうだということかね?」

「当然じゃないか?」

「おかしいな」

「何がだね?」

「この機内にいる人質は、たった三百二十名余りだ。それに対して、現在、香港沖や、フィリピン沖で、貨物船に乗って漂流している難民は、何千人という数だよ。しかも、彼等は、行く当てもなく、船に閉じこめられているのだ。炎天下の上に、甲板に鈴なりになっている。食糧も、医薬品も乏しい。君たちは、何千人という彼等には同情しないで、三百何人かの乗員、乗客のことは、やたらに心配するのかね？」

「それは、次元の違う問題だ」

「いや、同じ次元の問題だ。そう考えないから、難民問題に対する日本の対応が非難されるんだ。自分の問題として考えていないからだよ」

「君たちのことを聞きたい」

と、別の記者が、口を挟んだ。

「どんなことだね？」

「君たちの人数は？」

「関係ない」

「名前を教えてくれないかね？」

「名前も関係ない」

「プラスチック爆弾を仕掛けたようだね？」

「三カ所に仕掛けてある。一時に爆破すれば、この機体は、吹き飛んで、たくさんの犠牲者が出るだろう」

「人質の中の子供や老人、婦人だけでも解放する気はないのか？」

「貨物船の上で、救いを求めている難民たちの大半は、女、子供だ。病人もいる。老人も。だからといって、彼等だけ特別に受け入れてはくれない」

男の声には、怒りのひびきがあった。

「君たちは、北海道で起きた新婚カップル蒸発事件の関係者かね？」

と、三人目の記者がきいた。

「ノーコメント」

男の声が、はね返ってきた。

第十二章　終局への飛行

1

午前四時を過ぎると、もう、東の空が白みはじめた。

滑走路の端に停まっている五三七便の翼が、朝の光を受けて、きらりと光った。

浅井本部長をはじめとして、百名の機動隊も、空港内に泊まり込んだ。

夜の間に、トライスターの機体に近づき、三人のハイジャッカーを強制排除しようという計画も立てられたが、これは、結局、危険が多過ぎるということで、実行されなかった。

それに、ハイジャッカーは、新聞に、自分たちの要求が掲載されることを要求している。それが果たされた時、彼等が、態度を軟化させるのではないかという期待があった。

千歳空港には、二本の滑走路があり、西側は、自衛隊専用、東側が民間用になっている。

事件が解決するまで、万一に備えて、民間用滑走路を閉鎖し、全ての発着便は、航空自衛隊用の滑走路を使用することになった。

千歳発羽田行きの第一便は、午前八時二十分に出発する。全日航五〇〇便だが、これは、本来、昨夜十時ジャストに到着したムーンライト五三七便が、使用されるのである。

しかし、このトライスターは、ハイジャックされてしまっているので、今日は、第一便が欠航、第二便の午前八時三十分発のボーイング747SRからになった。この機体は、すでに、自衛隊用の滑走路に移動している。

君島は、空港長の日下と、管制塔にいた。

「今日は、暑くなりそうですね」

と、君島は、影一つない滑走路を見つめて、日下にいった。

まだ、午前六時前だというのに、太陽が、やたらに眩《まぶ》しい。

「天気予報では、札幌地方の最高気温は三十度を越えるだろうということです。普段は、八月半ばになると、秋の気配が見えるものなんですが、今年は、夏が、いつまでも頑張っていますね」

「機内の様子は？」

と、君島がきくと、管制官の一人が、

「犯人のほうで、無線での交信を絶ってしまっているので、全くわかりません」

本部長の浅井が、管制塔にあがって来た。

「今、連絡が入って、運輸政務次官が、駈けつけて来るそうだ」

と、浅井が、君島にいった時、途切れていた犯人からの連絡が入った。

例の中年の男の声である。

「朝食と、今日の朝刊を運んでくれ」

「乗客、乗員に異常はないか？」

と、日下が、きいた。

「大丈夫だ。病人は出ていない」

落ち着いた声が、返ってきた。

「乗客を解放したまえ。空港長の私が、代わりに君たちの人質になってもいいぞ」

「答えはノーだ。朝食と新聞をすぐ運んで来い」

「わかった。すぐ運ばせる」

「車で運んで来たら、搭乗口の下で、いったん停まって、こちらの指示を待て。それから、この車に、警官を乗せたりするな。そんな馬鹿な真似をすれば、みすみす、三百人の乗客を殺さなければならないぞ」

「わかった」

と、日下は、いってから、どうしますというように、浅井を見た。

浅井は、君島と打ち合わせてから、

「車には、作業員の恰好をさせた警官を同乗させましょう」

「しかし、警官が乗っているとわかれば、犯人たちは、機体を爆破しますよ」

「危険な真似はさせませんから安心してください。今回は、ただ、内部の様子を見てくるだけにします。拳銃も持たせません」

「それなら結構です」

「朝食は、すぐ用意できるんですか？」

「サンドイッチと、にぎり飯ですが、要求があった時に備えて、作らせてあります」

「新聞は？」

「朝刊は、もう来ているはずです」

「それなら、私たちも読みたいですね」

と、浅井がいった。

すぐ、朝刊三紙が、運ばれてきた。

浅井たちは、それを広げてみた。

一面から、ハイジャック記事で、独占されていた。

〈犯人、ベトナム難民の大量受け入れを要求〉

そんな大きな活字が、紙面で躍っている。

ベトナム難民の写真を、大きくのせている新聞もある。

三紙の記事に共通した一つの調子があるのに、君島は気がついた。

身代金や、過激派の仲間の釈放を要求したハイジャックとは、少しばかり違った匂いだった。

もちろん、批判的な記事にはなっている。だが、どこかに、犯人たちの要求に拍手を送っているようなニュアンスがあった。

犯人たちの声明に対する政府の回答は、もちろん、まだ、紙面にはのっていない。

だが、今日中には、記者たちが、政府の要人に会って回答を求めるだろう。

その結果、犯人たちの要求を無視したら、どうなるのだろう？

犯人たちは、本当に、五三七便を爆破するのか？

六時十五分。

自衛隊のジェット機を使って、運輸政務次官の渡辺政一郎が、到着した。

豪放さが売り物の渡辺は、柔道で鍛えた八〇キロの巨体をゆするようにして管制塔に入って来た。

管制官の渡した双眼鏡をわしづかみにして、トライスターを見ながら、

「今、どんな状況なのかね？」

「これから、朝食と新聞を持って行くところです」

と、日下が答えた。

「乗客に病人は？」

「出ていないようです」

「朝食を運ぶ時、警官が機内になだれ込んで、犯人たちを逮捕することは出来ないのかね？」

「それは無理です」と、浅井がいった。

「機内の状況が正確につかめておりませんので」

六時三十分。

二台のトラックが、食糧と飲料を積み込んで、滑走路を、トライスターに向かって走り出した。

運転しているのは、本物の作業員、助手席にいるのは、作業服姿の警官だった。君島の命令で、拳銃も、手錠も、携行していない。

滑走路は、夏の太陽の照り返しを受けて、むッとする暑さだった。その上、今日は、風もない。

犯人側の指示どおり、二台のトラックは、前部搭乗口の真下で停まった。

ドアが開いた。

が、顔を出したのは、犯人ではなく、二人のスチュワーデスだった。

「食糧や飲み物を、入れてください。新聞も」

と、蒼い顔をしたスチュワーデスがいった。

作業員の一人が、トラックの屋根にのぼり、サンドイッチ、にぎり飯などを入れた籠《かご》を、一つずつ、待ち受けているスチュワーデスに手渡した。

二人のスチュワーデスの背後に、サングラスをかけた中年の男が立っていた。

作業員に化けた警官が、スチュワーデスに、籠を渡しながら、

「犯人は、本当に三人かね？」

と、小声できいた。

「ええ」

「男二人に、女一人？」

「はい」

「スチュワーデスが加わっているというのは、本当かね？」

「本当です」

「プラスチック爆弾は、どこに仕掛けてあるんだ？」

「わかりません。ただ無線で爆破できるといっています」

「何を話してるんだ！」

サングラスの男が叫んだ。その右手に、拳銃が光っていた。

「他に何か要るものがないかと思ってね」

「何もない。すぐ帰れ」

男は、銃口をこちらに向けて怒鳴った。

2

十津川は、警視庁に戻って、テレビ画面を見つめていた。すぐにでも、札幌へ飛んで行きたい思いだが、今は、道警の君島に任せておくより仕方がない。

テレビには、トライスターから離れて、引きあげてくる二台のトラックが映っている。

〈三百三十七人分の朝食と、新聞が届け終わりましたが、今後の事態の推移は、予断を許しません〉

テレビのアナウンサーが、喋っている。

「村田を連れて来てくれ」

と、十津川は、亀井にいった。

「ここへですか？」

「そうだ。あの男に、テレビを見せてやりたいんだ」

「彼の反応を見るわけですか？」

「今度のハイジャックが、なぜ起きたか知りたいんだよ。新婚カップルの誘拐が失敗したので、止むを得ずハイジャックが行なわれたのか、それとも、前から計画されていたものか知りたいんだ」

「どう違いますか？」

「後者なら、どういう形で終わらせようとしているのかもわかっているんじゃないかと思ってね」

亀井は、すぐ、村田拓二を連れて来た。村田が逮捕されてから、福岡F大では、彼を懲戒免職にしてしまったので、元助教授と呼ぶべきだろう。

村田は、テレビの画面に眼をやったが、その顔に、驚きも、狼狽も見られなかった。

(やはり、ハイジャックは、予定の行動だったのか)

と、十津川は、思いながら、

「ハイジャッカーは、三人と伝えられています。多分、カメラマンの坪井保夫、ルポライターの一条清、それに、スチュワーデスの一条佳枝でしょう。そうじゃありませんか？」

と、村田に、話しかけた。

村田は、テレビに眼を向けたまま、

「彼等が、名乗ったんですか？」

「いや。だが、他には考えられませんからね。彼等は、声明をマスコミに発表し、政府に向かって、ベトナム難民を五万人受け入れよと要求しています。今日の朝刊に出ていますが、読みますか？」

十津川が、朝刊を渡すと、村田は、吸いつくような眼で、紙面を読んでいた。

十津川は、しばらく、村田が、眼を上げるのを待っていた。

やがて、村田は、新聞を置くと、

「私たちは、義務をつくしたいと思っていました。ただ、それだけのことです」

「十年前に、サイゴンで命を助けられたことに対する義務ですか？」

「それに、アジアの一員としての難民に対する義務ということもあります。特に、私は、戦後史を研究してきた。インドシナ問題に対して、日本も、責任があると思っているのです。友人の一条とも、話をしていたことですが、何も行動することがないのなら、何も発言する資格はないとね」

「しかし、そのために、誘拐やハイジャックをするのは、間違ってやしませんか？」

「お説教ですか？」

村田は、微笑した。

十津川が、黙っていると、村田は、また、テレビに眼を向けた。

「権力から遠いところにいる私たちが、いくら、大声で叫んだところで、空《むな》しいこだましか返って来ない。難民問題は、票になりませんからね。同情は出来ても、同情なんてものは、何の足しにもなりません。十年前、サイゴンでルオン夫婦に命を助けられた時、あの夫婦は、人間として当然のことをしたのだといった。あるいは、軽い気持ちで、いったのかもしれませんが、彼等は、私たちを助けたために、殺された。結果的に、命がけで、私たちを助けてくれたことになる。だから、私たちも、命がけで行動した。それだけのことです」

「ハイジャックは、誘拐が成功していても、やるつもりだったのですか？」

「いや。ルオン夫妻の子供たちは、一年間といいました。一年間、同胞のために、自由に行動できたらといった」

「私にもいいましたよ。それは、単なる年月の長さではなくて、一つの祈りだと」

「そうです。だから、私たちは、彼等に、一年間の自由を保障するのが、義務だと思ったのです。私たちは、約束し、パスポートをとらせた。しかし、それが発覚した場合のことも考えました。一年間を、私たちは約束した。しかも、その一年間は、単なる長さではなく、彼等にとって、一つの祈りなら、この約束は、守らなければならない。失敗したら、それに代わることをしなければならないと、考えていたのです」

「それがハイジャックですか？」

「私たちが、彼等の代わりに、東南アジアに行って、難民のために働くことも考えました。しかし、誘拐が失敗した時には、私たちは、誘拐の共犯者として追われているか、逮捕されているはずです。それに、東南アジアに行っても、本当に、難民の気持ちがわかるかどうか不安だった。私たちに可能で、もっとも難民問題をアッピールできることとして、ハイジャックを考えたのですよ」

「前もって、計画したことなら、どう収拾するかも、考えていたはずですね」

「もちろん」

「政府が、要求を呑んだ時には、いいかもしれないが、政府が、拒否した時のことも、考えているんでしょうね？　その可能性のほうが強いのだから」

「考えていますよ」

「どうするんです？　人質を殺すんですか？」

「わかりませんか？」

「わからないから、きいているんですよ」

と、十津川は、いくらか語気を強めていった。が、村田は、返事をしなかった。

（どうします？）

という顔で、亀井が、十津川を見ている。

また、下の留置場へ連れて行きますか？　と、きいているのだ。

十津川は、首を横に振った。

3

午前九時。

運輸政務次官の渡辺が、マイクを持って、

「運輸政務次官の渡辺だ」

と、犯人たちに呼びかけた。

「政府を代表して話しているのか?」

男の声が、はね返ってきた。

「そのとおりだ。君たちと話し合いたいが、その前に、まず、乗客を解放しなさい。それから話し合おうじゃないか」

「政府を代表して来たのなら、われわれの要求に対する回答を示して欲しい。政府は、常に、自由世界第二位のGNPを自慢してきた。五万人のベトナム難民を受け入れ、その定住化に努力することぐらい簡単なことじゃないのか?」

「乗客の解放はどうなのかね? これから、どんどん暑くなる。病人が出る恐れもある。だから、一刻も早く解放しなさい」

「われわれの要求が入れられれば、すぐ解放する」

「政府は、難民問題について、何もしていないわけではない。すでに、五百人の難民が、日本各地の施設に収容されていて、その数を増やすこと、難民救済資金を倍増すると約束している」

「まだ五百人だ。しかも、彼等のために、政府は、一円も支出していない。技術指導も、民間に任されている。そうじゃないのかね？」

「現状はそうだが、これからも、受け入れについて、努力すると声明を出しているんだよ。政府というのはね、日本国民全体のために動くものだ。従って、小回りがきかない。すぐに、回答しろといっても無理だ。この渡辺が、折角、努力するといっているのだから、私を信用して、乗客を解放しなさい」

「閣議の決定事項なら信用する。しかし、一政務次官の言葉など、信用できない」

「私も男だ。男の約束を信じないのか？」

「私は、浪花節は、嫌いなんだ。努力するなどというあいまいな言葉ではなく、確約が欲しいんだ。政府として、新聞に発表すれば、信用する。乗客を助けたければ、新聞に発表したまえ」

男は、無線連絡を切ってしまった。

渡辺は、いまいましげに舌打ちしてから、浅井に向かって、

「何とかならんのかね？」

「今の状態では、動きがとれません。機内に突入すれば、沢山の犠牲者が出るに違いありません」

「ねえ君。ハイジャッカーに屈したとなったら、日本の恥だよ。そう思わんかね？　イスラエルだって、西独だって、ハイジャックに対して、断固とした態度でのぞんでいるんだ。そうだろう？　君」

「すると、政府は、彼等の要求を、はねつけるということですか？」

「無視することに、決定しているよ。もし、彼等の要求を入れたら、どうなるんだね？　暴力によって、政府の方針が変わったら、どうなるんだね？　それこそ民主主義の崩壊じゃないか。そんなことが出来ると思うかね？」

「しかし、今、次官は、難民受け入れについて今後も努力すると、犯人にいわれていましたが」

「それは、私個人として、いったのだ。政府として約束したわけじゃない。とにかく、引き延ばして、その間に、犯人逮捕、人質解放にもっていきたいんだよ」

「昼頃には、気温は三十度にあがります。機内温度は、四、五十度になると思います」

「わかっている。だが、彼等の要求は、受け入れられんよ」

「私が怖いのは、犯人たちが、自棄《やけ》を起こすことです。別の事件で、彼等の仲間が一人死亡し、一人逮捕されています。気が立っていると思うのです。夕刊に、彼等への回答がのっていないと、何をするかわかりません。彼等を安心させるような声明なり何なりを発表していただけませんか？」

「新聞に発表すれば、政府は、それに拘束されてしまうじゃないか。君」

渡辺が、顔をしかめた。

君島が、横から、

「しかし、今度のハイジャック事件がなくても、インドシナ難民問題は、日本の問題でもあると思いますが」

「だからこそ、首相は、ベトナム難民の受け入れについて、日本としても努力すると約束している。五百人の定住枠を倍にするといっているし、資金援助の倍増も約束しているんだ」

「しかし、犯人たちの要求は、五万人の受け入れです。具体的にそれに近い数字をあげられませんか？」

「君は、犯人たちの味方をするのかね？」

「そうじゃありませんが――」

「それなら、この問題について、口出しは止めたまえ」

「わかりました」

「しかし、政府の回答という形ではなく、私個人の発言には、政府は拘束されんし、いざとなれば、私が腹を切ればすむことだからな」

渡辺は、自分の言葉に自分で酔ったような表情になり、

「すぐ、記者会見しよう」

と、大声でいった。

4

午後三時。

早刷《はやず》りの夕刊が来ると、十津川は、その一部を村田に見せた。

二人の前に置かれた一四インチテレビには、いぜんとして、滑走路の端にとまっているロッキードL一〇一一トライスターの巨体を映し続けている。

午後の強い陽差しが、きらきらと、ジュラルミンの機体に、はね返っている。

夕刊には、渡辺運輸政務次官の記者会見の模様が大きくのっていた。

〈私にいわせれば、五万なんていわずに、十万人でも二十万人でも、インドシナ難民を引き取ったらいいんだ〉

そんな景気のいい談話が、並んでいるのだが、全てが、「私」の意見になっていて、用心深く、「政府」という言葉は、どこにも見つからなかった。

村田も、すぐ、それに気がついたらしく、

「政府は、つまり、拒否ということをいっているわけでしょうね」

と、苦笑した。

「しかし、現実問題として、五万人もの難民は、受け入れられないでしょう？」

「そうでしょうか？　戦時中、政府は、いやがる朝鮮の人たちを、六十万人も連れて来て定住させた。それなのに、今度は、日本に定住したいという人たちを拒否している。同じ人間、同じアジア人なのにですよ。だから、受け入れが不可能というのではなく、政府の都合で、どうにでもなるということじゃありませんか？」

十津川が、答えに窮《きゅう》して黙っていると、亀井刑事が、顔をのぞかせた。

十津川は、廊下へ出た。

「何かわかったのか？」

「道警からの連絡で、二つのことがわかりました。トライスターに朝食を運んだ際、作業員に化けた警官が、犯人の一人を目撃しましたが、その男は、一条清の写真とそっくりだったそうです」

「やはり、一条清が、犯人の一人だったんだな」

「あと一人は不明ですが、恐らく、坪井保夫でしょう。もう一つは、入院していた三組の新婚カップルが、意識を回復したそうです。彼等の証言によると、やはり、ムーンライト便の中で、スチュワーデスの一人から、例のパンフレットを貰ったそうです。相手は、スチュワーデスだし、全日航のマークの入った封筒と便箋だったので、全く疑わずに、全日航の正式招待と思い、あの海岸に行ったところ、大きな外洋ヨット《クルーザー》に誘われて、乗り込んだら、薬で眠らされ、山荘に連れていかれたということです。そのヨットは、村田助教授が、一カ月の予定で借りたそうです」

「夏の海と、外洋ヨット、それに、全日航の招待となれば、たいていの新婚カップルは、喜んで乗り込むだろうね」

「ハイジャックは、どうなると思います？」

「それを、村田にきいてみよう」

「彼が、知っていると思いますか？」

「彼等は、周到に計画を立てているよ。今度のハイジャックでも、思いつきでやったものじゃない。とすれば、どう収拾するかも考えていると思わなきゃならない」

十津川は、断言するようにいってから、部屋に戻って、村田に、

「ハイジャッカーたちは、この事件に、どう結着をつける気なんです？」

と、もう一度きいてみた。

村田は、腕を組み、じっと、テレビの画面を見つめていたが、視線は、そのまま、

「自然にわかりますよ」

と、いうだけだった。

「まさか、要求を入れられないからといって、人質もろとも、機体を爆破する気じゃないだろうね？」

「それも、自然にわかってきますよ」

村田は、落ち着いていた。その語調から、十津川は、人質は殺さないつもりなのだと推測した。村田は、どちらかといえば、感傷的な男だと、十津川は思っている。いや、この男に限らず、今度の事件の犯人たちは、みんな感傷的だ。何しろ、十年前の恩返しを考えるような人たちなのだから。

そんな村田が、三百人を越す人質が、殺されるかもしれない状態の中で、こんなに冷静ではいられないだろう。

「ハイジャッカーの一人が、一条清だと確認されましたよ」

と、十津川は、いった。

「そうですか？」

「もう一人は、カメラマンの坪井保夫、そうですね？」

「――」

「坪井と、岩井の奥さんたちは、どこにいるんです？　どこで、何をしているんです？」

「知りませんね」

「いや。知っているはずですよ。彼女たちにも、何か役目が与えられていると、私は思っているからです。ところで、三組の新婚カップルは、いつまで、山荘に閉じこめておくつもりだったんですか？　一年間？」

「いや。私たちは、せいぜい、一、二カ月間と考えていました。一年間も、監禁しておくことなど、不可能だからです。それに、その必要もないからです。一、二カ月間、戸籍のことや、パスポートについて、誰も気がつかなければ、解放する気でした。もちろん、その時には、私たちは、日本を脱出するつもりでしたがね。解放されたカップルは、当然、誘拐され、監禁されていたことを喋るでしょう。しかし、警察は、私たちが身代金目当てに新婚カップルを誘拐し、失敗したので止むを得ず解放したと考えるだろう。それなら、ルオン夫婦の子供たちは、いぜんとして、日本人のパスポートを持ち、自分の同胞のために働くことが出来るだろうと、読んでいたんです」

「なるほどね。確かに、そのとおりだ」

「だから、目的をかくすために、わざと、新婚カップルの家族に、身代金を要求しておこうという考えもあったくらいです」

「もう一度ききますが、青田了介と、菅原君子を殺したのは、誰です？」

「私ですよ」

「いや、違いますね。少なくとも、菅原君子が死んだ八月一日には、あなたも奥さんも、福岡にいたことが確認されている。それに、菅原君子の部屋のキーは、本人と、婚約者の北野というタレントが持っていた。その合鍵を簡単に作れるのは、同僚のスチュワーデスです。スチュワーデスは、空港で着がえをしますからね。その時に、キーを盗み出し、スペアキーを作っておけるのは、あなた方の中では、同僚のスチュワーデスだけですよ」

「あれは、間違いだったんです」

「間違い？」

「菅原君子は、機内で、一条佳枝の行動を見て注意したんです。それを黙っていてくれと頼んだが、菅原君子は、上司にいうといった。それで、争いになった。一条佳枝は、別に殺す気はなかったのに、つい誤って、ベランダから突き落とす恰好になってしまったんです」

「そうですか」

と、十津川はいった。相手の言葉を信じたわけではなかった。わかったのは、村田が、親友の妹を、必死でかばおうとしていることだった。

その間も、テレビは、ハイジャック事件の報道を続けている。

〈夕刊には、渡辺運輸政務次官の記者会見の模様がのっています。果たして、犯人たちが、

この回答で満足し、人質を解放するでしょうか？〉

テレビのアナウンサーが喋りまくっている。

十津川も、もう一度、夕刊の記事に眼を通した。が、何気なく、同じ社会面の別の記事に、眼を移して、顔色が変わった。

〈香港発共同

当地で、日本人のパスポートを使って、日本人になりすまし、ベトナム難民のために働いていたベトナム人夫婦が、香港政庁によって逮捕された。この夫婦は、本名を、フィン・ダイ・チューと、ズオン・トランデスといい、日本人の佐藤俊作さん（二五）、妻みどりさん（二二）の戸籍を不法に取得し、同名義の旅券《パスポート》を手に入れていたもので、日本政府および、香港総領事館から香港政庁に対して、問題の旅券《パスポート》の無効が通知されていた。また、インドネシア、マレーシアでも、日本人名義の旅券《パスポート》を持ったベトナム人カップルが逮捕されている。この人たちは、日本人の矢代――〉

（まずいな）

と、十津川は、思った。この記事が、ハイジャッカーたちを硬化させてしまわないだろうかと思ったからだった。

十津川は、村田の顔色をうかがった。

村田も、今、新聞を見ていた。その視線は、明らかに、問題の記事に向いている。じっと、二度ほど、視線が動いてから、村田は、また、テレビに眼をやった。

その表情には、これといった変化はなかった。

予期した記事を見たという顔だった。

とすると、今、五三七便の機内にいるハイジャッカーたちも、予期していただろう。

(彼等は、どう出てくるだろうか?)

と、十津川も、テレビに、視線を戻した。

5

午後四時。

いぜんとして、八月の強烈な太陽が、滑走路に照りつけている。機体に反射する陽光が眩しい。

君島は、本部長の浅井や、運輸政務次官の渡辺たちと、管制塔にいた。

「これから、乗客を解放する」

突然、ハイジャッカーから連絡が入ったのは、午後四時五分だった。

その連絡に、管制塔内が、ざわめいた。

「どうやら、私の説得が成功したらしい」

と、渡辺が、得意気に、周囲を見回した。

だが、君島は、別の眼で、滑走路の端に小さく見えるトライスターの機体を見つめていた。

十数分前に、東京の十津川から電話が入り、ハイジャッカーの態度について、いろいろと、話し合っていたからである。

その中で、十津川は、こういった。

「村田たちは、十年前のルオン夫婦の恩に報いるために、北海道で蒸発事件を起こした。ルオン夫婦の子供たちに、日本人のパスポートを与え、一年間、彼等を、同胞のために自由に動けるようにするためだ。もし、それが失敗した時には、羽田発千歳行きのムーンライト便をハイジャックすることが、あらかじめ計画されていたと思う。だから、今度のハイジャックの目的は、あくまでも、ルオン夫婦の子供たちがしようとして果たされなかったことを、自分たちが、代わって、果たそうとすることにあると思っている」

それが、どういうことなのか、十津川は、いわなかった。

だが、それが、単なる乗客の解放でないことだけは確かだと、君島は思っていた。

「これで、解決かな？」

本部長の浅井が、半信半疑の顔で、君島を見た。

「いや、そうは思いません」

「すると、乗客だけ解放して、ハイジャッカーたちは、国外へ逃亡する気だというのかね？」

「それはわかりませんが」

と、君島がいった時、犯人から、第二の連絡が入った。

「乗客の解放と引きかえに、われわれは、二つのことを要求する。第一は、香港、シンガポール、ジャカルタまでの燃料の積み込み、第二は、乗客一人当たり、五万円分の医薬品だ。医薬品の目録は、スチュワーデスの一人に持たせる。ジャカルタまでの航空燃料が積み込まれ、乗客三百二十八人分に相当する医薬品が機内に運び込まれ次第、乗客を解放する。燃料の積み込みは、今夜午後八時までに、医薬品は、明朝七時までに用意せよ」

それが、犯人の要求だった。

「医薬品だと？」

と、渡辺は、眼をむいたが、君島は、なるほどと思った。

十津川のいったとおり、犯人たちは、ルオン夫婦の子供たちがやろうとしていたことを、自分たちが、彼等に代わって果たそうとしているのだ。

ハイジャッカーの中に、岩井年志子と、坪井カメラマンの妻不二子《ふじこ》の二人が欠けている。

彼女たちが、どこへ消えたのだろうかと考えていたのだが、すでに、香港かシンガポールに飛んで、医薬品を積んだ飛行機の到着を待っているのだろう。

十五、六分して、トライスターのドアが開き、スチュワーデスの一人が降りて来た。

双眼鏡で見ていた管制官の一人が、

「手に、書類のようなものを持っています」

と、報告した。

全日航スチュワーデスの市田尚子だった。

滑走路を横断したところで、警備についていた機動隊員が、彼女を捕まえ、浅井本部長のいる管制塔へ連れて来た。

浅井が、直接、彼女を訊問している間、君島は、彼女の持って来た綴りに、日下空港長と、眼を通した。

全部で十二枚の紙に、必要とする医薬品の名前が、びっしりと書かれている。しかも、コピーされているところをみれば、ハイジャックに先立って用意されていたことは、明らかだった。

「一人五万円分とすると、乗客三百二十八人だから、約千六百万円分の医薬品か」

と、日下が、呟いた。

スチュワーデス市田尚子の証言によれば、犯人たちは、冷静だが、常に拳銃を離さず、機内にプラスチック爆弾が仕掛けられていることは間違いないという。
君島は、彼女に、用意した写真を見せ、犯人たちを確認してもらった。その結果、三人の犯人は、
ルポライターの一条清
カメラマンの坪井保夫
スチュワーデスの一条佳枝
の三人と確認された。
運輸政務次官の渡辺は、燃料の補給に反対した。香港に向かって飛び立ってしまえば、日本国内で、犯人たちを逮捕するチャンスを失ってしまうというのが、その理由だった。
君島は、それは、危険だといった。
「彼等は、国外逃亡そのものが目的じゃありません。彼等は、ルオン夫婦の子供たちに約束したことを果たすのが目的なんです。従って、それが果たせれば、簡単に降伏するでしょう。しかし、果たせないとなれば、機体もろとも自爆する可能性もあります」
と、君島はいった。
浅井本部長も、彼の考えに賛成してくれた。
結局、犯人たちの要求を、受け入れることになった。
午後六時。

燃料補給車が、機体に近づき、燃料の補給を開始した。

千六百万円分の医薬品は、千歳では調達できない。これは、札幌市内から、トラックで運ばれることになった。

6

二日目の朝を迎えた。

今日も、雲一つない空が、頭上に広がっている。

千六百万円相当の医薬品は、昨夜中に、二台の大型トラックで、札幌から空港へ運ばれて来ていた。

午前七時。

人質と医薬品の交換が始まった。

犯人たちは、慎重だった。一回に、百万円分の医薬品を運ばせ、中身をチェックしたあと、百万円に相当する人質二十人を、解放した。

それは、荘重な一定の儀式のように見えた。

医薬品が運ばれ、代わりに、二十人の乗客が、ドアから出てくる。それが、ゆっくりと、繰り返されていくのだ。

二時間近くかかって、この儀式は完了した。

乗客三百二十八人は、全て解放され、代わりに、機内には、千六百万円相当の医薬品が積み込まれた。

再び、搭乗口のドアがぴたりと閉ざされた。

午前九時三十分。

「こちら、全日航五三七便、離陸許可を求めます」

という山本機長の声が、管制センターに入った。

香港政庁には、すでに、日本政府から連絡されている。

やがて、二日間眠っていたジェットエンジンが、眼を覚まし、鋭い音を滑走路一杯にひびかせ始めた。

地上整備員が、指で、OKのサインを機長に送る。

始動支援車のエアダクト・グランドパワーが外された。

トライスターの巨体が、ゆっくりと動き出した。

滑走路の反対側の端まで地上滑走した機体は、一回転して、滑走路に正対した。

いよいよ、離陸だ。

三つのエンジンの咆哮《ほうこう》が激しくなり、一八五トンの巨体が、滑走路を突進する。翼が、朝日を受けて、きらきら光る。

管制塔から見守る君島たちの眼の前で、トライスターは、空中に浮かび上がり、急上昇して行った。

＊

同じ頃、十津川は、成田の新東京国際空港から、香港へ向かうパンナム機に乗り込もうとしていた。

全日航五三七便をハイジャックした一条清たちが、香港で、果たして、千六百万円分の医薬品をベトナム難民に渡せるかどうかわからない。それは、十津川の問題ではなかった。

十津川の任務は、現地警察の協力を得て彼等を逮捕することだった。

著者のことば

夜間飛行便《ムーンライト》に乗るとき、私は、緊張と同時に、ロマンチックな感動に満たされる。雲を突き切って上昇するにつれて、メルヘンの世界に入って行くような気がするからである。暗黒というより、深い青さといったほうがよい夜空、満天の星、皓々《こうこう》と輝く月、じっと窓から見つめていると、そのまま、ミステリアスな世界に連れて行かれてしまうのではないかと思う。この小説を読まれるかたを、私がご案内するのは、夜間飛行の世界と、犯罪《ミステリー》の交錯する世界である。

カッパ・ノベルス版のカバーソデより

なんでも被写体にするカメラマニアの西村京太郎は、自分が写されることは苦手である。自作の『発信人は死者』の映画化作品「黄金のパートナー」で、飛行機の乗客というチョイ役に出演させられたが、わずか数秒のカットにも、アガリっぱなしだった。映画は見るだけにしたい、と彼は改めて決心している。

撮影・島内英佑
カッパ・ノベルス版の裏カバーより

解説

武蔵野《むさしの》次郎《じろう》
（文芸評論家）

'84年の中間小説（エンターテインメント）界の目立った現象として挙《あ》げられる小説分野は、やはり、推理小説ということになる。このミステリーブームを一段と盛り上げている人気作家の一人が、本篇『夜間飛行《ムーンライト》殺人事件』の著者である西村京太郎である。

ここのところ中間誌「小説宝石」主催の新人原稿「エンターテインメント大賞」の選考委員を務《つと》めている関係もあって、西村氏とも顔を合わせる機会が多いが、何時《いつ》会っても快《こころよ》く感じられることは、西村氏の人柄の良さということである。時代を代表する超人気作家ともなれば、何となく近寄り難《がた》いといった先入観を抱《いだ》きやすいものだが、西村氏には少しもそういう気難《むずか》しさはなく、会うたびに話もはずんで、爽《さわ》やかなひとときを楽しむことができるというのが例になっている。ミステリー作家といえば、常に殺人にまつわる怪奇な謎のことばかりを考えていて、どこか陰鬱《いんうつ》なムードを漂《ただよ》わせているイメージの人物像を想像しがちなものだが、西村氏にはそういうムードはまるでなく、明るい現代人といった印象を与えてくれるのである。そんなところにも'80年代における推理作家の新しいタイプを代表しているのが西村京太郎という作家であると言うことができるかもしれない。

西村京太郎、山村美紗《やまむらみさ》といったミステリー界の人気作家が京都と宇治《うじ》に在住しているということも興味深い。しかも両作家共に旺盛《おうせい》な筆力を示し、トリックメーカーとしても秀逸《しゅういつ》な成果を挙げていることなども、特に印象的なものがある。雑誌記事の両作家に関わる報道などにも微笑《ほほえ》ましいものがある。たとえば両作家共にネコを飼っているが、出張の際などお互いに愛猫を預かってそのエサの面倒《めんどう》を見てやるといった愉快《ゆかい》な話題である。また、両作家の主催で関西在住のジャーナリスト連中を集めて麻雀大会を開き、西村氏がブービー賞になったというような楽しい話題も報道されており、このような面でも何かと話題を提供している両作家のいかにも流行作家にふさわしい行動などにも、その高い人気ぶりがうかがえるようである。

西村京太郎の近作として、『高原鉄道《ハイランド》殺人事件』『東京駅殺人事件』（共にカッパ・ノベルス版）、『L特急踊り子号殺人事件』『寝台特急あかつき殺人事件』（共に講談社ノベルス版）、『札幌着23時25分』（カドカワノベルズ版）等々のトラベルミステリーの数々が世に出ており、この分野を開拓し成功した第一人者としての活発な創作活動ぶりが光彩《こうさい》を放っている。このように人気も高い現代推理小説としてのトラベルミステリーが著者によって初めて執筆発表されたのは、昭和五十三年（一九七八）十月で、その折りに刊行された書下ろし長篇『寝台特急《ブルートレイン》殺人事件』（カッパ・ノベルス版）によって口火《くちび》がきられたのである。引き続いて発表された一連のシリーズ作品としての長篇、すなわち、本篇『夜間飛行《ムーンライト》殺人事件』（昭54）、『終着駅《ターミナル》殺人事件』（昭55）、『夜行列車《ミッドナイト・トレイン》殺人事件』（昭56）、『北帰行《ほっきこう》殺人事件』（昭56）、『日本一周「旅号」《ミステリー・トレイン》殺人事件』（昭57）、『東北新幹線《スーパー・エクスプレス》殺人事件』（昭58）、『下り特急「富士」《ラブ・トレイン》殺人事件』（昭58）、『雷鳥九号《サスペンス・トレイン》殺人事件』（昭58）等々に、前記の近作長・短篇を加えることができる。

　このような西村作品のトラベルミステリーを読みついでくると、改めて〝列車主題〟のミステリーという秀逸な創作分野を開拓した作者としての鋭い目というもの（つまり現代社会を凝視し、その実態をミステリー手法を通じて捉えるという）を痛感させられるのである。

　近刊の文春文庫『「オール讀物」推理小説新人賞傑作選Ⅰ・殺意の断層』を見ると、この新人賞第二回目の受賞者が西村京太郎であり、その受賞作（「歪んだ朝」昭38）が収録されているのも甚《はなは》だ興味深い。この実績でも分かるように、当時の種々の新人原稿募集に応じていた新人（昭和三十年代における）西村京太郎の抜群の力量ぶりには、ひときわ目立つものがあり、それらの懸賞原稿のほとんどに入選し、早くも読者の注目を集めていたことが想起される。

　昭和四十年（一九六五）には、書下ろし長篇をもって応募する形式の「江戸川乱歩賞」の第十一回入選作として、西村作品の『天使の傷痕』が発表され、推理作家として本格的デビューを飾っている。そして、昭和四十二年（一九六七）には、総理府が「二十一世紀の日本」という課題で募集した賞金五百万円の懸賞小説の入選作にも西村作品の『太陽の砂』が選ばれ、見事その栄冠を獲得している、というふうに、新人作家としてひときわその実力ぶりには優れたものがあったのである。

本篇を始めとする西村作品のトラベルミステリーを代表する主人公として登場するキャラクターが、十津川警部とその部下の亀井刑事の名コンビである。したがって、このトラベルミステリーは、もう一方では〝十津川警部〟シリーズということもできる。

〝ミステリーは楽しいものでなければならない〟

といった命題は、古今東西のミステリー作品を通して一貫していると思われるのだが、その意味においても、西村作品の本シリーズが内包《ないほう》している楽しさには、正《まさ》にミステリーとしての醍醐味《だいごみ》が表現されているということができるだろう。そういう楽しさを醸成《じようせい》する重要な一つの要素が、ミステリーでは名探偵役の主人公ということになるのだが、西村作品におけるそれが十津川警部ということである。

愛すべき主人公としての十津川警部の活躍ぶりはシリーズ各作品において描かれていることもあって、すでに多くの読者の皆さんにはお馴染《なじ》みのところと思われるが、そういう十津川警部が結婚し、愛妻として直子という女性と夫婦になるという楽しい設定がなされているところに、本篇の他の作品とはひと味違う面白さが生まれている。

〈四十歳で、初婚だから無理はない。捜査一課の敏腕警部も、冷や汗のかき通しだった。

そんな十津川に比べると、花嫁の直子は、三十五歳でも、再婚だから、終始、落ち着き払っていた。

見合いだった。〉（第一章「新婚旅行《ハネムーン》」の1）

と十津川省三と新妻直子との結婚の模様が描写されているあたりにも、いわゆる、シリーズものとしてのこの上ない独特の楽しさ（読者にとって馴染み深い人物像になっている主人公のほかの登場人物と関わる環境変化が、作者によっていろいろ考案されることから生まれる楽しさ）になっている。

この十津川警部の結婚、つまり新妻としての直子を家庭に迎え、二人で十津川家を築いてゆくことになるという経緯で想起される事柄に、たとえば、時代物の有名な「捕物帳」小説においても、これと同様の趣向が散見《さんけん》する点にも興味がある。たとえば、岡本綺堂《おかもときどう》の『半七《はんしち》捕物帳』における主人公三河《みかわ》町半七親分や、野村胡堂《のむらこどう》の『銭形平次《ぜにがたへいじ》捕物控《ひかえ》』の主人公である銭形平次親分がそれぞれ恋女房を得て、幸福な家庭を築いているという設定と全く軌《き》を一にする設定を、本篇の十津川警部の結婚にも見ることができるということである。このあたりにも尽きぬ興味を与えられるのである。

本篇の物語そのものにも、まず開巻すべり出しの発端部から秀逸なものがある。新婚旅行客の一員として十津川夫妻が乗り合わせた北海道千歳空港行きの夜間便ムーンライトに同じく新婚者として同乗していた矢代昌也・冴子、さらに同じくムーンライトを利用した計三組の新婚カップルがすべて海岸で消息を絶ってしまうという奇妙な人間消失事件が連続して発生するのだが、この展開が実にスムーズであり、作者の腕の確かさ（小説創作上における）をよく示している。

〈「消えた？」

「そうです。いなくなってしまったんです」

若い警官は、十津川が、東京警視庁捜査一課の刑事と知って、しゃちほこばって答えた。

「くわしく話してくれないか」

「矢代夫婦は、昨日の午後一時に、このホテルにチェックインしました。そして、午後二時頃、車に乗って、名所見物に出かけました。それきり、今朝になっても戻らないので、ホテルから、警察に電話があったわけです」〉（第二章「北の海岸」の1）

と描写されている場面を見ても、その場の状景が的確に読者のイメージに浮かび上がってくる。

会話を主体とする場面描写の文章がよくできていることもあって、ひじょうに読みやすいという点などにも、西村作品の持っている良さ・特徴というものが遺憾《いかん》なく表現されている。

新婚カップル三組の消失事件と重なって、東京の晴海埠頭《はるみふとう》では青田という中年男の殺人事件と、同じく高輪《たかなわ》のマンションでスチュワーデスの菅原君子が墜落死するという二つの事件にまつわる謎も提出され、物語の興味はいっそう大きなものになってゆく。

この作品が初出発表された昭和五十四年（一九七九）頃においては、ベトナム難民問題が大きな社会的関心をひくものであったのだが、それを主題に展開する本篇の物語によって当時の社会状況が活写されているところにも、本篇が持っている意義が、読者の胸に鮮やかな読後感を与えてくれることになる。

前述のように、愛すべき主人公十津川警部の結婚に関わる話題の面白さと、主題の社会的重要性という面から見て、いかにも西村作品らしい持ち味が発揮された異色作として楽しめる長篇である。

＊『夜間飛行《ムーンライト》殺人事件』は、一九七九年八月に、書下ろし長編推理小説として、カッパ・ノベルス（光文社）より刊行され、一九八四年十二月に、光文社文庫に所収された作品です。

＊「西村京太郎ミリオンセラー・シリーズ」として、新装版で刊行された本書の初版部数を含む光文社文庫版の累計発行部数は、九十二万四千部。カッパ・ノベルス版の累計発行部数は、三十四万五千部。両判型をあわせた総発行部数は、百二十六万九千部となります。

＊解説は、光文社文庫旧版から再録しました。

＊なお、今回の新装版の刊行にあたって、文字を大きく読みやすくするため、版を改めました。

＊この作品はフィクションであり、実在の個人・団体・事件などとは、いっさい関係ありません。

（編集部）

光文社文庫

長編推理小説／ミリオンセラー・シリーズ

夜間飛行《ムーンライト》殺人《さつじん》事件《じけん》

著 者 西《にし》村《むら》京《きよう》太《た》郎《ろう》

2009年11月20日 初版1刷発行
2020年8月25日 5刷発行

発行者 鈴木広和
印 刷 堀内印刷
製 本 ナショナル製本

発行所 株式会社 光文社
〒112-8011 東京都文京区音羽1-16-6
電話 (03)5395-8149 編集部
8116 書籍販売部
8125 業務部

ISBN978-4-334-74691-9 Printed in Japan

組版 萩原印刷